KB054282

노웨어맨

염승숙은 1982년 서울에서 태어나 동국대학교 문예창작학과 및 같은 대학교 국문과대학원 석사과정을 졸업했다. 2005년 단편 「뱀꼬리왕쥐」를 『현대문학』에 발표하며 등단했고, 소설집으로 『채플린, 채플린』이 있다.

염승숙 소설집
노웨어맨

펴낸날 2011년 3월 25일

지은이 염승숙
펴낸이 홍정선 김수영
펴낸곳 ㈜문학과지성사
등록번호 제10-918호(1993. 12. 16)
주소 121-840 서울 마포구 서교동 395-2
전화 02) 338-7224
팩스 02) 323-4180(편집). 02) 338-7221(영업)
전자우편 moonji@moonji.com
홈페이지 www.moonji.com

ⓒ 염승숙, 2011. Printed in Seoul, Korea
ISBN 978-89-320-2186-7

* 지은이는 서울문화재단 2010문학창작활성화지원[작가창작활동지원] 사업기금을 수혜했습니다.

노웨어맨

Nowhereman

염승숙 소설집

문학과지성사
2011

차례

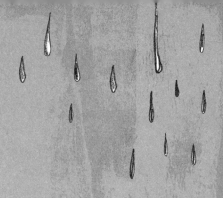

당신과 악수하는 오늘

놀라워라! 그러니까 지금, '손'이 떨어졌다는 얘기다. 마음의 각오를 단단히 하고 들어오긴 했지만 막상 이렇게 손이 떨어진 자들을 직접 마주하고 보니 나는 너무나 놀랍고, 또 적잖이 당황스러웠다. 병원에 들어와 접수를 마친 뒤에도 나는 앉지 못하고 서성였다. 진료를 받기 위해 찾아온 환자들로 대기실은 발 디딜 틈 없이 복작거리고 있었다. 꽃무늬 벽지가 발린 벽면을 따라 빙 둘러진 의자엔 손이 떨어진 자와 이제 곧 떨어질 자들이 절반의 비율로 붙어 앉아 있는 것 같았다. 나는 열에 달뜬 손을 바지 주머니에 넣고 흠칫거리며 사람들의 이야기에 귀 기울였다. 그들의 목소리를 훔쳐 듣는 일 말고는, 이 가슴 뛰는 두려움을 억누를 방법이 없었다. 애초에 손이 떨어진 사람들의 대부분은 전류가 흐르는 막대를 만진 것처럼 얼얼한 느낌이 들었다고 말했다. 그리고 이어서 그들은 모두, "어머, 미안해요. 딱히 이럴 마음은 없었는데"라거나, "좆까! 당신이 나한테 해준 게 뭐가 있어?"라거나, "아쉽지만 어쩔 수 없어요. 가야 할 시간이니까"와 같은 말들이 어디선가 들려왔다고도 했다.

몰래 귀를 쫑긋 세우다 도저히 믿을 수가 없어서, 나는 갑작스레 흥분했다. 그러나 확실하냐고, 똑똑히 들은 것이 맞느냐고 나도 모르게 한 걸음 다가가 재우쳐 따져 묻는 순간, 그들은 곧 한목소리로 입을 모아 소리쳤다. "정말이라니까! 이 사람이 지금, 장난 쳐?" 그중 화가 난 한 명은 내게 손 없는 팔목을 빠르게 흔들어 보이며 끌끌 혀를 찼는데, 혹시 삿대질을 한 게 아닌가 하는 생각이 들기까지 조금 시간이 걸렸다. "나이 서른이 돼서야 손톱 물어뜯는 버릇을 고쳤는데, 인생이 이렇게 부질없고 허망한 것인 줄 누가 알았겠어요?"라며 무릎에 얼굴을 묻는 여자와, "처음엔 그저 감기 몸살이겠거니 했죠. 3일치 약을 죄다 챙겨 먹곤 약봉지를 버리려고 쓰레기통으로 갔어요. 그런데 약봉지와 함께 내 손도 툭, 쓰레기통 속으로 홀랑 버려졌지 뭡니까. 내 참 우스워서"라며 손목으로 머리통을 감싸는 남자를 뒤로하고, 나는 진료실로 들어섰다.

"내일쯤이면"이라고, 의사는 말했다. '마음의 준비를 하십시오'라는 말만 하지 않았다뿐이지, 진단이라기보다는 통보에 가까웠다. 입으로 물고 있던 청진기를 탁자 위에 내려놓으며 의사는 싱긋 웃었다. 그 웃음이 어떤 의미인지 몰라서, 나는 그저 망망히 눈을 끔뻑거렸다. 끈에 감긴 검은 모나미 볼펜이 그의 귓바퀴에 매달려 있었는데, 의사는 고개를 두어 번쯤 흔든 다음 재빨리 혀를 내밀어 그것의 꼭지를 물었다. 그러곤 차트에 내 증상에 대해 적어내려가기 시작했다. 입으로 능숙하게 글씨를 휘갈겨 쓰는 솜씨가 경이로워 나는 잠시 넋을 잃고 바라보았다.

"내일 오전인지, 오후인지는 장담할 수 없어요. 혹 자정을 넘길 수도 있겠죠. 사람마다 개인차가 있으니까요. 어쨌든 처방전을 써줄 테니 식후 30분마다 약을 꼭 챙겨 드세요"하고 의사가 말했다. "약이, 효과가 있나요?"라고 내가 묻자, 의사는 잠시 입가에 머금었던 미소를 거둬들이고는 나를 빤히 쳐다보았다. 내 목소리에 섞여 나온 떨림을, 의사도 눈치 챘을 것이다. 의사는 침착한 태도로 "진정제와 우울증 예방을 위한 약이에요"라고만, 말해주었다. "네, 그렇군요." 나는 태연한 척하려 애쓰며 의자에서 일어섰다. "어째서, 이렇게 된 걸까요?" 묻고 싶지 않았던 질문이 나도 모르게 한숨처럼 입술새를 비집고 흘러나왔다. 의사는 아랫니로 윗입술을 살짝 깨물며 잠시 뜸을 들이더니 "그러니까 말입니다. 어째서, 이렇게까지 된 걸까요" 하고 대답해주었다. 그의 입가에 부스러기처럼 맺힌 엷은 미소에 가슴이 먹먹해져왔다. 책상에 앉아 차

트를 들고 이제 더는 손가락을 까딱일 수 없는 의사의 일상이
한없이 지루할 것만 같았다.

"그럴 일은 없겠지만 혹시라도 무슨 문제가 생기면 바로 연
락 주시고요." 진료실을 나서는 내게 의사는 곧 종이 더미를
부스럭거리며 말했다. 내게는 그 말이, 손이 떨어지는 데는
아무런 문제도 생기지 않을 테니 혹여 전화할 생각일랑 꿈도
꾸지 말라는 얘기로 들렸다. "다음 환자 들어오세요" 하는 그
의 낭랑한 목소리가 뒤통수를 때렸다. 고작 하루뿐이라니, 시
한부 선고치곤 너무나 짧은 기간이었다. 현대 의학의 신(新)
예언서를 발견한 기분마저 들었지만 전혀, 기쁘지 않았다. 목
덜미가 뜨거워진 채로, 여전히 복대기는 진료실 한가운데를
천천히 가로질렀다. "우리는 모두 뜨개질 동호회에서 만났어
요. 뜨개질만이 유일한 낙이자 취미이자 특기였죠. 바늘귀에
실을 꿰는 즐거움이 삶 그 자체였는데, 그런데 어쩜 이렇게도
잔인한 일이……"라며 한 무리의 아주머니들이 떼로 몽쳐 앉
아 울먹였다. 그들은 모두 손뜨개 모자와 니트 조끼 같은 것
들을 어깨에 두르거나 옆구리에 낀 채여서, 어쩐지 한여름에
겨울 옷장의 문을 열어둔 것처럼 푸석해 보였다. 나는 괜스레
붉어진 얼굴로 진료비를 계산하고 헛기침을 하듯 서둘러 병
원 밖으로 튕겨져 나왔다. 진정제와 우울증 예방을 위한 약이
처방된 종이 한 장을 주머니에 찔러 넣은 채, 나는 맥없이 약
국을 찾아 두리번거렸다.

의사의 말을 믿을 수밖에 없다면, 손을 잃기까지 내게 남겨진 시간은 겨우 하루였다. 온전한 스물네 시간이 될지, 그 시간마저 반 토막이 날지 모르는 일이었다. 그렇다면 남은 시간 동안 무엇을 해야 하는 걸까, 나는 난감했다. 전류가 흐르는 막대를 만진 것처럼 얼얼하게, 내 몸에서 두 손이 떨어져나가버리기 전에 나는 무엇을 해야 할지 고민스러웠다. 내일은 입사 지원서를 낸 회사에서 1차 합격자를 대상으로 한 면접이, 그리고 며칠 후엔 예비군 훈련도 예정되어 있었다. 늘 서류 심사에서 고배를 마셨던 탓에 내일이 생애 첫 면접이나 마찬가지인데, 면접관 앞에서 "네, 제가 이 회사에 입사하고 싶은 이유는" 하고 말하는 순간 마침맞게 두 손이 떨어져나간다면, "엎드려, 쏴!"라고 지시하는 교관에게 "아이쿠, 죄송하지만 제가 지금 손이 없어서요. 뒤에 계신 분 먼저 쏘시면 안 될까요?"라고 굽실거려야 한다면, 그 순간에 나는 어떤 표정을 지어야 할까. 꽉 찬 나이 서른에, 학벌도 외모도 뭐 하나 번번치 못한 취업 재수생이 손까지 없다면 대체 어째야 하는 걸까. 불현듯 숨이 턱 막혀왔다. 손이 떨어지는 이 마당에 면접과 예비군 훈련 걱정을 해야만 하는 내 처지라니, 나로서도 내 자신이 영 머쓱하게만 느껴졌다.

약국에 가기 위해 몇 발짝 떼는데, 마침 교복 입은 여드름쟁이가 다가와 "표정을 보니 딱 알겠는데요?"라며 말을 걸었다. 그는 큼지막한 알사탕 하나를 입에 물고 실실 웃으며 등교 중이었다. 오전 10시가 넘었는데도, 그는 이쯤은 별것도 아니라는 듯 손목에 끼운 신발주머니를 빙글빙글 돌리는 등 여유만만이었다. "그래도 꽤 운이 좋은 편이네요. 대부분은 전염병처럼 휩쓸고 지나간 초기에 발병한 환자들인데. 그땐 참 대단했죠. 물론 지금도 계속 진행 중이긴 하시만." 그는 남자아이답지 않게 수다스러웠지만 그다지 방정맞다는 생각은 들지 않았다. "사실 이 정도인 줄은…… 정말 몰랐어"라고, 나는 조심스럽게 고백했다. "몰랐다고요?" 여드름쟁이가 퍽 놀라워했지만 거짓말을 할 마음은 들지 않았다. "응…… 밖에 잘 나오질 않아서. 인터넷 기사로 접하긴 했지만 솔직히, 와 닿지가 않았으니까." 깨진 유리 조각을 주워들 듯 옅은 한숨이 뒤따랐다.

"벌써 반년 가까이 되어가는 것 같은데. 하기야, 원래 직접 겪지 않곤 모르는 거예요. 손이 쑥 떨어져나가다니, 어디 말이나 될 법하나요. 아저씨, 애 안 낳아봤죠? 이것도 똑같죠 뭐. 산고의 고통을, 우리가 어디 평생 짐작이나 할 수 있겠어요?" 여드름쟁이는 양 손목을 대고 맞비비다 돌연 "그런데, 언제래요?" 하고 물었다. 나는 머뭇거리다 "내일" 하고 대답했다. "괜찮아요. 나도 하루 전날 알았지만, 백일 전에 알든 한 시간 전에 알든 다를 게 있나요? 떨어지는 건 다 똑같지." 여드름쟁이는 제법 어른스럽게 내 어깨를 툭툭 두드렸다. "아침에 안 거예요?" 하고 그가 묻고, "응, 씻을 때"라고 나는 대답했다. 손 없는 여드름쟁이와 나란히 걸으며 나는 "모르겠어. 머리를 감는데, 거품 범벅이 된 채로 갑자기 두 손이 따끔거리는 거야. 손가락인지, 손바닥인지, 손등인지, 손목인지 그건 잘 모르겠는데 아무튼 내 손이 말이야 손이, 따끔하더라니까" 하고 주절거렸다. 주머니 속에 찔러 넣은 손이 나도 모르게 꿈틀거리는 기분이었다.

"아저씨 정말 세상일에 도통 관심 없이 사셨구나? 맞아요, 그거예요. 바로 그게 시작이에요. 나도 그랬죠. 바늘로 콕콕 찌르는 것 같은 통증. 웃긴 게요, 우리 엄만 틈만 나면 수지침을 맞으러 다니는 게 취민데요, 그래서 처음엔 그런 따끔함에 별로 놀라워하지도 않았대요. 하긴, 통증을 느꼈든 안 느꼈든 손이 떨어져 나간 건 똑같지만요" 하고 여드름쟁이가 맞장구를 쳤다. 이게 뭐 좋은 일인가 싶은데도, 그의 해말끔한 얼굴을 보고 있자니 문득 이런 동질감을 느껴본 게 얼마 만인가 싶어 나는 주책없게도 코끝이 찡해졌다. "근데 더 웃긴 건 손이 떨어질 때 엄마가 들은 말이에요." 키득대는 여드름쟁이의 옆에 서서 나는 "뭔데" 하고 물었다. "이렇게 말했다나요? '아유, 고만 좀 찔러대. 쑤셔 죽겠어!' 수지침이 좀, 강도가 세긴 했나 보죠"라는 그의 말을 들으며 괜히 헛웃음이 나서, 나는 "우리도 뭐, 때린 데 자꾸 때리면 화나니까" 하고 대꾸해주었다.

"가장 서운한 건, 촉감다운 촉감이 사라진다는 거죠" 하고, 여드름쟁이는 말했다. "코 팔 때, 귀 후빌 때, 콧구멍 비비적 댈 때, 뒷머리 긁적일 때, 목덜미 매만질 때 같은, 뭐 그런 때 말이에요. 그런 것들이 몹시 하고 싶어질 때, 아 맞다, 내 손…… 떨어졌지, 란 생각이 드는 거예요. 그간 내 신체에 달라붙어 있던 열 손가락이 그처럼, 다른 기관으로 대체될 수 없는 오묘한, 뭐라 설명하긴 어렵지만 하여간 뭔가 들척지근하고 쌉싸래한, 그런 촉감을 가지고 있는 줄은 나도 몰랐거든요. 발가락을 대신 사용해보면 어떨까 재미 삼아 고민도 해봤는데 글쎄요, 집 밖을 나서면 아무래도 불가능한 게 있지 않겠어요? 사회적 체면이란 것도 있는데"라며, 그는 한쪽 눈을 찡긋거렸다. 농담인 줄은 알지만, 웃는 시늉이라도 내비칠 기운이 안타깝게도 더는 나질 않았다.

얼마 걷지 않아 이내 교문 앞에 도착했으므로, 우리의 짧은 대화는 금방 끝이 났다. 저 멀리 먼지가 흩날리는 운동장 한가운데에 야구방망이를 든 학생주임이 의연히 서 있었다. 여드름쟁이가 슬쩍 쳐다보곤 한숨을 폭 내쉬었다. "저 손은 왜 여태껏 붙어 있는지 모르겠어요. 아오, 오늘도 엉덩이 살 다 터지게 생겼네." 여드름쟁이는 마치 고기를 물어뜯는 하이에나처럼 날렵하게, 흐트러진 남색 넥타이를 앞니로 질끈 물어 잡아당겼다. 손목에 감긴 신발주머니도 옆구리에 바짝 끌어당겨놓고는 더욱 단단히 고정시켰다. 나는 뛰어갈 준비를 마친 그의 팔을, 나도 모르게 "자, 잠깐" 하고 붙들었다. "왜요?" 하고 그가 돌아보았다. 금방이라도, 이마 위에 거품처럼 솟은 여드름이 훅훅, 터져버릴 듯했다. "어떤, 말이 들렸어, 너는?" 나는 급히 물었다. "떨어질 때 말이야. 전류가 흐르는 막대를 만진 것처럼 얼얼한 느낌이 들면서 무슨, 그러니까 무슨 말이 한마디씩 들린다면서." 잠시 고개를 갸웃거리던 여드름쟁이는 곧 "아아, 그 말이요? 나는 뭐 그냥, 단순했던 것 같은데"라며 눈을 동그랗게 떴다. 검고 깨끗한 그의 눈망울이 햇빛에 닿아 반짝거렸다.

"손이 떨어질 때 딱 한마디가 들렸어요, 저는."

"한마디?"

"네."

"어떤?"

"이거요."

"이거?"

"안녕."

헐렁한 소맷부리를 펄럭이더니, 여드름쟁이는 허리를 낮추고는 운동장을 향해 재빨리 달려갔다. 조금 격한 마중을 나오듯 학생주임도 여드름쟁이를 향해 먼지를 일으키며 뛰어왔다. 나는 뒤돌아 천천히 걸음을 떼었다. '안녕'이라…… 여드름쟁이를 떠나며, 손은 마지막 인사로 제 몸을 하늘하늘 흔들어주기라도 한 것일까. 단순했지만, 결코 단순하지 않은 그 말

의 허리춤으로 눈을 바짝 갖다 댔다고 느꼈을 때, 어떤 이가 "그래요, 나 손 없어요! 이제 됐어요?"라며 소리를 빽 질렀다. 20대 초반으로 보이는 어린 아가씨였는데 얼굴이 여우상이어서 더욱 사나워 보였다. 그녀는 너무도 불쾌하다는 듯 나를 위아래로 흘겨보았다. 나는 깜짝 놀라서 손바닥으로 귓불을 감싸 쥐곤 "미, 미안합니다" 하고 말하며 고개를 숙였다. "웃겨, 정말? 제 손도 달아나봐야 정신을 차릴 테지!"라며 여우상은 계속해서 어깨를 들썩였다.

그러자 의도한 건 아니었는데, 벤치에 앉아 소주병을 품에 끼고 빨대로 호로록대던 비루한 사내에게서마저 쓴소리가 날아왔다. 나뭇가지 사이로 내리쬐는 햇볕 아래 얼굴이 벌겋게 달아오른 그의 코가 주홍빛으로 보였다. 연신 '끅끅' 소리를 내면서도 그는 소주병을 내던질 기세로, "손 떨어진 병신 처음 봐? 꼬나보지 말고 얼른 저리 꺼져! 확 그냥!" 하고 혀 꼬부라진 소리를 냈다. 그러나 그것도 잠시, 주홍코는 이내 팔을 휘적대며 일어나더니 "이봐, 그냥 가지 말고 소주도(燒酒島), 제발 나를 좀 소주도로 데려가줘……"라고 말하며 흐느적흐느적 다가왔다. "죄, 죄송했습니다." 붉어진 얼굴로 걸음을 빨리하며 나는 새삼 손이 떨어진 사람들이 꽤 많다는 사실을 깨달았다. 세계란 결국 나에게 보이는 것으로만, 딱 그만큼의 모양으로만 존재하는 공간인가 싶어 울적해졌다. 진실도, 혹은 거짓도, 나로부터 비롯되는 것을 나는 그동안 왜 알지 못했던 걸까. 손이 떨어질 거라는 사실을 통보받고 난 후에야, 떨어져나갈 손 그 자체를 인식하게 되다니 생각할수록 우습기만 했다. 그러니 아무 약국이나 보이는 대로 들어갈 수밖에 없었다.

약국에는 처방전을 든 환자들이 줄지어 앉거나 또는 선 채로 있었다. 열 평이 될까 말까 한 장소엔 더 이상 비집고 들어갈 틈조차 없어서 나는 팔짱을 끼고는 간신히 움직여 출입구 끄트머리에 섰다. "이게 말입니다. 사람의 병이라는 게 사실 손에 꼽을 수도 없이 많다 이 말이오" 하고, 흰 양복을 입은 노인이 사람들 앞에서 침을 튀기며 말하고 있었다. 가운을 입은 약사는 손에 턱을 괸 채 흰 양복의 이야기에 집중하느라 손님이 들어와도 눈길을 주지 않았다. "사람 말을 잘 알아듣지 못하는 가는귀먹기, 눈에 핏발이 서고 눈곱이 끼며 밝은 데선 눈이 부셔 뜰 수가 없는 개씨바리, 귓구멍 속에 염증이 생기는 귀앓이, 목이 붓고 몹시 아픈 목거리, 살갗에 검은 반점이 생기고 목이 잠기는 새눈무늬, 발가락 끝이 아프게 쑤시며 곪는 생발……, 또 이 외에도 이앓이, 잇몸앓이, 허리앓이 등, '앓이'만 붙이면 다 병의 이름이 되는 세상이긴 하지만 전혀 듣도 보도 못한 병들은 이제껏 없었다 그 말이외다. 그런데 이 와중에 손이 떨어진다는 건 또 어디서 빌어먹다 온 병이란 말이오? 이제 겨우 한세상 다 살고 가려는 판에 손 떨어지는 병은 머리털 나고 처음 겪어본다 이거요. 안 그렇소, 약사 양반? 북두칠성이 앵돌아져도 유분수지 이거야 원. 물론 기묘한 기분이 짜장 안 드는 것도 아니요만” 하고 흔들어 대는 흰 양복의 소매에 아니나 다를까 손은 없었다. “암요, 암요. 지당하고 또 지당하십니다.” 약사는 냉큼 대답하곤 “장인 어른, 목마르시지요?”라며 갈색의 병 하나를 꺼내 들었다. 약사의 손아귀 안에서 ‘딱’ 소리를 내며 뚜껑 돌아가는 소리가 꽤나 명쾌하게 들렸다.

때마침 “요 옆 동네에서 50년 가까이 한약방을 여셨대요” 하고 맨 뒷줄의 아주머니들이 저린 듯 손을 주무르며 속살거렸다. 짐짓 아닌 척, 시선을 멀리 두면서도 나는 끊이지 않고 들려오는 그들의 수다를 들으며 고개를 까닥거렸다. “그런데 불쑥 ‘계피 향이 니무 지겨워요!’라고 불퉁거리면서 없어졌다지 뭐예요? 일평생을 바쳐 약을 지어왔는데, 억울하실 만도 하지. 이제는 계피맛 사탕에도 치를 떠신대요, 글쎄”라는 수군거림도 어디선가 들려왔다. “자 자, 이건 제가 그냥 돌리는 거예요. 다들 목 좀 축이세요”라며 약사는 사람들 앞에 박스째 피로회복제를 내놓았다. “아이고, 젊은 사람이 인심도 좋지.” “꼭 이걸 줘서 하는 말은 아닌데 내 보기에 이 약국, 크게 되겠어.” “흥, 이까짓 거 하나에 얼마나 한다고.” “유통기한 지난 걸로 막 뿌리는 거 아냐?” 하는 말들이 여기저기서 흘러나왔다. 그래도 사람들은 부품을 조립하는 공장의 일원처럼 바지런히, 옆에서 옆으로 그 작고 속이 잘 들여다보이지 않는 빛깔의 음료를 전달했다. 손이 있으면 손으로, 손이 없으면 팔꿈치와 팔꿈치 또는 목과 어깨를 맞대어, 별다른 무리 없이 피로회복제가 이동되었다. 곧 허리가 꼬부라진 할머니가 "총각도 한 병 먹어, 어여 받어"라며 내게도 피로회복제를 건네주었다. 병의 온도가 차가워서, 나는 휴식하듯 한동안 손 안에 그러쥐고는 가만히 있었다. 잠깐 동안, 약국은 피로회복제의 뚜껑이 돌아가는 '딱' 소리로 채워졌다. 손이 있는 사람들이 없는 사람들을 대신해 뚜껑을 따주기 바빠서였는데, 그 소리가 꼭 폭죽이 터지는 것처럼 요란했다. "아니 그러니까 말인즉슨, 아직까진 아무런 원인도, 치료 방법도 밝혀내지 못하고 있단 말입니까?" 하고, 누군가 피로회복제를 마시고 난 뒤의 '카!' 소리와 함께 물었다. 머리카락이 많이 빠져 정수리 부근이 훤히 드러난 탓에 나이가 꽤 들어 보였지만 옷은 꽤 뻔지레하게 차려입은 남자였다.

"제 나이 이제 겨우 서른넷입니다만" 하고, 대머리 사나이는 운을 뗐다. 저마다의 입에서 "아" 혹은 "저런" 하는 낮은 탄성들이 흘러나왔으나 그는 입가의 미소를 잃지 않으며 걱실걱실 말을 이어나갔다. "저희 아버님께서는 어릴 적부터 제게 누누이 말씀하셨습니다. '아들아, 낙관주의자가 되어라!' 낙관주의자만이 이 험난한 삶을 살아가는 데 있어 지구상에 가장 필요한 존재라고, 아버지는 강조하셨죠. 제가 무엇을 하거나 혹은 하고 싶어 해도, 아버지는 그저 허리를 숙여 제 눈을 맞추고는 '그래, 그러렴' 하고 말씀하실 따름이었습니다. 작년 봄, 돌아가시기 전에 아버지께서 제게 마지막으로 하신 말씀이 뭐였는지 아십니까?" 몇몇은 "거 참, 뜸 들이지 마쇼!" 하고 목청을 높였지만, 대부분의 사람들은 진지한 표정으로 대머리 사나이의 말에 귀를 기울였다. "바로 이겁니다, '그래 아들아, 계속 그렇게 믿어라!'" 그는 구호를 부르짖듯 말했다. "여러분, 전 생각하고 또 생각합니다. 계속 그렇게 믿어야 한다, 믿어야 한다고요. 왜냐? 전 낙관주의자이기 때문입니다. 하지만 부끄럽게도, 요즘 들어 저는 흔들리고 있습니다. 믿으면, 다시 돌아올까요? 이런 의심조차 하늘에 계신 아버님께 불효하는 것 같아 죄스럽습니다만, 그래도, 그래도 말입니다. 어떻게 이런 얄궂은 일이." 대머리 사나이의 목소리는 자꾸만 떨려왔다. 그러다 그가 끝내 빈 옷소매를 들어 눈가를 훔쳐내자 약국 안은 곧 숙연해졌다. 그 틈을 비집고, "어머, 그러네요! 낙관주의자라면 이까짓 손, 떨어져도 그만일 테니까요. 이래도 좋아, 저래도 좋아 아니겠어요? 아버님도 참, 현명하시네. 호호호" 하고, 누군가 눈치 없이 웃어젖혔지만 호응하는 이는 아무도 없었다. "저건 아주 파닥파닥 촉새야, 촉새." 뒷줄에서 누군가 끌탕을 했다.

아무래도 이대로 마냥 서 있다간 약을 사지 못하겠단 생각에 나는 한 손엔 피로회복제를, 다른 한 손엔 병원에서 받아온 처방전을 들고 사람들 틈을 헤쳤다. 비적비적 앞으로 나아가서 "저기요" 하고 말을 걸자, 다 마신 피로회복제의 마지막 한 방울까지 목 안으로 탈탈 털어 넣던 약사가 흘깃 나를 쳐다보았다. "뭐요?"라는 그의 물음에 나는 그저 말없이 처방선을 내밀었다. 약사는 심드렁한 표정을 짓더니 이내 "젊은 친구가 주의력이 없네" 하고 중얼거렸다. 조금은 성의 없이, 약사가 턱짓으로 가리킨 곳에는 '처방전은 왼쪽, 돈은 오른쪽'이란 푯말 아래 미리 조제해놓은 약이 커다란 바구니 안에 무더기로 쌓여 있었다. 대수롭지 않다는 듯 약사는 피로회복제의 뚜껑을 다시 닫아 '탁' 소리를 내며 내려놓았다. 그 바구니 앞에서 나는 조금 오래 망연자실한 채로 서 있었다.

그러고 보니 약국 안에 있는 사람들의 손에, 옷깃에, 주머니에, 옆구리에, 똑같이 조제된 약봉지들이 들려 있거나 혹은 찔러져 있었다. 주의력이 없다는 약사의 지적은 틀리지 않은 것 같았다. 하지만 괜한 부아가 나서, 나는 약을 가져갈 것인가 말 것인가를 두고 고민했다. 의사는 내게 "진정제와 우울증 예방을 위한 약이에요"라고만 말하지 않았던가. 손이 떨어지는 마당에 고작해야 몇 개의 알약을 챙겨 먹는 일이 무슨 소용일까. '툭' 소리를 내며 손이 떨어진 뒤에 진정이 된다면, 우울해지지 않는다면, 그건 또 그것대로 괜찮지 않을 거란 생각이 들었다. 나는 다시 사람들 틈을 비집고 제자리로 돌아왔다. "제 것까지 한 병 더 드세요." 답답한 마음에, 나는 할머니의 손에 피로회복제를 쥐여드리고 약국 문을 밀고 나왔다.

구겨진 처방전을 다시 주머니에 찔러 넣고 나는 무작정 걸었다. 당장이라도 가봐야 할 곳이 있다거나 만나기로 약속한 사람이 있는 것도 아니었다. 어디 피시방이라도 찾아 들어가 내일 아침에 있을 면접에 대비해야 했지만 도무지 마음이 움직이질 않았다. 그저 걷는 일 외에, 내가 할 수 있는 일이란 아무것도 없는 것 같았다. 자동차 바퀴가 밀고 온 더운 바람이 이마를 거풀거풀 쓸며 지나는데, 물 밖에 난 고기처럼 내 몸에서 자꾸만 어떠한 기운이, 빠져나가는 기분이 들어 마음은 사늘했다.

그동안의 나는, 대학을 졸업한 뒤로 고작해야 방 안에 틀어박혀 인터넷으로 취업 정보를 검색하고 이력서와 자기소개서를 작성하는 일이 하루 일과의 전부였다. 지방에 계신 부모님께 안부 전화를 잘 드리지도 않았고, 친구들의 경조사에 참석하지도 않았으며, 하물며 관리비 또는 이런저런 세금 나부랭이도 인터넷 뱅킹으로 이체했다. 장을 보기 위해 집 앞 슈퍼에 들르는 일만 빼면 최대한 바깥 출입을 꺼렸다. 오로지 마우스의 더블 클릭만으로 시곗바늘을 움직여온 날들이, 내일이면 두 번 다시 내게 찾아오지 않을 삶이라 생각하니 머릿속이 찌르르했다. 손 없이도, 앞으로 내가 평범하게 잘 살아갈 수 있을지 혼란스러웠다. 그렇다 해도 걷는 것 말고 딱히 무엇을 해야 할지 떠오르는 건 없었다. 시간은 자꾸만 가는데, 이 손도 곧 내게서 등 돌려 걸어가버릴 텐데, 이렇게나 마냥 무기력할 뿐이라는 현실이 나는 그저 놀라웠다.

자동차의 경적은 누구의 손이 울리는 걸까, 저 많은 물건들은 누구의 손에서 또 누구의 손으로 옮겨온 걸까 하는 점들을 궁금해하며, 나는 이끌리듯 두 다리를 움직여 육교를 건너고, 상점을 지나쳤다. 그러다 주인이 제 손으로 바깥에 내놓았을, 많고 많은 중고 텔레비전 앞에 멈춘 채로 나는 한동안 멍하니 서 있었다. 머릿속이 자꾸만 비워지는 기분이 마냥 나쁘지만은 않았지만 그렇다고 썩 좋지도 않았다. 꼭 다붙지 않고 버성기게 쌓아놓은 텔레비전 더미 앞에 서 있으니 머리칼이 희끗희끗한 주인이 나와 "살 거요?" 하고 내게 물었다. 좁은 이마와 넓고 긴 인중이 대비돼 못생겼다기보다는 어딘지 모르게 묘한 인상을 풍기는 남자였다. "아뇨, 전 그냥." 황황히 고개를 흔들며 뒤돌아 가려는데 주인이 "잠깐" 하고 나를 불러 세웠다. "어디서 많이 본 얼굴인데"라며 그는 생그레 웃었다. 그의 큰 입이, 가로로 길게 늘어났다. 의아해하는 내 표정을 보고는 좀 멋쩍었는지 주인은 뒷짐을 지고 있던 팔을 내보였다. 흰 목장갑을 낀 그의 손에 작은 요구르트가 들려 있었다. 내가 새무룩이 눈만 씀뻑이자, 그는 "괜찮아" 하며 다가와 내 손에 요구르트와 빨대를 쥐여주었다. 그의 이마에 짙게 팬 주름이 가까이 다가왔다가는 천천히 멀어졌다. "고맙습니다." 나는 순간 입술이 마르는 것을 느끼며 그것을 받아 들었다.

요구르트는 작았지만 냉장고에서 방금 꺼내온 듯 아주 차가웠다. "본 적이 있지. 넉 달쯤 전에 내 아들도 그런 얼굴을, 그래, 그런 얼굴이었어" 하고, 주인은 말했다. 그러고는 빨대를 꽂아 요구르트를 마시는 내게서 눈을 떼지 않으며 "아직, 돌아오지 않고 있네만" 하고 덧붙였다. "아드님도……" 하고 내가 말꼬리를 흐리니 주인은 괜찮다는 듯이 손사래를 쳤다. "어려워할 것 없어, 이 친구야. 그게 뭐 큰 흉이라고." 목장갑을 벗은 그의 손은, 손목에서부터 철제로 정교하게 이어 붙여져 있었다. 살점이 없는 차가운 손가락이 햇볕에 반사돼 빛났다. 그 눈부심에, 나는 "아" 하고 짧은 숨을 뱉었다. "돌아오겠지. 암, 돌아올 거야. 부끄럼이 조금 가시면, 다시 돌아오지 않겠나"라며, 주인은 다시 목장갑을 꼈다. "자네도 그렇게 죽을상을 하고 있을 필요 없네. 괜찮으니까, 다 괜찮으니까." 주인이 다시 손을 내밀어 빈 요구르트 병을 가져갔다. 가게 안으로 들어가는 그의 뒷모습에서 어떤 강단이 느껴져, 나는 차마 아무런 인사도 할 수 없었다. '내일이 와도, 저는 분명 괜찮을까요, 아저씨?' 하고 묻고 싶었지만 입술은 단단히 닫혀 조금도 벌어지지 않았다.

망망히 선 채로 나는 중고 텔레비전 화면에 흐르는 영상을 바라보았다. 뉴스가 방영되고 있었는데 반듯한 외모의 아나운서가 나와 "다음 소식 전해드리겠습니다. 시골 노인들을 유혹해 금품을 훔친 60대 꽃뱀 할머니 '경' 씨가 경찰에 붙잡혔습니다. 경 씨는 지난달 한 지방의 풍물 시장에서 80대 노인에게 접근해 '연애하자!'며 인근 다방으로 유인한 뒤 50만 원의 현금과 반지, 휴대전화를 포함해 모두 300여만 원의 금품을 훔친 혐의를 받고 있습니다"라고 말했다. 이어 "경 씨는 주로 장날, 고령의 노인을 대상으로 범행을 저질렀으며, 검거 당시 주요 10대 도시의 5일장 일정표와 차량 배치표를 지참했던 것으로 밝혀져, 경찰은 또 다른 피해자가 없는지 추가 범행 여부를 조사하고 있습니다"라는 아나운서의 설명을 배경으로 빨간색 점퍼를 뒤집어쓴 꽃뱀 할머니가 나타났다. 손이 없는 꽃뱀 할머니의 손목에 수갑 대신 밧줄이 칭칭 감겨 있는 모습이 눈에 들어왔다. 꽃뱀 할머니의 얇고 가느다란 손목에, 밧줄은 웬만해선 풀지 못할 정도로 꼭 붙들어 매인 상태였다. 카메라는 조금 더 가깝게 꽃뱀 할머니의 얼굴을 비췄는데 그녀는 곧 얼굴에 모자이크 처리가 된 채로 "손모가지 좀 부러졌다고 날 적부텀 타고난 미모가 워디 가남요!" 하고 거칠게 쏘아붙였다. 그 팩하는 말투가 우스워 나는 "하긴" 하고 피식거리며 돌아섰다. 해는 아직도 내 머리 꼭대기에 있었고, 나는 어디로든 가야만 했다.

오늘 있던 손이 내일 없어진단 말이, 온몸으로 전율할 만큼

체감되는 것은 아니었으나 그렇다고 두렵지 않은 것도 아니었다. 유심히 보니 거리 곳곳의 미용실과 이발소에는 '휴업' 또는 '쉽니다'라는 종이가 나붙은 채였고, 네일아트 상가에도 셔터가 촘촘히 내려져 있었다. 전봇대와 벽에 붙은 시립오케스트라 연주회, 이름 모를 예술가의 독주회 등이 선전된 포스터엔 붉은 도장으로 '공연 취소'라는 글자가 선명히 찍혀 있었다. "총각, 손금 보려고?" 하고 누군가 말을 걸어오지 않았다면 나는 일순 북받쳐 오르는 감정을 이기지 못하고 컥컥대며 눈물을 쏟았을지도 몰랐다. "손금 보러 온 사람은 또 오랜만인걸." 눈가에 주름이 자글자글 잡힌 여자는 더벅머리를 하곤 내게 그렇게 소리쳤다.

가만 보니 셔터가 내려진 네일아트 가게 옆, 그리고 포스터가 나붙은 전봇대 사이에 아주 작은 천막을 치고 웬 여자가 깊숙이 들어앉아 있었다. 겨우 책상 하나를 두고 있을 뿐인 더벅머리는 머리칼에 손을 집어넣어 긁으며 허리를 늘여 빼곤 "싸게 봐줄게, 얼른 이리 들어오래도!" 하고 말했다. 쭈뼛거리며 걸음을 옮겨 들어가니, 천막 안엔 더벅머리 말고도 20대 후반쯤 되어 보이는 여자가 한 명 더 있었다. 목덜미가 보이는 짧은 머리에 검은색 정장 바지를 입고 있어서 아주 단아해 보였는데, 그녀가 더벅머리를 향해 찡등그리며 "이봐요, 지금 나 봐주고 있었잖아요!"라고 앙칼지게 쏘아붙이는 순간 환상이 깨졌다. 더벅머리는 각진 얼굴을 외로 틀고는 "아니 글쎄, 보라는 점은 안 보고 주구장창 신세 한탄만 해대면 어쩌라는 거냐고. 사주 볼 거야, 타로 카드 볼 거야, 응?" 하고 대꾸하며 내게 빨간색 플라스틱 의자를 내놓았다. 버릇인지 오뚝한 코를 킁킁거리며 정장 바지는 "그러니까 일단 내 말을 좀 들어보란 말예요" 하고 받아치며 볼가신 눈을 가늘게 떴다.

"아까 하던 말을 계속 해보자면요, 제가 목공이셨던 아버지 닮아서 손재주가 좀 있다 그 말예요. 그니깐 나는 어쩌면 사슴뿔 옷걸이를 만들며 살아갈 수도 있었겠죠. 왜 있잖아요, 벽에 붙이는 건데, 8밀리쯤 되는 굵기의 철사를 사슴 머리 형태로 구부려서 만든 거요. 옷을 어떻게 거느냐? 사실 이건 현대 사회를 살아가는 우리에게 옷을 어떻게 입느냐보다 더 중요한 철학일 수 있는 거예요. 그리고 또 나는 어쩌면 신문을 압축하거나 재활용한 비닐봉지로 의자 또는 책상 같은 가구를 만들면서 살아갈 수도 있었을 테죠. 자고로 21세기를 살아가는 현대인이란 환경오염을 방지해 쾌적한 지구를 만들 의무로부터 자유로울 수 없으니까요. 안 그래요?" 정장 바지는 불쑥 내게 코를 들이밀며 물었고, 나는 "아. 네, 뭐……" 하며 말꼬리를 흐렸다. "대체 하고 싶은 말이 뭔데, 아가씨"라며 더벅머리가 채근했다. 하지만 그녀는 대답 대신 책상 위에 이마를 박으며 엎드렸다. "근데 내 인생이 대체 이게 뭐냐고요. 옷걸이나 가구를 만들기는커녕, 난 지금 내 목에 스카프 하나 제대로 못 매요. 스타킹도 수월하게 못 신고요, 당신처

럼 손가락으로 머리카락을 긁을 수는 더더욱 없다고요!"라며,
정장 바지는 말 그대로 '엉엉' 울었다.

"너무 억울하다고요. 나는 이제 손재주는커녕 손에 땀을
쥐다, 손에 익다, 손을 털다, 손이 맵다, 손이 발이 되도록 빌
다, 손에 꼽다, 뭐 이런 말들은 무대 위에서 써보지도 못하고
죽을 거예요. 나중에 배우로 성공하면 꼭…… 핸드 프린팅을
해보고 싶었는데! 정말이지 내 팔자는 왜 이렇게 기구하냐고
요." 그녀가 허리를 일으키며 눈가를 훔치는 팔에, 예상대로
손은 달려 있지 않았다. 더벅머리는 '큼큼' 헛기침을 하며 그
녀의 눈치를 살피면서도 그새 목소리를 키워 "아니 그럼 뭐,
이 세상 손(孫)씨들은 다 어쩌라는 건데!"라며 면박을 주었
다. 정장 바지는 입을 오물거리며 울먹이더니 다시 "끅" 하고
울음을 터뜨렸다.

처음부터 손금을 볼 생각도 없었지만 이 작은 천막 안에서
두 여자가 티격태격 싸우며 뱉어내는 숨이 마냥 덥게만 느껴
져, 나는 슬그머니 일어섰다. "'좋은 사람 만나요', 이러지 뭐
예요? 무슨 염장 지르는 것도 아니고, 지가 떨어져나가는 마
당에 맘 좋은 소리를 해대는 거예요. 오지랖도 넓지, 내가 정
말 미쳐." "어떤 년은 다짜고짜 '야 이년아, 제발 고무장갑 좀
껴라!' 이런 말을 들었다던데, 뭐 그거보다는 아가씨 손이 훨
씬 낫네." 퉁탕거리는 둘의 목소리가 천천히 멀어지는 동안,
나는 그제야 내가 오늘 아침부터 한 끼도 챙겨 먹지 않았다는

사실이 떠올랐다. 부시다 싶었던 볕도 잦아들고, 어느덧 목덜
미를 훔치고 달아나는 바람이 시서늘하게만 느껴지고 있었다.
도대체 지금껏 어디서 이 많은 사람들이 손 없는 채로 살아가
고 있었던 걸까 하는 미적지근한 한숨이, 몸 안 어디선가 비
집고 나와 공기 중에 쉬였다.

　나는 허기진 배를 움켜쥐고 식당 안으로 들어갔다. 설렁탕
한 그릇을 싹싹 비우고 나서야 옆 테이블에 혼자 앉은 중년의
신사가 손 없는 팔목에 숟가락을 고무줄로 동여맨 채 식사하
고 있음을 알아차렸다. "내가 그런 얼굴을 좀 알지" 하고, 그
가 나를 향해 고개를 돌렸다. 어글어글한 인상 탓에 왼쪽 뺨
에 돋아난 검버섯이 무섭지 않고 그저 친근했다. 나는 조금
머쓱해져 설렁탕 그릇으로 눈을 돌렸지만, 검버섯은 "어려워
할 것 뭐 있나. 나도 처음엔 젊은이처럼 그랬다오" 하고 말했
다. "언제라고 그럽디까." 눈빛으로 나를 다독여주며 그가 내
게 물었다. 나는 조금 주저하며 "내일……입니다"라고 대답
했다. 그가 말없이 고개를 끄덕였다. 검버섯도 위아래로 따라
움직인다 싶더니 그는 곧 이렇게 말했다. "목욕이나 하러 가
지. 마침 몸도 뻐근한 참이었는데." 그는 카운터로 가서 능숙
한 몸놀림으로, 목에 건 작은 동전 지갑에서 지폐를 꺼내 설
렁탕 값을 치렀다. "저 젊은이 것까지"라고 말하며, 그는 주
인이 손목과 손목을 맞물려 끼워 공손히 내민 5천 원짜리 거

스름돈을 받지 않았다. 당황스러웠지만, 나는 구둣발로 성큼 성큼 걸어 나가는 검버섯을 따라 허둥대며 일어섰다.

"참 재미있단 생각이 드는 게, 우리 몸에서 손 같은 게 또 없었던 거야. 손은 열네 개의 손가락뼈와 다섯 개의 손바닥 뼈, 여덟 개의 손목뼈…… 합치면 모두 27개의 뼈로 이루어져 있지. 양쪽 손은 그러니까 54개의 뼈로 구성된 셈이라고. 사람 몸의 뼈가 총 206갠데, 가만 보면 그중 4분의 1가량이 손에 있다는 얘길세." 밖으로 나온 검버섯은 나와 어깨를 나란히 하고 걸으며 자근자근 이야기를 들려주었다. "그게 무슨 뜻인지 알겠나?" 하고 그가 내게 물었지만 나는 대답하지 못하고 우물쭈물 고개만 끄덕였다. "어쩌면 그건 평소에 우리가 얼마나 손동작의 유연성에 의존해서 살고 있는지를 단적으로 보여주는 게 아닐까. 손은 그래서, 인류의 진화와 밀접하게 연관되어 있다고도 하고." 그의 목소리가 어쩐지 쓸쓸하게 들려왔다. "네, 그렇군요. 손에 그렇게 많은 뼈가……" 나는 나도 모르게 주머니 속에서 손을 쥐었다 폈다를 반복해 보았다. 손톱이 손바닥을 누르는 감촉이 새삼 신비롭게 느껴졌다.

"나도 손이 다 떨어지고 난 뒤에야 뒤적뒤적 알게 된 사실이네만. 애초엔 '손목터널증후군'이라고, 그거랑 많이 헷갈렸지. 어렵게는 '수근관증후군'이라고도 부르던데. 손목에는 팔과 손을 연결해주는 힘줄, 그리고 손가락의 감각을 주관하는 정중신경이 지나가는데 그 통로가 '터널'이거든. 손의 과도한 사용으로 손목 근육이 뭉치거나 인대가 두꺼워지면 터널 안의 정중신경을 누르면서 손이 저리거나 아프기도 하고 뭐 그런 거지." "하지만 이건" 하고 나는 뭔가 말하려다가 어리광을 부리는 것 같다는 생각이 들어 입을 다물었다. 검버섯은 그런 나를 돌아보며 "맞아. 단순히 저린 것 그 이상이지. 저림이나 통증 따위, 느낄 틈도 주지 않으니까 말이야" 하고 말을 이었다. "근데 말이야. 없어지지 말고, 차라리 그냥 내 몸에 붙어서 계속 저리고 아팠다면…… 그건 괜찮았을까?"라고도, 그는 덧붙였다. 잠시 고민했지만 나는 그저 바보같이 "그, 글쎄요. 그래도 아예 없어지는 것보다야"라고밖에는, 대답하지 못했다. "그렇군" 하고 검버섯은 웃어주었으나 나는, 한심하다는 생각을 털어버릴 수 없었다.

'남탕 입구'라는 팻말이 씌인 목욕탕 앞에서 그는 내게 수건과 사물함 열쇠를 건넸다. 목욕 티켓까지 끊어주는 검버섯의 호의가 궁금했지만 나는 단단한 그의 팔 위에 얹힌 수건을 받아 들었다. "개운해질 시간이 좀 필요할 거요. 난 한잠 잘 테니, 할 만큼 하고 나와 좀 깨워줘요" 하고 그는 '찜질방' 앞으로 돌아섰다. "그런데 제게 왜 이렇게까지……"라며 내가 말꼬리를 흐리자 검버섯이 어깨만 돌린 채로 빙그레 미소를 지었다. "'한바탕 잘 놀고 갑니다!' 그러지 않겠어? 그때서야 내가 그동안 손을 너무 막 굴려댔구나, 싶더라고. 화투짝 휘두르다 인생 말아먹지 말고, 진작 철 좀 들었어야 했는데 말이야. 아내랑 아이들을 내치고, 가진 거라곤 손이 전부였는데." 손 떨어진 팔을 휘둘러 보이며 그는 계단을 따라 찜질방으로 내려갔다. 멀어지는 그의 뒷모습이 외려 하나의 거대한 손처럼 보여 나는 눈을 크게 떴다. '한바탕 잘 놀고 갑니다'라던 그의 손은 어쩌면, 그가 영원히 볼 수 없는 그의 너른 등짝에 숨겨져 있는 건 아닐까 하는 생각이 들었다.

나는 천천히 목욕탕 안으로 들어섰다. 신발을 벗고, 한 겹씩 몸에 덧씌워놓은 옷을 내려놓았다. 감췄다 믿었던 몸이 발가벗겨지자 한없이 보잘것없게만 느껴졌다. 나는 개켜놓은 옷 위에 처방전도 고이 접어 올려두었다. 제 자신, 내일이면 손이 없어질 나를 증명하는 존재이듯 내 부재의 시간을 이 한 장의 종이도 무사히 견디어주기를 바랐다. 나는 사물함 열쇠를 발목에 채운 뒤 수건을 손에 들고 탕 안으로 들어갔다. 탕 안은 온통 희붐해 사위가 잘 보이지 않을 정도였다. 오로지 내 발끝만이, 선명하게 눈에 들어왔다. 나는 주섬주섬 수건과 의자를 챙겨 자리를 잡았다. 차가운 의자에 엉덩이가 닿는 느낌이 선득해, 나는 잠시 수건을 쥐고 어깨를 옴츠려 떨었다.

사방에서 분주히 몸을 씻고 물을 퍼붓는 소리가 들려오고 있었다. 나는 조심스레 샤워기를 집어 들었다. 곧 몸으로 시원스레 물줄기가 쏟아졌다. 소낙비를 맞는 것처럼 따가웠다.

나는 열심히 몸을 씻었다. 간간이 샤워기를 조준해 거울을 씻어냈지만 금세 뜨거운 김이 자우룩이 서렸다. 얼굴은 잘 비치지 않았지만 그래도 손으로 구석구석 온몸을 닦는 행위가 자신에게 내가 분명 살아 있다고 말해주는 것 같아 마음 한구석이 아릿했다. 그래 봤자 내일이면 이 손도 달아나, 나는 앞으로 꽤 오랜 시간 손 없이 목욕해야 할 테지만. 불쑥불쑥 시야가 뿌예졌다.

그때 마침 "이봐 젊은 친구, 내 등 좀 밀어주지" 하고 누군가 내 어깨를 두드렸다. 마흔쯤 되어 보이는 중년의 남자였는데 키가 작고 등이 언덕처럼 봉곳 솟은 곱사등이였다. "네?" 나는 당황했지만 그가 내민 때수건을 받아 들지 않을 수 없었다. 때수건 한 장에 꽉 들어차는 내 두터운 손을 보고 그는 웃으며 "아주 단단해 보이는데" 하고 중얼거렸다. 마침 지나가던 빨간색 팬티를 입은 때밀이 사내가 눈이 따갑게 나를 흘겨보며 걸어갔다. 망설여졌지만 그래도 그의 작은 등을, 나는 최선을 다해 닦아주기로 마음먹었다. 때를 밀고, 비누칠을 하고, 따끈한 물을 끼얹는 동안 이마에 땀이 솟았다가는 곧 후드득 떨어졌다. 때수건을 손에 끼고, 정성스레 누군가의 등을 만지고 있는 느낌이 싫지 않아서 나는 더욱 꼼꼼히 손을 놀렸다.

새삼스레, 그 언젠가 제대하고 돌아온 날 저녁 동네 목욕탕에서 아버지의 등을 밀어드렸던 기억이 났다. 어느새 이토록 야위어버린 등이라니. 그때 나는, 온 힘을 다해 밀지 못했었다. 안 그래도 마른 피부인 데다 힘을 주지 않은 탓에 때도 잘 나오지 않았는데 아버지는 "우리 아들 손이 참 시원하구나"라며 실없이 '흘흘' 웃었다. 시원한 아들 손을 보여드리지 못한 게 벌써 몇 해째인지 가늠이 되지 않았다. 어쩐지 손바닥 가득 짠내가 풍겨왔다. 아버지가 이따금 전화를 걸어와 짤막히 부려놓던 말들이 이제 와, 선연히 떠올랐다.

"산다는 건, 어느 구름에서 비가 올지 모르는 거란다. 영원히, 알 수 없는 것이지."

"네, 아버지."

"그러니 얘야."

"네, 아버지."

"끼니 거르지 말고."

"네, 아버지."

"잠도 잘 자고."

"네, 아버지."

"시간 되면…… 집에도 좀 내려오고."

"네, 아버지."

전화기를 뺨에 대고도 컴퓨터 모니터에서 시선을 떼지 못했던 아들의 무심함을, 아버지는 보지 않아도 훤히 알고 계셨을까. "네, 아버지" 하고 대답하는, 그 무력한 불효를.

"탕에 들어가서 몸을 좀 담그고 와요. 그럼 내가 젊은이 등도 시원하게 밀어줄 테니" 하고 말하며 곱사등이는 내 손에서 때수건을 빼 들었다. "괜찮습니다." 나는 손을 내저으며 사양했다. 그러나 그는 "뜨끈히 몸을 좀 지지고 오래도. 그럼 금방이라도 죽을상을 하고 있는 그 불그죽죽한 얼굴이 조금은 나아질 테니 날이야"라고 말했다. 떠밀리듯 나는 자리에 앉지 못하고 탕으로 걸어갔다. 물이 넘칠락 말락 차오른 터였다. 40.3℃라고 표시된 열탕에 나는 천천히 몸을 담갔다. 살갗을 데는 듯한 뜨끈함이 전신에 퍼졌다. 그 뜨거움이 뼛속 깊이 글자처럼 새겨지는 것 같은 기분이었다. 열에 달뜬 얼굴로, 나는 내 발가락과 발등, 발목이 물에 얼비쳐 흔들거리는 모습을 바라보았다. 어쩐지 아주 크고 따뜻한, 누군가의 두 손에 감싸 쥐어진 듯한, 그런 안락한 기분이 들었다. 몸 전체가 사부자기 녹아내릴 것 같은 온기였다.

나는 아이처럼 찰방찰방 손으로 물을 움켜쥐었다. 물은 머물지 못하고 자꾸만 손안에서 빠져나갔다. 내일이면 이 손도, 나를 빠져나갈 것이다. 생각의 끝에 목이 메어 나는 누가 볼세라 고개를 떨어뜨렸다. '안녕'이라고, 나는 말해줄 수 있을까. 손은 떠나며 내게 어떤 말을 들려줄까. 알 수 없었다. 아버지 말대로라면 인생이란 어느 구름에서 비가 올지 모르는 것이니, 지금의 시간을 흘려보내는 것 외에 나는 아무것도 그 어떤 것도 미리 예감할 수는 없는 것이다. 그러나 알 수 없고 예감할 수 없으니 이 맑고 뜨거운 물이 심장을 데우는 시간까지만, 나는 내 두 손을 따끈히 맞잡아주어야겠다고 생각했다. 나의 소중하고 아름다운, 손을. 두 눈을 감고, 나는 탕 안으로 깊이 잠수했다. 정수리까지 물이 차오르면 내 숨은 잠시 멎을 테지만 그렇다 해도 몸은 곧, 수면 위로 다시 떠오를 것이다. 내게서 떠나갈 손과 생애 처음으로 뜨겁게 악수하며, 나는 한없이 낮게 가라앉았다.

을 떠올리자마자 어쩐지 마음속 깊이 울컥, 서러워졌다. 서운하기도 못내 섭섭하기도 한 그 인사를, 내일, 나는 과연 잘 받아들일 수 있을까 더럭 겁이 났다. 방향을 정하지 않은 채로 터벅터벅 걸으며 나는 오래도록 내 손을 유심히 들여다보았다. 태어나서 이처럼, 손의 마디마디와 손가락 각각의 길이, 손톱의 표면과 지저분한 손거스러미, 손바닥에 난 주름 따위를 공들여 바라보았던 적이 있었던가. 열 개의 손가락 하나하나를 까딱여보고, '우두둑' 소리가 나게 꺾어도 보고, 손바닥을 마주해 힘껏 밀어보기도 했다. 주먹을 쥐어보고, '브이' 자를 그려보고, 엄지손가락을 치켜들어보고, 하늘을 향해 삿대질도 해보고, 엄지와 검지를 둥글게 맞물려도 보고, 새끼손가락과 새끼손가락을 고리처럼 걸어보기도 했다. 움직이면 움직일수록, 맞비비면 맞비빌수록, 어디서부터 시작됐는지 모를 따뜻한 온기가 두 손 가득히 몰려들었다. 이 따뜻함이 그리워질 때면, 언제고 눈물이 솟겠다 싶었다.

여드름쟁이가 사라진 학교를 등지고 걷는 동안 많은 사람들이 내 곁을 지나쳐 갔고, 나 역시 많은 사람들의 곁을 지나쳤다. 그러지 않으려고 해도 내 눈은 자꾸만 사람들의 손을 찾았다. 다른 이들의 손은 제자리에 붙어 있는지, 손이 떨어진 사람들이 몇이나 되는 건지, 나는 전신의 신경세포를 오로지 그것에만 집중시키고 있었다. 그러다 나도 모르게 누군가

노웨어맨

불가사리에게는 여러 개의 팔이 있습니다. 특별한 이유는 밝혀지지 않았지만, 불가사리는 이따금 스스로 제 팔을 잘라냅니다. 아마도 외부의 자극이 가해진다거나 해서 그럴 테죠. 도마뱀도 마찬가집니다. 위험에 처하는 순간 꼬리를 잘라내고 도망칩니다. 이들은 제 몸의 일부를 고의적으로 잘라내 위기를 기회로 만들죠. 놀랍도록 현명한 일입니다. 하지만 우리 인간은 스스로 팔을 잘라낼 수 없습니다. 하물며 꼬리는 퇴화해버린 지 오래니, 떼버리고 도망칠 수도 없는 노릇이고요. 인간의 위기 대처 능력, 당신은 얼마나 신뢰하고 계십니까? 어두컴컴한 동굴 속에 자신을 감추지 마세요. 좌절하지도, 절망하지도 마세요. 처음부터 다시 시작할 수 있습니다. 결단코, 새로운 삶을 보장해드리겠습니다. **파산하십시오!** 파산은 곧 회생을 뜻합니다. 지금껏 몸에 지녔던 얼룩과 상처를 모두 지우고 깨끗한 인생으로 되돌아갈 수 있도록, 저희가 성심을 다해 도와드리겠습니다. 마음을 편히 가지세요. 파산은 어렵고 고통스러운 것이 절대 아니니까요.

———개인 파산 권고문이 실린 광고 전단 중에서

장공수는 목을 한껏 움츠리고 걸었다. 앞머리를 내리고 마스크로 얼굴의 대부분을 가려서 표정은 드러나지 않았다. 두 손을 점퍼 주머니에 푹 찔러 넣고 걷는 거리는 어두웠고, 흉물스러울 정도로 고요했다. 가로등은 켜진 것보다 꺼진 것이 더 많아 보였다. 건물도, 도로도, 아무런 활기가 느껴지지 않았다. 간간이 자동차 몇 대가 어둔 밤 낙엽처럼 굴러갔고, 무채색의 옷을 입은 사람 몇몇은 쫓기는 생쥐처럼 빠른 속도로 이동해갔다. 낯모를 이의 팔을 붙들어 채기라도 할 기세로 스산한 바람이 맹렬히 불어왔다. 장공수는 잠시 멈춰 서서 점퍼의 단추를 여미고는 다시 발걸음을 떼었다.

"다 끝났어, 이제 다 끝났다고!"

어디선가 깔깔거리는 웃음소리와 함께 큰 고함이 들려왔다. 사거리 맞은편에 위치한 지하철역 입구에서 팔다리를 휘젓던 더벅머리의 사내는 그러나 곧 소주병을 바닥에 떨어뜨리곤 휴지 조각처럼 널브러졌다. 그러자 두셋쯤 되는 한 무리의 양

44

복쟁이들이 착착 걸어와 쓰레기를 줍듯 그를 일으켜 세웠다. 사내는 하얀 입김을 피처럼 토해내며 어디론가 끌려갔다. 뒤이어 "거기 서, 잡아, 빨리 잡아!" 하는 다급한 목소리가 들려왔다가는 점점이 멀어졌다. 장공수는 엷은 한숨을 뱉으며 내리막길 도로를 따라 터덜터덜 걸었다. 장공수의 의지와는 상관없이 두 다리는 몇 걸음 걷지 못하고 자꾸만 멈춰 섰다. 공덕역 부근에 위치한 변호사 사무실을 이제 막 빠져나온 참이었다.

"요 몇 년간 브로커들이 아주 극성이죠. 서울뿐 아니라 경기도 일대를 휩쓸더니, 이제는 지방에 도서 산간 지역마저 난리더군요."

장공수가 내민 광고 전단을 훑어보던 변호사 1이 검지를 들어 코끝까지 내려온 안경을 추켜올리며 말했다. 머리숱이 적고, 두상과 체형이 작아 조금 왜소해 보였으나 목소리만은 굵직했다.

"난리 난리 그런 개난리가 없어요."

책상에 높이 쌓인 서류 더미에 코를 박고 있던 변호사 2가 고개를 들곤 무심한 목소리로 거들었다. 조금 길다 싶은 머리칼을 손으로 쓸어 넘기니 커다랗고 뾰족한 귀가 드러났다.

"개난리라니, 핫, 사람 참 말솜씨 하난 곱다니까."

"여기저기 온통 다 지랄 발광이니까요."

변호사 1과 2가 선물 세트처럼 함께 빙그레 웃는 사이, 장 공수는 목이 탔다. 차가운 바깥 공기를 헤치고 들어와 난방이 잘되는 사무실에 앉아 있으려니 양 뺨이 붉게 달아올라 따끔 거렸다. 장공수가 미처 뭐라 끼어들 틈도 없이 1과 2의 순서로, 변호사들은 재차 입방아를 찧었다.

"잘 들으세요. 이따위 망나니 브로커에 걸리면 한마디로 끝장입니다."

"꼴딱꼴딱 다 넘어가게 돼 있어요."

"현대인의 삶에서 일평생 등짐처럼 져야 하는 것이 뭐라고 생각합니까?"

"마이너스 통장이죠."

"빚입니다."

"서민에게 빚은 불가항력이에요."

"죽도록 일해 죽도록 빚을 갚지만 한 해 한 해, 쌀가마니를 쌓듯 창고에 빚도 쟁여놔야 하죠."

"덕분에 빚과 함께 주름이 늘고, 시름이 늡니다."

"병을 얻고, 아내는 가출하고, 애새끼는 쳐울고, 집문서가 넘어갑니다."

"바로 그럴 때 브로커가 찾아오죠."

"숙달된 말발과 깨끗한 서류 뭉치만 있으면 그걸로 게임 끝이에요."

"빚에 허덕이는 마을 어르신들, 이제 아무런 걱정도 하지 마십시오. 제가, 어르신들의 빚을 모조리 없애드리겠습니다!"

"그 말 한마디면 손발 차갑고 눈귀 어두운 어르신들은 옳다구나, 이런 은혜로운 자를 봤나! 호호 입김을 불고는, 붉은 인감 도장을 들어 서류에 쿡, 눌러 찍겠죠."

"브로커가 서류를 대신 접수해준 대가로 어르신들의 빚은 법원에서 탕감될 테고, 당연지사, 어르신들은 너무도 쉽게 파산합니다."

"금쪽같은 수수료를 챙긴 브로커는 유유히 도시로 돌아와 먹고, 자고, 싸고, 아주 잘 살겠죠."

변호사 1과 2의, 빠른 속도로 달려나가는 수다를 듣고 있자니 속이 울렁거렸다. "그건, 저도 압니다. 잘 알고 있어요"라고 말했지만 그들은 별달리 대꾸할 가치를 못 느끼는 듯했다. "변호사로 일하고 있지만, 그런 브로커들까지 고용하는 변호사 사무실이 꽤 많다는 게 안타까운 현실이긴 하죠. 하지만 현재로선 파산자의 신용 회복과 구제 방법이 그리 쉽진 않습니다. 일단 파산 당사자를 찾는 데만도 비용 투자를 좀 하셔야 하고요"라는 대답만이, 변호사 1의 입을 통해 돌아왔다. "아시다시피 저희들 하는 일이라는 게, 시간이 곧 돈이니까 말이죠" 하고, 변호사 2가 심드렁한 표정으로 말꼬리를 덧붙였다.

장공수는 저도 모르게 미간이 찌푸려져 재빨리 탁자 위로 시선을 돌렸다. 유능한 변호사들로 꾸려진 신종 흥신소가 성업 중이라는 말을 듣고 알음알음 찾아온 곳이었지만 이곳 역시 그저 그런 브로커들 집합소라는 느낌이었다. 사무실 문을 열고 들어가 소파에 앉은 지 10분이 채 되지 않아서, 장공수는 엉덩이를 일으켜야 했다. 젖은 옷을 걸친 것처럼 몸이 무거웠다. 의정부와 석계, 구로와 신도림을 거쳐 오늘만 해도 벌써 다섯번째로 찾아든 곳이었다.

문을 나서는 장공수에게 그들은 허리를 굽히며 "도와드릴 일이 있으면 언제든 찾아주십시오"라고 말했다. 요즘엔 길거리에서도 발에 차이도록 듣는 게 바로 그 말이었다. 변호사들은 어디서든 곳곳에서 튀어나와 명함을 뿌리고 전단을 돌렸다. 사람 머리통만 보이면 어떻게든 쫓아 손바닥에 제 사무실 전화번호부터 적어주는 게 다반사였다.

파산을 권유하고, 회생을 종용한다. 아무것도 책임지지 말라고, 짊어진 모든 짐을 일시에 내려놓을 수 있다고 어깨를 두드린다. *저희가 도와드리겠습니다.* 귓가로 흘러드는 그 말은 아주 달다. 어린 날 단 한 번 손에 쥐어봤던 둥글고 커다란 막대 사탕처럼 그것은 맛보지 않아도 식도 깊숙한 곳을 건드리는 말이다. 스스로도 더 이상 어찌할 수 없다고 마음먹었을 때 그들이 내민 호의를 물리치기란, 그래서 쉽지 않다.

그러나 막상 이렇게 사무실을 찾아다녀도 장공수는 아무런 도움도 얻을 수 없었다. 그나마도 믿고 일말의 기대감을 가졌던 자신이 우습게 느껴졌다. 이만큼 살아오고도, 여전히 호된 세상살이 앞에 순진하기만 한 얼치기에서 벗어날 수 없다니 씁쓸했다. 나 자신을 싫어하지 않기 위해서는 매일 유념해야 한다고, 장공수는 거듭 생각했다. 한쪽이 돈을 건네야 다른 한쪽이 도움을 준다. 1을 주고, 1을 받는다. A를 주고, A를 받는다. 1을 주면 2를 받는 게 아니라 꼭 1만큼을 받고, A를 주면 B를 받는 게 아니라 A와 똑같거나 혹은 조금 모자란 값 어치의 A′를 받는 것. 지극히 단순하지만, 그것이야말로 아주 먼 시절부터 지금껏 인간이 이어온 가치의 교환 방식이며 또 한 지독하게도 정당한 거래의 법칙인 것이다.

"아, 혹시라도 부담스러워서 그러시는 거라면 저희는 카드 할부로도 가능합니다만."

변호사 1은 힘없이 문손잡이를 잡으려는 장공수에게 짐짓 선심을 쓰듯 말했다. 장공수는 순간, 속도감 있게 팔을 뻗어 그의 면상을 갈겨주고픈 마음을 꾹 눌러 참으며 "예, 생각을 좀 해보고요. 다시…… 오겠습니다"라고 대꾸했다. 변호사 2가 어느새 다시 서류 더미에 파묻힌 모습을 어깨 너머로 바 라보며 장공수는 사무실을 빠져나왔다. 그들이 친절을 가장 해 고객에게 원하는 건 고액의 의뢰 비용이었으나 아쉽게도 장공수는 돈도, 시간도, 돈을 조달할 심적 여유도, 더 이상은 갖고 있지 않았다. 그들의 말대로, 장공수가 가지고 있는 것 이라곤 몹쓸 몸뚱이 하나와, 오로지 일하지 않는 날수에 비례

해 정직하게 늘어나는 빚뿐인 것이다.

철이 들지 않았을 땐 주먹이 재산인 줄만 알고 살았다. 돈
이 없어도, 주머니에 주먹만 찔러 넣고 있으면 나쁘지 않았으
니까. 단단하고 뜨거운 주먹만 갖고 있다면 화가 나도, 분노
가 치밀어도, 꼭지가 돌아도, 그것들을 손쉽게 풀어버릴 수
있었다. 화와 분노와 꼭지는, 누군가의 노르께한 뺨을 홈쳐때
리거나 낯모르는 이의 술 취한 머리통을 휘갈기는 것으로 다
스리던 나날들이었다. 그리고 그것들의 값은 번번이, 무디고
약해빠진 아버지의 손으로 치러졌다. 내 주먹으로 나 자신을
지켰다고만 생각해왔는데, 나는 그동안 내 주먹으로 아버지
를 부수고 있었구나. 머리가 다 커져서야, 장공수는 그 사실
을 깨달았다.

달은 기우는 것이 아니야.

어느 밤, 얼굴에 반창고를 덕지덕지 붙인 장공수는 야코죽
은 얼굴로 아버지와 나란히 앉았다. 아버지의 손가락엔 빨간
소독약과 반질한 붕대 쪼가리, 찐득거리는 흰 테이프가 뒤엉
켜 들러붙어 있었지만 아버지는 아무렇지도 않다는 듯 손바
닥을 비볐다. 나도 저 찐득거리는 것들과 다를 바가 없구나.
너무도 오랜 시간 아버지의 손가락에 엉겨 붙어 있었구나. 문
득 그런 생각들이 굶주린 고양이처럼 바들바들 수염을 떨며
몰려드는 밤이었다. 얇고 하얀 달이 어둔 밤하늘의 등허리에

얹혀 있는 걸 보며 아버지는 계속 느릿느릿 말을 이었다. 달은 기우는 게 아니라 그저 이지러진 것뿐이라고. 기울다와 이지러지다의 말이 어떤 뜻이며 또 어떤 차이를 갖는지는 알 수 없었지만 장공수는 그저 가만히 앉아 초승달을 올려다보았다. 그리고 입속으로 맑은 소주를 털어 넣는 아이처럼 비밀스레 이야기하는 아버지를 향해 귀를 기울였다.

이지러진 달은, 다시 차오르면 그만이지 않느냐.

취한 듯 나직한 숨을 뱉어낸 아버지의 옆에서 장공수는 아무런 대꾸도 할 수 없었다. 아버지의 어깨가 자신의 그것보다 한없이 낮아져 있던 탓이었다. 이후 장공수는 함부로 주먹을 쓸 수 없었다. 툭하면 사람들에게 시비를 걸어 싸움을 일삼던 것도, 밤마다 동네 체육관에 몰래 기어들어가 손등이 부풀어 오르도록 샌드백을 쳐대던 습관도 다 그만두었다. 키와 머리 숱이 자꾸만 줄어드는 아버지의 곁에서 대신 장공수는 장사를 배웠다. 공부는 잘 익히지 못했으니, 할 수 있는 것이라도 잘하고 싶었다. 화가 나도, 분노가 치밀어도, 꼭지가 돌아도 묵묵히 참아야 한다고, 그 생각을 알약처럼 삼키며 하루하루를 살아왔다.

살면서 자주, 아버지의 말을 떠올렸다. 이지러진 달은 다시 차오르면 그만이라는 말. 계집애 엄지손톱 속 반달같이 희디흰 달이 떠 있던 밤에 아버지가 들려준 그 말은 언제고 지친 목덜미를 주물러주듯 기운을 주었다.

"이런 무식한 새끼! 돈이 비싫아, 이런 것 하나 제대로 못하고!"

하지만 이따금씩은 아버지가 틀렸다는 생각을 하곤 했다. 시멘트 바닥에 나뒹굴 때마다, 심장이 찌르르해질 때마다 '아버지, 그게 아니에요' 하고 중얼거렸다. 아버지는 너무 착해서, 그리고 너무 미련해서, 차마 가여운 아들에게 이 말까지는 해주지 못했을 것이다. 사람은 달이 아니라서, 한 번 이지러지면 자국이 남는다는 것. 흔적이 옅어질 수는 있어도 절대 깨끗이 지워지지 않는다는 것. 그러니 알고 있다. 가난한 자가 아껴야 할 건 비단 돈뿐만은 아닌 것이다. 주먹도 아껴야, 빌어먹고 산다.

장공수는 맥이 한껏 풀린 채로 변호사 사무실을 빠져나왔지만 어디로 가야 할지 방향을 가늠할 수 없었다. 거리는 어두웠고, 인적도 드물었으며, 세계는 온통 고요한 먼지로 한 꺼풀 뒤덮여 있는 것만 같은 기분이 들었다. 양복쟁이들에게 양팔을 붙들려 끌려간 사람은 누구였을까. 틀림없이 그 또한 파산자이거나 아니면 파산 직전의 빚쟁이일 것이다. 보이지 않는 골목 곳곳에서 간간이, 아스팔트 바닥을 울리는 구둣발 소리와 함께 "이거 봐, 내 변호사하고 얘기하란 말이야!"라든가 "딸아이 얼굴만 잠깐 보게 해줘, 마지막 부탁이야" 하는 등의 말소리가 잠깐씩 들려왔다가 끊길 때마다 장공수는 가만 서서 귀를 기울였다.

　사람을 찾기 위해서라면 변호사가 아니라 제대로 된 사립 탐정을 찾아가야 하는 게 아닐까. 장공수는 잠시 고민하다 곧 제머리를 흔들었다. 그마저도 돈이 있어야 가능할 터였다. 이리저리 융통해놓은 돈을 합쳐본다 해도 가지고 있는 돈으로는 어림도 없었다. 돈! 결국 돈 때문에 아버지는 파산했다. 그리고 그 망할 돈 때문에 파산한 아버지나마 되찾을 수 없다는 게, 머리가 어질어질할 정도로 화가 났다. 장공수는 발길 닿는 대로 걸음을 옮기며 변호사로부터 되돌려 받은 광고 전단을 다시 펼쳤다.

　처음부터 다시 시작할 수 있습니다. 결단코, 새로운 삶을 보장해드리겠습니다. **파산하십시오!**

　이해는 한다. 누구라도, 마음이 혹했을 것이다. 결단코, 새로운 삶. 그것을 원하지 않는 사람이 누가 있을까. 두말할 것 없이 아버지도 다시, 시작하고 싶었을 것이다. 오로지 그 바람만이 간절했을 것이다. 불가사리가 제 팔을 잘라내듯, 도마뱀이 제 꼬리를 베어내듯, 아버지는 얼키설키 얽혀 제 목을 졸라오는 빚을 떼어낼 수 있다고 믿었을 것이다.

　공수야.

　전화선을 타고 들려오는 아버지의 목소리엔 쇳조각이 박혀 있었다.

　감기 걸리신 거예요?

　장공수는 물었다.

　아니다.

　조심하셔야 돼요. 날이 부쩍 추워졌으니까.

　알았다는 아버지의 대답은 아주 작게 들려왔다. 입을 떼지
못하고 망설이는 아버지의 강마른 얼굴이 눈에 선했다. 주변
이 시끄러워 장공수는 검지손가락으로 한쪽 귀를 막아야 했다.

　아버지, 말씀하세요.

　그래.

　아버지.

　장공수는 재촉했다.

　괜찮아요, 아버지.

　공수야.

　네.

　90만 원만……, 송금해다오.

　그게, 아버지와 나눈 마지막 통화였다. 마침 동대문에 물건
을 납품한 직후였다. 야시장이 시작될 무렵이었고, 장공수는
서둘러 ATM 기기를 찾아 발길을 옮겼다. 그리고 지난밤 수
금해 마침 수중에 가지고 있던 돈 109만 원을 모조리 아버지
의 통장으로 입금했다. 원단비로 고스란히 들어가야 할 돈이
었지만 하나도 아깝지 않았다. 아버지가 처음으로 아들에게

요구한 돈이었고, 아들이 생애 처음으로 아버지께 드리는 용돈이라고만 생각했으니까. 90만 원쯤이야 못 드릴 게 없었다. 적은 돈이나마 일해서 벌고 있으니 또 벌면 됐다. 하지만 아버지가 요구한 90만 원이 브로커에게 넘겨줄 수수료였단 사실을 장공수는 나중에야 알았다. 장공수가 드린 돈으로, 믿을 수 없게도 아버지는 파산한 것이다.

그리고 파산 직후, 아버지는 자취를 감추었다.

"90만 원을 뭐에 쓰시게요, 아버지?" 하고 묻지 않은 것을 장공수는 밤마다 후회했다. 뭐에 쓰시게요, 아버지, 뭐에 쓰시게요? 왜 묻지 않았을까, 왜. 하지만 그게 무슨 소용이란 말인가. 물었다고 한들, 아버지는 제대로 된 사용처를 말해주지 않았을 것이다. 아들에게 90만 원의 송금을 요구하며 미안하다 아들아, 이 애비는 여기서 그만 파산해야겠다,라고 말할 아버지는 세상 어디에도 없다.

장공수는 진심을 다해 제 스스로에게 말해주고 싶었다. 멍텅구리 같은 자식…… 그 밤, 동대문 쇼핑센터 지하 1층 한구석에서 아버지께 109만 원을 송금한 후, 장공수는 어깨에 잔뜩 힘이 솟았다. 고향을 떠나와, 아버지 곁을 떠나와, 서울에서 일을 시작한 지 10여 년 만이었다. 10년 가까이 일을 하고서야 아버지께 돈을 드린 셈이었지만 그래도 앞으로 몸이 부서지게 일하면 109만 원 아니라 900만 원, 9,000만 원,

까짓 9억쯤 방바닥에 현찰로 못 깔아드릴까 싶었다. 해가 지면 더 환히 밝아지는 동대문 야시장이 곧 개장될 참이었고, 그 밤, 그래서 장공수는 천 원짜리 한 장 쥐지 않은 빈손으로도 마냥 해죽거렸다. 다시 옷 보따리를 어깨에 메고 동대문 쇼핑센터를 오르락내리락해야 할 걸 알면서도 그날만큼은 어쩐지 힘이 남아도는 기분이었던 것이다.

서울에 올라와 가장 먼저 찾아온 곳이 동대문이었다. 학벌도, 기술도, 밑천도, 가진 것이라곤 아무것도 없었기에 몸으로 부딪칠 수 있는 일을 찾아야 했다. 그러기엔 이곳만 한 곳이 없었다. 사지 멀쩡한데 설마 일자리가 없을까. 장공수는 망설이지 않았다. 망설이지 않는 게 중요했다. 그동안 너무나 많은 시간과, 또 아버지의 밥을 축내며 살아왔으니까. 식상한 말이지만 성공하기 전엔 절대로 돌아가지 않겠다고, 장공수는 다짐했다. 처음엔 등짐으로 원단을 져 나르는 일부터 시작했다. 다 쓰러져가는 것 같은 동대문 건물들의 낡은 층계를 지게를 지고 오르락내리락하다 보면, 몸이 공중에 붕 뜬 것만 같은 순간들이 온다. 다리가 내 다리가 아닌 것 같고, 허리가 내 허리가 아닌 것 같고, 내 몸이 내 몸 아닌 것 같은 느낌.

끝도 없이 구불구불 이어지는 골목과 층계를 요령 없이 누비며 그래서 장공수는 매일 얼마쯤 마취되어 있는 기분이었다. 거대한 도시, 거인 같은 사람들, 색색의 원단이며 온갖 종류의 실, 지퍼, 큐빅과 깃털, 단추 들. 하르르한 원단들과 새끼손톱만 한 단추들이 무거워 그는 오줌을 지릴 정도로 쩔쩔맸다. 세상은 반짝이는 것 투성이었지만 동시에 아주 무거운 것들로만 가득 채워져 있다는 걸 그는 밥을 입에 우겨 넣을 때마다 깨우쳐야 했다. 밥알의 뜨거운 온기만이 홀로 가벼워 보였다. 그렇게 꼬박 5년이 넘는 시간을, 온종일 재봉틀 돌아가는 소리와 제 몸에서 나는 땀 냄새에 취해 하루가 하루가 아니고, 걷는 건 걷는 게 아닌 채로 일한 뒤에야, 장공수는 고달픈 등짐지기에서 풀려날 수 있었다.

동대문 골목 구석구석을 누비며 어깨 너머로 조금씩 바느질을 익히고 디자인을 배웠으므로, 장공수는 저축한 돈을 밑천 삼아 장사를 시작했다. 이런저런 시행착오도 겪었지만, 그는 주로 명품 옷과 가방, 구두 등의 디자인을 똑같이 베껴 만들어 동대문 내에 입점해 있는 도매 상가에 납품하는 것으로 자리를 잡았다. 지난 세월 꾸준히 안면을 터온 사장들은 장공수의 근면성실함을 신뢰해 흔쾌히 물건을 들였다. 납품 경쟁이 심했지만 장공수가 가져온 제품은 원단이 좋고 바느질이 꼼꼼하며 무엇보다 가장 '그럴싸해 보인다'는 이유로, 도매상 업주들한테 인기가 좋았다.

"이봐, 장 사장! 클로에랑 필립 림, 지미 추 좀 더 갖다 줘. 없어서 못 판다고."

건물 한 층을 미처 다 돌지 못하고 물건이 동이 나 원망스레 허리춤을 붙들리는 날도 꽤 있었다. 여기저기서 "떼돈 벌겠어, 장 사장!" 하는 소리가 듣기 싫지 않았다. 장공수는 "예, 예"라거나 "아닙니다, 아니에요"를 대답하며 힘든 줄도 모르고 제품을 만들어 날랐다. 주말 오후 이태원, 한껏 차려 입은 여자들 틈바구니를 헤치며 손이며 어깨며 머리며 보따리를 주렁주렁 매달고 걷는다 해도 아무렇지 않았다. 백화점에서 옷을 구입한 뒤 조심스레 분해해 패턴을 떠낸 다음, 다시 조합해 반품하려다 걸려 창피를 당하고 내쫓겨도 봤지만 부끄러운 마음은 조금도 들지 않았다. 명품 브랜드의 카피 제품을 동대문 쇼핑몰에 입점한 상가에 납품하면, 도매 업주들은 그것을 다시 소비자에게 팔아 이윤을 냈다. 업주들은 동일한 얼굴과 몸매의 마네킹에 옷을 입혀 빼곡하게 세워놓고는 '루이비통 st' '마르니 st' 따위가 써진 종이쪽지를 붙이곤 손님들의 이목을 끌었다.

"어머, 나 이거 꼭 사고 싶었던 건데!"

여자들은 떼를 지어 몰려와선 눈을 빛내며 다투어 물건들을 사갔다. "이거 샤넬 바로 지난 시즌 거잖아. 와, 이건 마크 제이콥스 신상이고!"라는 말을 서로의 귀에 속삭이며 그들은 '가짜'를 쇼핑하는 데 열광했다. 단순히 명품 가방에 매달린 모노그램이나 특정 브랜드의 배지 장식에만 신경 쓰던 '짝퉁'의 시대는 이미 지나 있었다. 사람들은 단지 로고가 아닌,

유행하는 신제품의 디자인을 원했다. 패션 잡지 화보에서 보았던 옷과 가방, 텔레비전에서 연예인이 신고 나왔던 구두 등에 모든 관심이 쏠렸다.

'~st'라고만 써 붙이면 펭귄의 뱃가죽이나 악어의 혓바닥이라도 못 팔 것이 없었다. 스타일style의 줄임말인 이 단어는, 특정 제품의 디자인을 베꼈다는 사실을 노골적으로 말해주는 것이었지만 아무도 개의치 않았다. 이곳에서는 단 몇 개월 전 뉴욕이나 파리, 밀라노의 패션쇼 런웨이에 올랐던 옷들부터, 하다못해 니콜라스 커크우드의 슬링백 힐, 지방시의 프린트 샌들에 이르기까지, 마음만 먹으면 명품 디자인의 제품들을 지극히 저렴한 가격으로 소비할 수 있는 것이다. 정녕, 그것이 소재와 만듦새에서는 정품의 질보다 현저히 떨어지는 값싼 가짜라 하더라도 말이다. 진짜는 없이 오로지 유행과 '그럴듯함'만을 소유하기 위한 이들로 동대문은 북적거렸다.

장공수는 품으로 파고드는 찬바람에 어깨를 떨면서도 낡은 운동화로 도로를 밀어내듯 걸었다. 물건 주문이 밀려 있었지만, 거래처로도, 사무실로도 갈 수 없었다. 어느 곳으로도 마음이 움직이지 않았다. 점퍼 안주머니 속에 넣어둔 전화기가 자꾸만 통증처럼 장공수의 옆구리를 찔렀다.

공수 씨, 지금 어디야? 수금 때문에 그러니까 문자 보면 연락 좀 줘.

장 사장, 오늘까지 결제 안 해주면 원단 못 내주니까 그렇게 알아.

디자인 수정 및 세부 장식 단가 문제로 의논드릴 일이 있습니다.
전화 주십시오.

공수 씨, 전화도 안 받고 자꾸 이러기야? 돌아버리겠다, 정말!

여러 통의 부재중 전화와 문자 메시지가 차곡차곡 들어와 있는 전화기를 눈으로 훑다 장공수는 이내 폴더를 닫아버렸다. 어쩐지 오늘만은 아무것도 신경 쓰고 싶지 않았다. 돈도, 장사도, 다 부질없는 짓이 아닌가. 사육장에 갇힌 동물처럼 모든 일상의 움직임이 피로하게만 느껴졌다. 차가운 바람을 쐬어가며 온종일 발품을 팔았지만 아무런 성과도 없이 하루 해가 저물어버렸다는 게 다만 서글펐다. 누군가 제아무리 많은 시간을 손바닥 위에 떨어뜨려준다 해도 달갑지 않을 것 같았다. 파산자와 파산할 자로 구성된 이 세계 안에서 어느 쪽이 더 불행할까. 끝내 파산하지 않는다 해서 무엇이, 다행일까.

아버지, 어디 계세요……

장공수는 친구들이 모두 돌아가버린 저녁 무렵의 어스레한 놀이터 한가운데 서 있는 기분이 들었다. 모두들 엄마의 새끼손가락을 잡은 채로 흩어질 때 장공수는 혼자서 아버지에게로 걸어갔었다. 어디로 발길을 돌려야 할지 몰라도, 누군가

방향을 가리켜주지 않아도 그때는 괜찮았다. 아버지는 언제고 변함없이, 늘 그 자리에 있었으니까. 흙 묻은 손으로 문을 열고 들어가면 아버지는 어린 아들의 손을 비누칠해 씻겨준 뒤 딸기맛이며 포도맛 따위의 캐러멜을 하나씩 입에 넣어주곤 했다. 작은 종이 껍질을 손에 쥔 채 빨갛거나 시퍼레진 혓바닥으로 배시시 웃던 날들. 온전히 평온하기만 했던 시간들 속에서 부자는 항상 함께였다.

　　장공수의 아버지 장용은 고향에서 동네 슈퍼를 운영했다. 장공수를 얻었지만 아내를 잃은 해에, 은행에서 받은 대출금과 그간 조금씩 저축했던 돈을 보태 차린 가게였다. 방 한 칸이 달린, 열 평 남짓한 작은 슈퍼가 장용에게 주어지는 하루의 유일무이한 위안이었다. 쓸고, 닦고, 물품을 진열하고, 팔고, 다시 쓸고, 닦고, 물품을 진열하고, 팔고, 그 단순한 노동의 반복만이, 그가 가진 삶의 최선이었다. 열 평의 삶을 소유하고 유지하기 위해 등뼈가 휘는 줄도 모르고 바지런히 일해 돈을 벌고, 세금을 내고, 대출금의 이자를 갚아나갔던 것이다. 장용의 일상은 오로지 온 힘을 다해 노동하는 시간으로만 채워졌다.

　　이른 아침부터 늦은 밤까지 일해도 벌이는 적었지만 그는 좌절하지 않았다. 적게 번다면, 적게 쓰면 되는 것. "먹고 살 만큼은 되니 좋지 않으냐." 이것이 그의 입버릇이었다. 늦은 잠자리에 들었어도, 한밤중에 누군가 문을 두드리며 "장 사장, 담배 하나만 줘!"라거나 "미안해요, 번개탄이 떨어져서"라는 등의 말을 하면 장용은 불평 한마디 없이 바지를 꿰어 입고 나가 그들에게 담배며 번개탄을 내주었다. "왜 꼭 밤중에 저 야단들이야" 하고, 실핏 든 잠에서 깨어난 어린 장공수가 불퉁거려도, 장용은 그저 싱글싱글 웃으며 "좋지 않으냐" 하고 말했다. 그러고는 다시 이불을 덮고 누워 나른히 잠을 청했던 것이다.

하지만 고작해야 구멍만 한 동네 슈퍼를 운영했을 뿐인 장용은, 2천년대에 들어와 부지불식간에 늘어나는 대형 할인 마트와, 기업형 슈퍼마켓이 들어선 이후로 단 한 푼의 현금도 손에 쥐지 못했다. 사람들은 머뭇거리면서도 이내 눈이 휘둥 그레질 정도로 반질거리는 마트로 몰려갔다. 크고 넓은 공간이 모자라도록 빼곡히 들어찬 제품들, 그리고 그 쾌적한 공간에 걸맞은 서비스. 그곳에 들어서면, '손님'만이 가질 수 있는 무한한 권리가 제공되었다. 사람들은 껌 한 통이나 음료수 한 캔을 사면서도 경제적인 면에서 크게 할인받고 있다는 생각에 뿌듯해했고, 단돈 백 원을 쓰더라도 구매 포인트를 적립받길 원했다. 물건을 구매한 뒤에도 마음에 들지 않는 제품은 당당히 교환과 환불을 요구했다. 자신이 마트의 '소비자'인 이상, 마트 앞에 떳떳하지 못할 이유는 없었다.

사람들이 마트로 우르르 몰려가는 걸 장용은 망연자실 앉아 바라만 보았다. 손님도, 매상도 현저히 줄어갔다. 인정상 찾아와 저녁 찬거리나 과자 따위를 사가던 이웃집 주부며 꼬마들도 어느 순간 발길을 끊었다. 결국엔 아무도, 동네 슈퍼 따위엔 찾아오지 않게 되었다. 마치 애초부터 그곳이 존재하지도 않았던 것처럼 슈퍼는 잊혀졌다. 그리고 순식간에, 손쓸 도리 없이 망가졌다.

판매되지 못한 식품은 모조리 음식물 쓰레기가 되었다. 유통기한이 있는 두부, 소시지, 햄, 우유, 계란 등이 버려졌고, 상추, 콩나물, 버섯, 당근, 양파, 마늘 등 온갖 야채들이 동시에 부패했다. 감자와 고구마, 옥수수, 호박 등에 곰팡이가 슬거나 싹이 났다. 싱싱한 것이 가장 무섭다는 걸, 장공수는 그때 깨달았다. 살아 있는 것이 그토록 순식간에 부패해가는 모습을 하염없이 바라만 봐야 한다는 건 괴로운 일이었으니까. 그 괴로움의 정체가 무력함이라는 사실은 커서야 알게 되었지만, 어쨌거나 주먹만 한 슈퍼 하나가 통째로 썩어들어가는 광경은 그야말로 공포나 다름없었다.

아마도 그 순간이었던 걸까? 어쩌면 아버지는 스스로 자신의 유통기한 역시 지났다고 생각해버렸을지도 모른다고, 장공수는 생각했다. 아마도 어떤 상실감 같은 것이, 내향성 발톱처럼 아버지의 살을 아프게 파고들었겠지. 끝내 제 몸의 제 조일자마저, 아버지는 가물거렸을지도 모르는 일이다. 그러나 장용은 꽤 오랜 시간 앓고 일어난 뒤, 묵묵히 시위를 준비하는 데 몰두했다. 머리에 붉은 띠를 두르고, '서민의 목 조르는 거대 기업 물러가라' 등의 문구를 써넣은 피켓을 만들고, 소상공인들을 찾아다녔다.

동네엔 슈퍼 외에도 많은 소매상들이 있었다. 정육점, 청과물점, 건어물 가게, 수입상품 판매점, 떡 방앗간, 양품점, 수선집, 화장품 가게, 미용실, 이발소, 서점, 생선 가게, 제과점, 속옷 가게, 약국, 애견용품점, 목욕탕, 식당, 다방……대형 할인 마트와 기업형 슈퍼마켓이 상권을 장악하면서 도시의 중앙시장은 물론이고, 구와 동 단위의 작은 상점들까지 모조리 문을 닫았다. 자영업자들은 뱉는 족족 한숨이었다.

"망했네, 망했어!"

가게의 사장들은 저마다 울분을 토하며 장용이 내미는 머리띠와 피켓을 받아 들었다. 대형 할인 마트에는 생필품 판매점만이 아닌 하다못해 미용실과 네일숍, 약국과 찜질방, 커피 체인점과 푸드 코트 시설까지 입점해 있었으므로 장용과 뜻을 함께하는 시위자들은 빠른 속도로 늘어났다.

그들은 질서 정연하면서도 열정적으로 행동했다. 자신들이 처한 부당함을 문서화해 관할 시청과 정부 부처에 알리고, 시민들을 향해 전단을 뿌리며 처지를 호소했다. 한데 모여 돗자리와 신문지를 펴고 앉아 구호를 외치고 피켓을 흔들었다. 그러나 그것뿐이었다. 분노한다, 모인다, 시위를 한다. 거기까지였다. 아무도, 그들의 움직임을 주시하거나 상대해오지 않았다. 하루에도 수십 통씩 팩스를 넣었지만, 지역신문사에서는 취재는커녕 단 한 줄의 기사도 싣지 않았고, 방송국도 요지부동이었다. 몇몇 시사 프로그램 프로듀서들로부터 접촉이 있긴 했지만 기대와는 달리 그마저도 수박 겉핥기 식의 꼭지 뉴스로 그쳐버렸다.

시위를 하는 자들로서는 하루 이틀, 시간과의 싸움이었다. 그러나 대형 할인 마트와 기업형 슈퍼마켓은 나날이 오가는 사람들로 발 디딜 틈 없이 북적일 따름이었다. 한 달, 두 달, 손에 쥐는 것 없이 장용은 밥을 먹고, 잠을 자고, 세금을 내고, 시위를 이어갔지만 시위대의 격렬함은 차츰 그 기운을 잃었다. 시위는 미처 6개월을 넘기지 못했다.

"미안해……, 장 사장."

시위대는 조용히 해산했다. 대형 할인 마트의 정문 앞에 '직원 채용 공고·캐셔 모집'이라는 공고문이 써 붙여진 날이었다. '사장'들은 망설이면서도, 하는 수 없다는 태도로 어깨를 두어 번 으쓱거리고는 천천히 고개와 함께 피켓도 내렸다. 그리고 그들은 하나 둘씩, 마트의 다소곳한 '사원'이 되었다.

"월급 받고 사는 게 속은 편하잖아, 사실."

"출퇴근 시간도 정해져 있고, 그만둘 때 퇴직금도 받을 수 있고 말이지."

"마트 직원도 4대 보험 되나?"

그들은 두건을 쓰고 앞치마를 두른 뒤, 왼쪽 가슴께에 빛나는 사원 명찰을 달았다.

장용만이, 홀로 거리에 남았다.

아버지, 이제 안 돼요. 그놈들은 끄떡도 안 할 거예요.

시위대가 해산하는 모습을 보고 이렇게는 살 수 없겠다 싶어 서울에 올라왔지만 아버지는 매일 혼자서 머리띠를 두르는 것 같았다.

아버지, 제 말 들리세요?

전화기 너머 아버지는 입을 꾹 다문 채였다. 장공수는 밤마다 아버지가 부서지고 떨어져나간 피켓을 수리하는 모습을 떠올려야 했다.

괜찮다. 너나 밥 잘 챙기고. 타향살이는 밥이 살로 안 가는 법이다.

아버지의 얇은 입술이 달싹이는 소리만 들어도 눈꺼풀이 가물거리는 날들이었다. 어깨에 피멍이 가실 날이 없었던 때라 그마저도 통화 몇 분에 곯아떨어지기 일쑤였지만.

아버지, 이제 안 돼요.

대체 그 거지 같은 소리를 몇 번이나 반복해서 아버지에게 해댔던 것일까. 장공수는 앞니로 잘근잘근 혀를 씹었다. 지독한 화가, 혀뿌리에서부터 솟았다. 아버지, 이제 더는 안 돼요. 왜 그따위 말들만 늘어놓았을까, 왜.

징글징글 울려대는 전화기를 손잡이처럼 붙든 채 장공수는
흔들리며 걸었다. 골목을 들어선 지 얼마 되지 않아 또 큰길
이 나왔고, 횡단보도를 건넌 뒤 또다시 골목으로 들어섰다.

"끝났어, 다 끝났다고!"

어디선가 또 그런 소리가 이명처럼 울렸다. 그리고 번호표
를 받아든 대기자처럼 유리병 깨지는 소리, 토악질 소리, 질
긴 구둣발 소리도 한데 뒤엉켜 들려왔다. 장공수는 전선줄에
휘감긴 주홍빛 가로등을 이정표 삼아 이리저리 방향을 틀었
다. 서울은 어린애가 흙더미를 쌓은 뒤 물길을 내어 만든 지
저분한 미로 같았다. 언제 부서질지 모르는, 하지만 어느 곳
으로 나가도 결국엔 손쉽게 출구가 찾아지는 모래의 미로.

장공수는 대흥역 사거리의 오르막과 내리막을 번갈아 걸으
며 신촌에 다다랐다. 정작 돌아가야 하는 동대문과는 점점 더
멀어지고 있었지만 멈춰야겠다는 생각은 들지 않았다. 장공
수는 다시 골목으로 접어들어 오르막길을 올랐다. 혹시 아버
지도, 처음엔 이렇게 무작정 집을 나섰던 건 아닐까. 발길 닿
는 대로 걸어 오로지 출구를 찾고 싶은 마음만이, 간절했던
건 아니었을까.

파산자의 행방을 찾기란 불가능하다는 걸, 장공수도 익히
들어 알고는 있었다. 계속되는 경제 불황, 끝도 없이 확산되
는 빈익빈 부익부, 갚을 길 없는 대출 이자, 감당 못할 빚에

서민들이 허덕이는 세상. 파산자와, 또 곧 파산할 자가 구정물처럼 흘러넘치는 사회였다. 파산은 그 자체로 어디에서나 골칫거리였다. 파산자가 크게 늘면서 거리는 수많은 노숙자들로 메워졌고, 절도와 폭행 등 범죄율도 급증했으므로, 경찰은 그들을 단속하기에 급급했다. 치안이 위협받는 사회의 분위기는 흉흉했다. 폭발물 신고 접수가 늘고, 실제로 극장과 지하철 등에서 사고가 일어나면서, 항간엔 파산자들이 모여 거대한 테러 조직을 만들었다는 소문마저 돌았다. 가족들이 파산자의 실종 신고를 하기도 전에 경찰은 파산자를 찾아내 속속 잡아들이기 시작했다.

"왜 대출이 안 되는데! 그럼 어떻게 먹고 살라는 거야!"

신용 불량으로 낙인찍힌 파산자들이 말 그대로 '회생'하는 경우는 불행히도 드물었다. 모든 빚을 탕감해주고 면책받았다고 생각했지만, 정작 파산자의 면책 기록은 꼬리표처럼 따라붙어 금융권 거래를 비롯한 경제적 활동이나 구직, 재취업 자체가 사실상 불가능했다.

노웨어맨Nowhere man.

누가, 언제 처음으로 이 말을 썼는지는 알 수 없지만 어쨌거나 사람들은 어느 순간부터 파산자들을 이렇게 불렀다. 노웨어맨이라는 단어는 유행어처럼 온 사회를 휩쓸었다. 신문과 텔레비전 뉴스는 증후군처럼 번져나가는 노웨어맨 현상에 대한 기삿거리들로 넘쳐났다. 노웨어맨이라는 것이, 어디에도 없는 사람이라는 것인지 혹은 아무것도 아닌 사람이라는 것인지, 그 뜻은 명확하지 않았다. 다만, 여기에 없는 사람이라는 사실만은 분명하지 않은가 하고, 장공수는 '노웨어맨'이라는 말을 접할 때마다 생각했다. 그리고 불쑥불쑥 머리꼭지까지 치받는 화를 참기가 어려웠다. 모두가 가짜인데, 진짜를 흉내 내기에 급급할 뿐인 세상에 살고 있을 뿐인데, 그런데 노웨어맨이라니, 아무것도, 아니라니.

"아직 늬 아버지 이름은 없어."

어젯밤, 광재는 전화를 걸어와 몰래 귀띔해주었다. 지서 구금자나 사망자 신고 접수 명단에서 아버지의 이름을 발견하지 못했다는 뜻이었다. 아버지가 사라지고 난 뒤, 장공수는 가장 먼저 경찰공무원으로 일하는 광재를 찾아갔다. 어릴 적 친구에게 손 내밀기엔 너무 훌쩍 커버려서 멋쩍었지만, 그래도 장공수는 하루에도 몇 번씩 마음을 졸이며 광재에게 연락이 오기만을 기다렸다.

"고맙다. 또 연락 줘."

"그래."

"저기, 광재야."

"응?"

"미안해."

"아냐."

"그래도."

"알았어, 끊는다."

"그래, 들어가. 저기, 광재야."

고마워하면서 동시에 미안해하기도 해야 하는 관계란 아주 불편한 것이었지만 장공수는 광재의 전화를 쉽게 끊을 수 없었다. "정말, 있는 거지?" 하고 물으면서도, 떨지 않으려 애쓸수록 목소리는 더 떨려나왔다. "어디 잘 계시겠지. 걱정하지 마"라는 말을 끝으로, 통화는 끊어졌다. 지금쯤 광재는 퇴근을 했을까, 저녁을 먹고 있을까, 먼저 전화를 걸면 부담스러워하려나, 이런저런 생각을 하며 장공수는 어깨를 옹송그린 채 두 다리를 움직였다. 부서지고 파인 아스팔트는 걷기에 힘이 들었고, 눈 맞추지 않고 뛰듯이 걷는 사람들과 도시의 지저분한 뒷골목은 풍경 그 자체로 어둡고 차갑고 을씨년스러웠다.

동교동 삼거리는 온통 공사 먼지로 뒤덮여 있었다. 장공수는 한껏 고개를 수그렸다. 밤에도 이렇듯 먼지투성이라니. 낮이었다면 황사처럼 덮치는 먼지와 따귀를 때릴 듯 귓가로 몰려드는 소음이 징글징글하게 들려왔겠지, 생각하며 장공수는 조금 더 걸음을 빨리했다.

공수야.

그때, 더운 바람이 불 듯 누군가의 입김이 장공수의 목덜미에 닿았다. 그는 가만 멈춰 서서는 돌아보지 않았다.

공수야.

"아버지?"

익숙한 목소리가 귀에 들려오자 장공수는 혈관의 피가 빠르게 휘도는 느낌이었다. 그러나 애타는 마음과는 달리, 모래 먼지에 휘감긴 몸과 눈은 아버지의 얼굴을 쉽게 알아볼 수 없었다.

"아버지?"

장공수는 허공을 향해 재차 물었다.

말랐구나.

"어딨어요, 아버지?"

장공수는 목을 늘여 빼고 사방을 두리번거렸다. 그러나 아버지는 다만 목소리로만 존재하는 듯 모습이 보이지 않았다. 어디서 보고 있는 것인지, 목소리는 어느 쪽에서 들려오는 것인지 모든 게 불분명했다. 환청이 들리는 게 아닐까. 그는 낙심했다.

여기란다.

"여기라뇨, 어디 말씀이세요?"

부끄럽구나.

"장난치지 마세요, 제가 얼마나 찾았는지 아세요? 얼른 나오세요, 괜찮으니까 얼른요!"

널 볼 낯이 없다.

"아버지!"

여기야, 여기 있어.

보이지 않는데, 목소리는 너무도 분명히 그리고 명확하게 들려왔다. 장공수는 자꾸만 아버지를 불렀다. 부르는 만큼, 울음이 복받쳤다. 가늘게 떴던 눈을 돌려 다시 숨을 크게 쉰 뒤 "아버지, 제발요!" 하고 있는 힘을 다해 소리쳤을 때, 그제야, 아버지가 보였다.

"아버지……"

그래.

장용은 장공수의 귓불 가까이에 다가와 있었다. 아주 많이 작고, 얇고, 납작해진 모습으로 붙박인 채였다. 동교동 삼거리 공사 현장 벽보에, 파란색 페인트로 칠해져 스텐실이 된 모양새로 장용이 거기 있었다. 장용의 눈과 코와 입과 귀와 몸이, 온전히 그곳에 살아 있었다.

"누가 이런……"

장공수는 말을 잇지 못했다. 믿기 힘들어서, 눈에 보이는 이 광경이 진짜인지 가짜인지 도무지 분간할 수 없었다. 액자에 갇힌 듯 아버지는 벽에서 걸어 나오지 않았다. 그러나 말하고, 바라보고 있는 것만은 분명했다.

나다. 시작도, 끝도, 그 모든 선택을 한 건 나란다.

롤러에 검은 잉크를 묻혀 발린 듯 윤곽만 남은 얼굴로, 장용은 말했다.

"아니에요, 아버지가 선택한 게 아니에요."

장공수는 고개를 저었다.

"그렇게 선택할 수밖에 없었던 거예요. 선택을 강요받은 거나 마찬가지라고요. 아버지, 아니에요, 아버지. 절대로 아니에요."

장공수는 흥분해서 소리쳤지만 장용은 희미하게 웃었다.

공수야.

"네, 아버지."

이 세상에서 가장 몹쓸 단어가 뭔지 아니?

장용이 물었다. 장공수는 잠시 망설이다 대답했다.

"파산이요?"

아니다.

장용이 말했다.

"그럼요?"

애비다. 애비라는 두 글자가, 가장 몹쓸 것이다.

더는 아무런 대꾸도 할 수 없어서 장공수는 울 듯한 표정으로 입을 다물었다. 장용은 입매를 늘여 보이려 애썼지만 그럴수록 그의 마른 광대뼈가 더 도드라져 보였다. 콧등이 주름져 일그러지고, 희멀건 눈썹도 축 처졌다. 장용의 얼굴 전부가 장공수에게는 상자에서 쏟아져 내린 부서진 단추며 옷핀처럼 가엾게 느껴졌다. 아주 작고 볼품없는 장식들을 주워 담는 손길로, 장공수는 벽에 숨어든 장용의 얼굴을 어루만졌다. 공사장의 모래 먼지가 자꾸만 빛쟁이처럼 몰려와 시야를 가리고 있었다. 장용은 거듭 지워졌다가는, 장공수가 손바닥으로 여러 차례 벽에 달라붙은 모래 먼지를 쓸어낸 뒤에야 다시 나타났다.

"왜 여기 계시는 거예요."

장공수는 다리에 힘이 풀려 스르륵 벽보에 기대어 앉았다. 차가운 밤거리일 뿐인데 아버지의 허벅지를 베고 누운 듯 뺨 한쪽이 뜨끈했다.

"아버지, 저 거짓말했어요."

장공수는 말했다.

거짓말?

"네. 저 사실…… 디자이너 된 거 아니었어요."

그래?

"처음엔 저도 티셔츠 도안을 직접 그려보고, 스커트도 만들어보고 했었는데요. 그게 쉽지가 않았어요. 도매상에 의리로 몇 장 떠넘겨보기도 했는데 결국엔 도로 다 반품이더라고요. 재고는 쌓이고, 빚만 떠안았죠."

그랬어?

장공수는 어리광을 부리듯 고개를 끄덕였다.

"그래서 명품 브랜드 제품의 디자인을 고스란히 베껴 만들었어요. 원단이나 바느질에 조금만 신경 쓰면, 팔리는 건 늘 시간문제예요. 놀라웠죠. 막상 돈이 돌아가는 걸 눈앞에서 한번 보니까, 그만두기가 어려웠어요. 디자인을 베끼고, 만들어 내놓으면, 거짓말처럼 팔려나가요. 가짜를 파는데, 사람들은 진짜를 산 얼굴로 돌아가요."

그랬구나.

"근데요, 아버지. 참 웃긴 게요, 짝퉁의 세계에서는 '품절'이라는 게 없어요. 수량이 절대적으로 부족한 시즌 한정판 구두라 해도, 전 세계에서 완벽하게 품절된 브랜드의 가방이라 해도 말이죠. 얼마든지, 다시 찍고 만들어낼 수 있어요. 모두가 가짜죠. 진짜란 없어요. 가짜의 세계에, 품절이란 결코 있을 수 없단 얘기예요. 그런데 하물며…… 파산이라니요. 노웨어맨이라니요. 물건도 동이 나질 않는데, 대체 그게 뭐란 말이에요, 아버지."

장공수는 어린애처럼 울고만 싶었다. "그게 뭐예요, 너무 우습잖아요. 우습잖아요, 아버지. 네?" 하고 재차 말했지만 돌아오는 답은 없이 그저 조용하기만 했다. 불현듯 밤바람이 불어와 머리칼을 쓸며 지나는 소리만이 선명하게 느껴졌다. 장공수는 조심스레 "아버지?" 하고 불렀다. 아무런 대답도 들려오지 않았다. 그는 기운 없이 몸을 일으켜 다시 벽보 앞에 섰다.

"아버지, 어디 계세요. 아버지."

장공수는 뿌연 먼지를 손바닥으로 쓸어내고 또 쓸어냈다. 그러나 도장처럼 찍혀 있던 아버지의 작고, 얇고, 납작한 얼굴은 다시 나타나지 않았다.

"아버지, 어쩌면 그래서, 그렇기에 저는 이제껏 일하며……, 안타까움이라는 걸 느껴본 적이 없었던 걸까요."

장공수는 천천히 뒤돌았다. 그의 둥근 등이 피켓을 들고 대형 할인 마트 앞에 앉아 있던 장용의 그것과 꼭 닮아 있었다. 먼지 바람을 머리에 이고 또 다른 골목으로 휘돌아가는 장공수의 걸음걸이는 한 발 두 발 걷는 그대로 한 뼘 두 뼘 무너지는 것만 같아 보였다.

무대적인 것_노웨어맨 2

사회자: 여전히 쟁점은, 파산자에 관한 것이죠.

패널 1: 그렇습니다. 경제 위기에 따른 개인의 파산은, 정부로서도 이미 손쓸 도리가 없는 실정이에요. 도시 전체, 사회 전부가 파산자로 넘쳐나고 있어요. 사람도, 은행도, 정부도, 파산했거나 곧 파산할 예정입니다.

사회자: 파산자는 오늘날 자본주의 사회에서의 또 다른 하위 계급으로 등장했다고도 말할 수 있을 텐데요. 허무한 얘기라 말하기도 좀 그렇지만, 짚고 넘어가보죠. 이토록 급속도로 확산된 파산자들의 출현을 막지 못한 이유는 무엇일까요?

패널 2: 개개인의 파산이 즉각 회생으로 이어지지 못한 것은 심리적인 요인도 크게 작용했을 것입니다. 사람들은 의무와 책임의 속박으로부터 벗어나길 원했지만, 결과적으로는 경제적 파산이 아닌 자아의 파산을 불러왔다고 봐야겠죠. 개개인의 자부와 자존이 무너지는, 정신적 충격이 컸을 겁니다.

사회자: 파산자 재교육과 재사회화에 대해서는 어떻게 진행이 되고 있습니까?

패널 1: 뜻은 좋지만 예나 지금이나 예산 지원이 되지 못한다는 게 문제입니다. 예산안 심의는 늘 말싸움에서 몸싸움으로 번지기 일쑤고, 그나마도 국회가 열리는 날이 흔치 않고요.

사회자: 노웨어맨을 구제하자는 운동이 확산되고 있습니다. 어디에도 없는, 혹은 아무것도 아닌, 이라는 뜻을 지우자는 거죠. 인터넷 상에서는 nowhere를 now + here로, 인식 자체를 긍정적으로 바꿔보자는 의견도 활발히 개진되고 있는 것으로 아는데요. 어떻게 생각하십니까?

──개인 파산의 실태와 대안 협의를 위한 방송 좌담회 중에서

가까스로 문이 닫힌 기차에 몸을 실은 뒤, 이진성은 한동안 가쁜 숨을 몰아쉬었다. 플랫폼에 선 네댓 명의 양복쟁이들이 넥타이를 풀어 바닥에 내치며 거친 욕설을 퍼붓고 있는 것을, 듣지 않아도 알 수 있었다. 화가 난 그들의, 발 구르는 모양새가 점점 작아져 보였다.

달아나고 있다, 도망치고 있다, 붙잡히지, 않았다.

기차의 바퀴가 회전을 반복해 속도를 높이고 서서히 앞을

향해 나아간다는 명징한 사실만이, 그래서 감격스러웠다. 그들의 키가 시나브로 줄어든다는 것이, 줄고 줄어 끝내는 제 시야에서 사라지고 말리라는 것이, 다행스러운 한편 통쾌하게까지 느껴졌다. 이진성은 헝클어진 머리칼을 매만지고, 찢겨져 나달나달한 셔츠를 재킷으로 가린 뒤 천천히 열차의 좌석 칸으로 올라섰다. 승객이 거의 눈에 띄지 않는데도 그는 땀에 전 옷매무새가 못내 신경 쓰였다. 그는 옷섶을 털어내는 시늉을 하며 조심조심 통로를 걸었다. 패거리들이 숨어든 건 아닐까, 그는 마지막 남은 총탄을 장전한 군인처럼 신경을 곤두세웠다.

텅텅 빈 좌석 사이사이로 의자 깊숙이 몸을 묻고 있는 사람들 몇이 눈에 들어왔다. 그중 어떤 이는 정신없이 잠들어 있었고, 어떤 이는 가느스름하게 눈을 치켜떠 그를 위아래로 훑어보았고, 또 다른 어떤 이는 검은 차창에 이마를 비비듯 가까이 대고는 어둠의 저편을 응시하고 있었다. 평일이었고, 자정이 가까워오는 시간이었다. 삽시간에 복병인 양 피로가 기습해왔다. 부서진 바리케이드처럼 어깨와 등과 허리가 산산조각이라도 나버린 것만 같은 기분이었다. 그는 눕듯이 자리에 앉았다. 플랫폼으로 들어서기 전, 가풀막진 계단을 뛰어내리다 구른 탓인지 의자에 몸을 묻자마자 엉덩이뼈부터 자근자근 쑤셔와 견딜 수가 없었다.

"이달 말일까지야!"

기차에 오르기 직전, 뒤통수에 날아와 꽂힌 말이었다. 문이 닫히지 않았다면 분명 "각서 기억하지! 절대로 더는 안 봐줘!"라는 말까지 듣고야 말았을 것이다. 그게 누구의 목소리인지, 이진성은 고개를 돌리지 않아도 알 수 있었다. 땡땡이. 항상 잘 다려진 흰 와이셔츠에 빨간색 도트 무늬의 넥타이만 매고 다니는 땡땡이는 언제 어디서든 눈에 띄었다. 깨끗한 민머리에, 2미터에 육박하는 장신, 근육으로 적당히 다져진 몸집도 시선을 끌었지만 그에 더해 온통 붉은 기가 도는 피부, 크기만 다를 뿐인 단추 모양의 눈 코 입은 땡땡이를 한껏 땡땡이답게 만들어주었던 것이다.

  "둥글둥글, 뭐든지 둥글둥글이 좋지 않습니까? 지구도 둥글고, 사람 머리통도 둥글고, 인생도 모나지 않게 둥글둥글 살아야 현명합죠!"

  처음 만난 날, 명함을 건네며 땡땡이는 그렇게 운을 뗐더랬다. 파산 선고를 받고 나온 직후, 법원 앞 계단에서였다. 이진성은 기어이 자신이 파산하고야 말았다는 것이 믿기지 않아서, 파산자의 신분이 되었음을 입증해주는 서류 더미를 품에 안고는 자춤자춤 걸음을 옮기고 있었다. 그러나 그가 법원의 출입문을 빠져나온 순간부터 변호사 브로커 한 무리가 삽시간에 몰려들어 손아귀에, 옆구리에, 하다못해 발밑에까지 색색의 명함과 각종 전단지를 찔러 넣는 바람에 그는 미처 몇 발짝을 걷지 못하고 멈춰서야 했다. 마침 왜바람이 불어와 종이 나부랭이가 무수히 떨어져 내렸다. 파산, 회생, 상담, 도움, 노웨어맨, 구제,와 같은 글자들이 삐라처럼 공중에서 뱅그르르 나부끼다 바닥으로 나동그라졌다. 이진성은 땡땡이가 다가와 어깨며 옆구리, 다리를 손으로 털어주는데도 별 감흥 없이 공허한 눈길만을 떨어뜨렸다.

"아시겠습니까? 둥글지 않은 것들이 항상 말썽인 법입니다. 돈이란 놈이 딱 그렇죠. 네 귀가 또각또각 각이 져서는, 손에 쥐었든 쥐지 못했든 한번 알면 영 둥글게 살아지지가 않는단 말이죠. 잘못 쥐면 금세 손이 베이니까요. 피를 철철 흘리고 나서야 실수를 깨닫지만 고달픈 인생살이가 어디 내 맘대로 되나요? 상처를 아물게 하려면 다시 또 돈을 갖다 바쳐야 하는 게 현실인 것입죠!"라며, 그는 말을 잇는 내내 싱글거렸다. 땡땡이가 웃으니, 그 빨간 얼굴 위에 박힌 작고 둥그런 눈 코 입이 동전처럼 뱅뱅 도는 것만 같아서, 이진성은 머리가 팽팽 어지러워졌다. 내가 파산자가 됐다. 그 어느 것도 더는 남지 않은, 아무것도 아닌, 어디에도 없는, 파산자가, 바로 나다. 사람들 모두가, 도시 전부가 노웨어맨이라고 부르던, 눈에 보이지도 손에 만져지지도 않던, 도무지 얼굴조차 상상되지 않았던 노웨어맨이, 나인 것이다. 그렇게 생각하자, 포로나 된 듯 팔다리를 옴짝달싹할 수가 없었다.

그는 마른 입술을 힘겹게 벌리고 물었다.

"그래서, 얼마를 빌려줄 수 있다는 겁니까."

상대가 땡땡이였든 변호사 브로커였든 그 순간 그에게는 아무런 상관이 없었을 테지만, 무력한 그의 목소리에 땡땡이는 동그란 입이 한껏 크게 벌어져서는 노래하듯 말했다.

"제가 계속 말씀드리지 않습니까. 둥글둥글 살아야 한다니까요, 둥글둥글. 얼마나 좋습니까? 좋도록 하세요, 둥글둥글, 말씀만 하세요, 말씀만."

그렇게 대꾸하는 그의 눈 코 입은 처음에 10원이었다가, 100원이 되었다가, 점점 500원짜리 동전만 해졌다. 그 모습을 바라보자 자꾸만 머리가 핑핑 팽팽 어지러웠다. 둥글게 둥글게, 세상이 멈추지 않고 돈다는 사실 그 자체만으로도, 급소를 찔린 기분이었다.

이달 말일. 이진성은 열차가 덜컹일 때마다 그 말을 되새겨 씹었다. 이번에야말로 어떻게든 돈을 구하지 않으면 안 된다고 그는 생각했다. 어둠을 뚫고 달리는 기차를, 무덤을 향해 돌진하는 상여로 탈바꿈시키지 않으려면 빌린 돈과 포탄처럼 날아드는 이자를 갚아야만 한다고 입술을 앙다물었다. 고작 한 달쯤의 생활비를 빌렸을 뿐인데 이자는 감당할 수 없이 늘어, 어느새 빚이 웬만한 집 전세금 크기로 불어나 있었다. 이달 말일까지 상환 기한이 연장되었다는 것은 빌어먹을 목숨을 이달 말일까지는 부지할 수 있는 일종의 철모를 얻었다는 걸 뜻했다. 토사물처럼 돈을 게워내지 않는다면 땡땡이는 한 치의 망설임도 없이 이진성의 철모를 벗길 것이다. 그리고 철

모를 잃고 무릎 꿇은 그의 앞에, 볕조차 들지 않는 싸구려 쪽방에 숨겨놓은 아내와 막내, 집 나간 큰애마저 찾아내 주저앉힐 것이다. 불시에 겨눠진 총구로 제 머리통이 날아갈 수도 있다는 사실을 각오하듯 그는 너무도 명확하게 알고 있다.

이진성은 까무룩 잠이 들었다가는 화들짝 깨고, 다시 선잠에 빠져들었다. 의자 깊숙이 몸을 묻고 눈 감은 어떤 이도, 새까만 차창에 바투 볼을 대고 한숨을 내쉬는 다른 어떤 이도, 모두가 순식간에 자신을 덮쳐올 것만 같은 기분에 방패를 들듯 단단히 팔짱을 꼈지만 이내 맥없이 졸음이 쏟아졌다.

순기에게 가야 한다.

그는 거듭 도리질을 치며 기도문을 외우듯 웅얼거렸다. 그리고 기차가 흔들리는 대로 몸을 맡겼다. 차량이 흔들리면 흔들리는 대로, 휘어지면 휘어지는 대로, 오로지 그 흔들림에만 집중하자 말할 수 없는 고단함이 다시 또 허기처럼 밀려들었다. 전신에서 풍겨오는 땀내가 꿈꿈했고, 걸친 옷가지는 축축했으며, 찢어진 셔츠에 앞창이 떨어져나간 신발까지 어느 것하나 온전한 상태가 아니었다. 비에 흠뻑 젖은 군장과 다름없이 사지가 세계의 밑바닥으로 침잠하는 것만 같다고 생각한 순간에, 그는 제 마음속 어느 한 곳이 빠른 속도로 무장해제되어감을 느꼈다.

이 꼴을 보고도 순기는 자신을 집으로 들여보내줄까. 아니,

밥 한술이라도 내어줄까. 아니 아니, 다만 10분이라도 마주 앉아 이야기를 들어줄까. 이진성은 오래전 보았던 순기의 이목구비를 떠올려보려 애썼다. 그러나 엇갈린 그의 팔은 거듭 풀어졌다. 차창에 비친 그의 무방비한 얼굴이 몇 번이나 어둔 터널을 통과하며 사라졌다 나타나고, 나타났다 사라지길 반복했다. 근육통과 피곤으로 얼룩진 잠에서 깨어났을 땐 순기가 살고 있는 Z읍의 역사 안으로, 기차가 막 미끄러져 들어가고 있던 순간이었다.

Z읍은 상주인구가 1,500명이 채 될까 말까 한 소읍인데, 온천으로 아주 유명했다. 국내에 유일무이한 활화산이 있어, 화산이 터지며 흘러나온 용암 때문에 온천 지대가 형성된 곳이었다. 지하 3,000미터 암반의 게르마늄 성분이 일반 온천수보다 아홉 배나 많다는 연구 결과가 알려지자마자 정부에서는 그 즉시 관광청을 세워 특화된 관광단지를 조성하는 데 힘썼다. 마을 주민들의 의견을 십분 반영해 호텔과 숙박 프랜차이즈의 입점을 제한했는데, 그로써 오염되지 않은 오래된 시골 온천 마을이라는 개성을 보유할 수 있었다. 언제 분화할지 모른다는 긴장감과는 달리 오히려 온천을 즐기러 몰려드는 관광객들의 발길은 그간 꾸준히 이어졌다. 주민의 대부분이 숙박과 목욕업에 종사했다. 화산재가 섞인 붉은색 온천수가 악성빈혈, 고혈압, 고 콜레스테롤, 유행성 감기 등에 치료 효능이 있으며, 피부 노화 방지, 심장병, 항암 작용, 성인병

예방에 효과적이라고 씌어진 선전 문구를 너도나도 대문 앞에 붙여놓았다. 고작해야 온천수가 터진 지 십여 년에 불과했는데도, 마을 주민들은 온천 없이 살았던 시기가 있었는지조차 헷갈려 하며 해득해득 웃었다. 경제적 수입의 거의 대부분이 관광객들의 주머니에서 흘러나왔으므로, Z읍의 마을 주민들에게 온천수는 곧 생명수였다. 그리고 지금의 이진성에게도 그건 마찬가지였다.

이진성은 마을만큼이나 조그마한 기차역을 빠져나오는 동안 원인 모를 기시감을 느꼈다. 뺨에 부딪쳐오는 새벽 안개가 상쾌하지 않고 외려 따끔거리는 느낌이었다. 그는 어깨를 떨며 사위를 휘 둘러보았다. '내가 이곳에 와본 적이 있었던가?' 그는 어쩐지 머리가 깨질 듯 아팠지만 최대한 표정을 일그러뜨리지 않고 걷기 위해 애썼다. 정신을 차려야 한다고, 그는 재차 속으로 중얼거렸다. 순기가 이곳으로 낙향했다는 사실만을 알 뿐, 정확한 주소라든가 운영하는 온천의 상호명이라든가 하는 정보는 통 갖고 있지 않았으므로, 초조함에 손바닥이 미끌미끌해졌다. 순기를 마지막으로 만난 것이 20년 전이니 그 긴 세월, 순기가 여전히 이곳에 붙박여 살고 있는지도 의심스러운 일인 것이다. 어쩔 수 없다고 되뇌면서도 그는 스스로가 한심하다는 생각을 떨쳐버릴 수 없었다. 그러면서도 침착해지려 애를 쓰는 수밖에는 도리가 없었다. '있을 것이다, 순기는 바로 이곳에.' 다만 그런 마음뿐이었다. 이진성은 마른 손으로 얼굴을 훑어내렸다.

온통 파산자 일색으로 넘쳐나는 흉흉한 도시와는 달리, Z읍
은 평온해 보였다. 파산자와 파산할 자, 파산을 방조하는 자
들이 서로 쫓고 쫓기는 싸움터로 변질된 지 오래인 도시는,
낮과 밤을 떠나 늘 건조하고 소란스러워 숨이 턱턱 막혔다.
그러나 이곳은 노숙자 한 명 찾아볼 수 없는 곳, 여유롭고 부
유한 관광객들이 언제든 찾아와 네모난 지폐를 소비하고 만
족스러운 얼굴로 돌아가는 온천지다. 화산 지대인 탓에 고층
건물이라고는 찾아볼 수 없고, 그나마 기와로 지붕을 얹은 2,
3층 건물들이 눈에 띄지만 대부분 단층 건물로 이루어져 있
어 마을 전체가 납작한 블록 모형이나 퍼즐로 만들어진 것 같
다. 잘 정비되고 소독된, 해충도 세균도 없는 시골 마을. 어
깨를 잔뜩 옴츠린 채 Z읍의 골목골목을 돌아나가며 이진성은
그런 인상을 받았다.

"이야, 이게 얼마만이야, 살아 있었네!"

이진성은 짐짓 과장된 몸짓으로 순기를 향해 달음질치듯
걸어갔다. 정순기라는 이름을 아느냐고 묻는 그에게 기묘한
눈빛으로 "요기…… 요 앞집이오만"이라고 검지를 들어 가리
키던 백발의 노인은 어느새 사라지고 보이지 않았다.

"이상하다, 내 뒤에 따라오셨는데, 금방 어디 가셨나."

그는 등 뒤를 에둘러 보았다.

"너, 진성이냐?"

순기는 당황한 기색을 감추지 못하는 듯 보였지만 곧 쥐고 있던 빗자루를 내려놓았다. 그는 다가가 오른손을 내밀었다. 탑삭 마주 잡은 순기의 손은 거슬거슬했고 또 차가웠다. "여긴 어떻게…… 어쩐 일이야" 하는 순기의 물음에 왼고개를 틀며 그는 "야, 이 새끼, 깔끔 떨기는. 동전 한 닢 안 보이는 시멘트 바닥을 뭐한다고 박박 쓸어?" 하고 되레 능갈맞게 굴었다.

"물을 좀 뿌릴까 해서."

먼지 바람이 일자, 순기는 머리통을 긁었다. 그러고는 이내 "그나저나 정말 무슨 일이냐, 네가 여기까지"라는 말을 다시 한 번 덧붙였다.

"뭐, 그냥. 오랜만에 바람이나 쐴까 해서 내려와봤지. 우리 얼굴 본 지도 꽤 됐잖아."

이진성은 제 옷차림을 위아래로 훑는 순기의 시선을 알아챘지만 긴 말 없이 그저 그렇게만 말해두었다. 친구라곤 하지만 그간의 관계란 너무나 소원한 것이었고, 오랜만의 조우를 반가움으로 가장하기엔 순기의 눈빛에 배어든 낯섦과 경계심이 너무 도드라졌던 것이다.

"그 노인네, 걸음 한번 빠르네."

그는 목을 늘여 빼며 다시금 제가 돌아온 골목을 돌아보았다. "누구?" 하고 순기가 물었다. "아, 너 여기 있다는 것만 알았지, 주소는 몰랐거든. 그래서 그냥 무작정 기차역에 내려서 돌아보는데, 인적도 없는 골목을, 어떤 컁컁한 백발 노인네가 허청허청 걷고 있는 게 보이더라고. 나로서도 별 뾰족한 수가 없어서, 다짜고짜 네 이름부터 말했지 뭐냐. 그랬더니 세상에, 대번에 알던데? 나도 놀랐어. 역시 이웃사촌이 좋긴 좋아. 응?" 하고 이진성은 너스레를 떨었다.

"홀씨영감."

순기는 잠시 잠깐 입술을 깨물더니 작게 읊조리듯 대꾸했다.

"홀씨 뭐?"

"아, 있어. 가끔 그렇게 제정신이 돌아와."

순기는 냉연한 표정으로 그를 빤히 바라보다가는 "어쨌든 들어가자" 하고는 뒤돌아 집 안으로 들어갔다. 이진성은 순간 긴장해서 걸음이 잘 떼지지 않았다.

포위망을 좁혀오는 땡땡이를 피해 기차역을 향해 미친 듯이 달렸던 건 애초부터 순기를 찾아오기 위함이었다. 다 스러져가는 집 한 채를 사들여 우연히 낙향했던 시골 마을이, 자고 일어나니 온천 지대로 탈바꿈되어 돈벼락을 맞았다는 소문이, 동창들 사이에서 부러움 반 아니꼬움 반으로 회자되었던 것이 어느덧 15년도 넘은 일이다. 그래도 그 녀석만이, 파산자의 신분으로 제2금융권에서 대출을 받아 다시금 사지에 몰린 자신을 구제해줄 최전선의 보루라고 이진성은 믿었다. 녀석이 사들인 그 집 한 채의 값, 그것이 누구의 주머니에서 나온 돈인지 순기는 기억하고 있을 테니까, 분명, 잊지 않았을 테니까. "조금만 더 참아. 내가, 내가 다 해결하고 올게. 이번엔 진짜야" 하고, 그래서 그는 습한 방에서 눅눅한 이불을 덮고 누운 아내의 등을 어루만지며 밤새 부엉부엉 울듯 속삭였던 것이다. 몰래 방을 빠져나오는 새벽까지도 자신을 향해 한 번도 바로 돌아눕지 않는 아내가 못내 서운했지만 그는 이내 그런 감정을 품는 것마저 못난 자존심에 불과하다는 생각에 곧 죄스러움을 느꼈다. 위장 이혼으로, 서류상으로는 이미 남이 된 지 오래였다.

살아 있다, 아내와 아이들이 기다리고 있다, 돌아가야, 한다.

그는 혀를 내밀어 입술을 바짝 축였다. 중키에, 꽤 살집 있는 체구라고 기억했는데 다시 만난 순기는 많이 왜소한 몸집이었다. 하지만 반짝반짝 빛이 나는 작은 금테 안경을 끼고, 한눈에 봐도 알 수 있는 유명 브랜드의 운동복을 위아래 한 벌로 맞춰 입은 순기의 모습에서는 마냥 시골 사람이라고 하기에는 좀 뭣한, 세련됨이랄까 여유로움이랄까 하는 것이 풍겨왔다. '다행이다.' 그것은 분명 경제적 풍요를 누리는 데서 오는 안정감 때문일 거라고, 그는 단정 지었다.

"집 좋네, 아담하고! 장사는 좀 돼?"

이진성은 부러 활기 띤 목소리로 순기를 비롯해 주변을 휘 돌아보는 시늉을 했다.

"되기는……, 잘 안 돼."

"왜, 여기 아주 유명하던데. 정치인이나 연예인들도 많이 찾는다며."

그가 놀리듯 말했지만 순기는 "요즘 좀 흉흉해야지. 비수기이기도 하고"라며 건조한 어조로 대꾸했다. 처음 얼굴을 마주한 순간과, 그의 꼬저분한 차림을 훑어본 이후의 순기의 눈빛이 사뭇 달라졌다는 것을 눈치챘지만, 이진성은 그것을 굳이 내색하려 들지 않았다.

"요즘 다 그래, 모두 어렵지 뭐. 괜찮아, 괜찮대도, 너만 그런 거 아냐. 불황은, 그러니까 불경기는, 이건 뭐 전 세계적인 질병 같은 거니까. 그 왜, 불치의, 더 이상 수술도 치료도 불가능한 췌장암 말기 같은 것 있잖아? 죽지 못해 사는 거지."

다정하게 말하려 노력했지만, 그의 그런 말들이 외려 둘 사이를 더 어색하고 민망하게 만들고 있다는 걸 그 역시 모르지 않았다. 그러지 않으려 하는데 입에서 자꾸 새 나오는 '불(不)'이라는 단어에 은근 화가 치받치면서도 그 화를 누르기 위해 다시, 더 옹색한 말들을 부려놓아야 한다는 조급증으로 그는 허둥댔다. 그러나 순기는 그의 수다를 들으면서도 별다른 대꾸 없이 "응, 그렇지" 하고 심드렁히 고개를 조금 숙이거나 머리칼을 쓸어 올리거나 했을 뿐이어서 그는 다시 할 말을 생각하느라 입을 다물어야 했다.

순기는 어렸을 적에 담을 하나 두고 이웃해 살았던 동갑내기였다. 별명이 순둥이였을 정도로, 착해빠진 아이로 유명했다. 또래 아이들이 짓궂게 굴어도 그저 빙글 웃어버리고 말던 녀석이었던 것이다. 이진성은 순기를 괴롭히던 아이들의 무리에서 모두의 행동을 부추기지도, 말리지도 않던, 그저 그런 뻴 없는 부류에 속했다. 딱히 무리를 주도하거나 또는 무리에서 이탈하지도 않고 무리의 머릿수를 채우는 데 일조하던 흔해빠진 유형이었다고나 할까. 그는 어린 시절을 떠올릴 때면 늘 그렇게 이야기했다. "유년의 난, 딱히 눈에 띄는 애는 아니었던 것 같아. 평범했지, 뭐." 그는 사회생활을 하며 만난 사람들과의 술자리에서 그런 말들을 곧잘 부려놓고는 했던 것이다. 순기와 그의 공통점이라면, 그건 무리를 무리답게 만드는 데 기여하던 일원이었다는 점에 있었을 거라고, 이진성은 회상했다. 열두엇쯤 된 아이들이 무리를 작동, 유지하는 방식이란 고작해야 타인을 배제하고 격리시키는 데서 오는 기득권을 층층이 나눠 갖는 동물적 쾌감에 있는 것이므로 사실상 어느 한 명 필요하지 않은 아이는 없었다. 상위, 하위 계급 할 것 없이 모두에게는, 역할이라는 것이 존재한 셈이었다.

아이들은 점차 자라 어른이 되었지만 성장해 뿔뿔이 흩어졌어도, 어딜 가나 무리에 속해야 한다는 사실을 새삼스레 인지하는 버릇을 들이며 살았다. 무리에 들어도, 들지 못해도, 주어진 역할을 수행해야 삶이 유지되고 인생이 작동한다는 것을 매일 깨닫는 나날이었다. 삶은 복잡하지 않았다. 의외로 간단하고 단순한 법칙에 의해 구성되고, 만들어졌다. 돈을 벌지 못한다, 하류층의 생활을 전전한다, 또 돈을 벌지 못한다, 더 낮게 축소된 하류층의 공간과 시간을 살아간다, 돈이 없으니 돈을 빌린다, 돈을 갚지 못하나, 파산한다, 파산해도 또 돈을 벌지 못한다, 돈이 없어 돈을 빌린다, 또 돈을 갚지 못한다, 무리를 주도하지도 그렇다고 이탈하지도 못하는 그저 그런 뱃 없고 흔해빠진 부류의 인간으로 살며 돈을 빌리고, 빌린 돈을 갚지 못한다. 지뢰나 적의 참호가 어느 곳에 박혀 있는지, 위치가 기록된 지도를 손에 쥐고도 총이 없어 진군하지 못하는 일상은 무력하고 또 참혹하다. 그래서 이진성은 매일같이 곰곰 생각해 버릇했다. 어제도 오늘도 내일도, 나는 여전히 무리를 무리답게 만드는 데 기여하는 사회의 일원인 걸까, 하고.

"뭐 해, 들어오지 않고."

이진성은 멍해지는 머릿속을 군홧발에 묻은 진흙 털듯 떨쳐내곤 순기의 뒤를 따랐다. 현관문에 매달린, 앙증맞은 크기의 은빛 종이 딸랑딸랑 울며 귀를 잡아당겼다. "몰골이 추해서, 좀 미안한데" 하고, 그가 다소 굳은 얼굴로 신발을 벗었다. 모래가 우수수 소리를 내며 타일 바닥으로 떨어졌다. 그는 당황했지만 순기는 그런 것쯤 개의치 않는다는 듯 뒤도 돌아보지 않고 부엌으로 들어갔다. 거실 바닥에 앉으며 그가

"제수씨는, 어디 나갔어?" 하고 물었지만 순기는 대답 없이 얼음물 한 잔을 쟁반에 받쳐 들고 나왔다.

"쟁반이 다 뭐야, 간지럽게."

그가 말하며, 농담 삼아 얼굴을 찌푸리는 시늉을 해 보였지만 분위기는 풀어지지 않았다.

"없어."

순기가 찌무룩이 말했다. 그 짧은 대답이 의아해 그는 "없어?" 하고 되물었다.

"어. 없어."

"순기 너, 결혼했잖아."

"요즘 누가 천년만년 같이 사냐? 촌스럽게."

순기는 싱겁게 대꾸하곤 배죽 웃었다. 불현듯 그 웃음이 서늘해, 이진성은 저도 모르게 꼴깍 마른침을 삼켰다. 시선이 곧 자연스레 순기의 왼손 넷째 손가락에 끼워진 은반지로 가 닿았지만 "그냥, 허전해서. 습관성이지, 뭐"라는 순기의 말에 그조차 맥없이 흐무러졌다. 아무렴, 한 여자와 천년만년 함께 살기에 세상은 너무나 가혹하다, 제수씨고 뭐고, 은반지고 뭐고……, 그런 생각만이 반창고 사이로 비어져 나오는 피처럼 전신의 통각을 건드렸던 것이다.

"그런데 정말 무슨 일이냐, 그 꼴을 하고."

순기가 물었을 때, 그는 잠시 숨을 멈추었다. 예상한 질문이고, 충분히 몇 번이고 되풀이해 연습해두었던 모범답안이 머릿속에 있는데도, 전혀 입이 떼어지질 않았다. 그의 눈을 맞추지도 않고 창 너머로 시선을 두고 있는 순기의 얼굴이 문득, 이제껏 그가 알고 있던 친구가 아닌 다른 사람처럼 느껴졌다. 왼쪽밖에 보이지 않는 그의 한쪽 눈과 코와 입과 귀가, 어깨가, 팔뚝이, 손목이, 손가락이, 손톱이, 일순간 낯설게만 보였던 것이다. 다른 쪽 얼굴을 보여주지 않는다면 언제까지고 볼 수 없겠다, 어쩌면, 누군가 내보이는 삶의 단면을 전부인 양 착각하며 일생을 살아갈 수도 있겠다, 하긴, 인생이란 '어쩌면'과 같은 거지, 어쩌면, 하고 생각하는 순간 짱짱히 감겨졌다 믿었던 인생의 태엽은 모조리 풀어져 있을 테지, 하는 쓸데없는 감상만이 미련스레 솟았다. 날아오는 총알이 공중에서 멈춘 듯 시간이 정지된 기분에 취한 채로 이진성은 얼굴이 발갛게 달아올라 땀을 흘렸다. 그러나 그는 오기를 부리듯 급히 고개를 떨어뜨렸다.

"아니야."

"뭐?" 하고 순기는 고개를 돌렸다.

"아니, 그게 아니고."

이진성은 물방울이 맺혀 미끄러워진 컵을 만지작거리며 입을 뗐다.

"저기, 지금 와서 이런 말 하긴 좀 미안하지만, 내가 사정이 좀, 생겨서."

"사정?"

순기가 말을 받았다.

"그래."

"사정이라니."

"그게…… 말이지. 사정이, 좀."

"그러니까 뭐가."

자꾸만 목이 잠겨와서, 이진성은 진땀을 흘렸다. 말해야 한다고, 그는 마음을 다잡았다.

"왜, 있지, 20년이 좀 못 되었던가, 순기 네가 여기 내려와 정착하겠다고 했던 때 말이야. 왜 그때 내가 너한테 돈을…… 좀, 그래 돈을 좀, 꽤 많이 빌려줬잖아. 오랜만에 찾아와서는 이런 말 하는 게 나로서도 너무 민망한데…… 아니 빌려줬다기보다는, 그래 사실은 나도 정확히 기억하고 있어, 내가 갚지 않아도 좋다고 말했었지 왜. 너도 기억하지?"

말하며, 그는 쩔쩔매는 자신의 모습에 혐오감마저 들었지만, 그리고 아무런 표정의 변화도 없이 자신을 바라보고 있는 순기의 태도에 화도, 두려움도, 짜증도 아닌 묘한 감정을 느꼈지만 무력하게도 설명을 계속 이어가야만 한다는 사실이 다만 우울했다. "물론, 그때는 정말 돌려받을 생각이 전혀 없었어, 정말이야. 시골로 내려간다고, 마지막으로 얼굴이나 한번 보자고, 네가 우리 회사 앞 로비에 와서 나를 찾았잖아. 오랜만이라 반갑기도 하고, 또 우리 아직 서른 초반인데 벌써 낙향이라니 참 괜히 서운하기도 하고, 또 그래도 친구라고 잊

지 않고 찾아와준 게 마냥 고맙기도 하고, 그랬어. 점심시간
이고, 오후에 회의가 잡혀 있는 날이어서, 설렁탕 한 그릇 같
이 먹고 헤어지는 게 영 미안하고 섭섭했지. 그래서 그냥, 내
가 그냥, 내 기분에 도취돼서, 돈을 뽑아 네 손에 쥐여준 거
지. 너는 처음에 안 받겠다고 극구 사양했잖아. 알아. 내가
쥐어준 거야, 내가. 알지, 나도. 당연히 기억하지 왜 모르겠
어" 하고, 그는 말끝에 손사래마저 쳐 보였다.

"꽤 큰돈이었어."

순기는 무감한 표정으로, 그에게 말했다. 이진성은 그 밋밋
한 반응마저 기꺼워 "그래, 그래, 꽤 큰돈이었지. 그래도 나
는 네가 부모님도 더는 안 계시고, 달랑 제수씨 데리고 연고
도 없는 시골로 내려가는 게 안타깝기도 하고……, 나는 그
저 네가 어서 자리 잡았으면 하는 마음에서였지, 다른 뜻은
조금도 없었어, 정말이야. 물론 그걸 이제 와서 생색을 내려
는 건 더더욱 아니다. 나는 그저, 그저 있지, 그냥 그저, 내가
좀 사정이 생겨서 말이지, 그랬던 우리의 옛 정을 한번 떠올
려봤던 것뿐이랄까" 하고, 불같은 성질머리의 고위 상사를
향해 아군의 패배를 보고하는 부대장처럼 식은땀을 비질비질
흘렸다.

"그날, 승진한 날이었지, 너."

순기가 말을 이었다.

"승진?"

"그래, 승진."

이진성은 당혹스런 얼굴로 눈동자를 굴리다가는 "아!" 하고 소리를 냈다.

"그래, 맞아, 나 과장으로 진급한 날이었나, 그날이? 아, 그랬나, 그랬지, 참. 순기 너, 기억력 참 좋구나."

그는 감탄한 얼굴로 대답했다. 순기가 무슨 말이라도 더 해주기를 바랐지만 금방 입을 다물어버린 통에 대화는 곧 끊겨버렸다.

"그래도 그때를 다 기억해주고, 고맙다 야."

이진성은 웃었지만 그 말을 뱉은 즉시 후회했으므로, 그의 얼굴은 우는 듯 웃는 듯 어그러졌다. 순기는 따라 웃거나 하지 않고, 천천히 자리에서 일어났다.

"아, 저기."

그는 깜짝 놀라 양손에 그러쥐었던 컵을 엎을 뻔했다. 어렵게 말을 꺼냈지만 순기에게서는 아무런 대답도 듣질 못했다. 이미 말한 대로 불경기고 자신도 형편이 어려우니 이대로 돌아가달라는 뜻일까, 아니면 제 기분에 도취돼 마음대로 달갑지도 않은 돈을 안겨놓고는 이제 와 저축이나 해놓은 듯 돌려달라니 말도 되지 않는다는 의미일까. 심장이 우는 아이 버둥거리듯 벌렁벌렁 뛰어서 그는 더 이상 말을 잇지 못했다.

"일단 목욕부터 해라."

순기의 말이 그의 정수리를 향해 내리꽂혔다. "그리고, 밥

을 먹어야지" 하고 말하며, 순기는 그를 향해 탁자 아래 개켜
져 있던 흰 수건을 들어 건넸다.

"아, 그래. 그럼, 그렇게 할까."

이진성은 허둥지둥 목욕탕으로 향하며, 순기에게도 생각할
시간이 필요하다는 걸 미처 고려하지 않은 자신이 너무 성급
했다고 중얼거렸다. 그때의 돈이라면, 지금으로선 적어도 지
방의 웬만한 아파트 전세금은 되고도 남을지 모른다. 그러니
그만한 액수에는 순기로서도 고민이 되지 않을 수가 없을 것
이다. 앞도 뒤도 없이 다짜고짜 돈 얘기부터 꺼낸 게 그제야
조금은 창피스러웠다. 그래도 목욕부터 하라는 순기의 말이,
우선은 거절의 표현이 아니라 생각을 좀 해보겠다는 뜻인 것
만 같아서 그는 안도감 비슷이 얼마쯤은 마음이 가벼워지는
걸 느꼈다.

손님이 아무도 없었으므로 넓은 노천탕은 오로지 이진성
혼자만의 차지였다. 데일 듯 뜨거운 물이 바닥부터 차오른 탕
에 알몸으로 앉아 있으려니 이곳이 바로 남들이 말하던 천국
이 아닌가 하고 가슴이 뛸 정도였다. 용암 지대이고, 화산재
가 섞인 탓에 물이 붉다더니 과연 그렇군, 감탄하며 그는 휘
휘 물을 저어도 보고, 주먹으로 움켜쥐어도 보며 움지럭거렸
다. 금방이라도 피부가 반들반들해지는 것만 같았다. 하지만
처녀 시절의 복숭앗빛 뺨에 반해 쫓아다녔던 아내와, 덩치들

만 비쭉 컸지 아직 머리통은 채 여물지도 않은 아이들이 함께 있다면 더할 나위 없는 행복이었을 거란 생각에 이르자 끝내 가슴 한쪽이 먹먹해져왔다.

그는 손 그릇을 만들어 머리 위부터 거푸 물을 뒤집어썼다. 뜨거운 온천수가 정수리에서 이마로, 눈 코 입을 지나 목덜미로 그리고 다시 탕에 가득 찬 온천수로 떨어져 내렸다. 제아무리 비워내고 또 비워내도 자연의 이치로 샘솟는 온천수처럼 이곳에서는 마찬가지로 돈도, 떠나고 또 찾아드는 관광객들의 주머니에서 마름 없이 나오겠구나, 그런 생각들이 자꾸만 이진성의 뇌와 심장을 뜨끈히 달구었다. "이거야말로, 제대로 만들면 대박인 건데" 하고, 그는 벌게진 눈으로 중얼거렸다.

이진성은 몽롱해지는 정신을 가다듬으려 애쓰며 순기가 말한, 과장으로 승진했던 때인 15년 전쯤을 떠올렸다. 그는 규모는 작으나 꽤 내실 있는 유제품 회사에서 일하는 샐러리맨이었다. 그리고 샐러리맨이라면 누구나, 우선 회사가 커야 사원이 큰다는 신념 아래 밤에도 낮처럼 일하던 때였다. 그때는 무엇이든 호황이었다. 국민소득 2만 달러를 향해 국민 모두가 한 발 또 한 발 진군하고 있다는, 풍요의 시대에 살고 있다는 의식을 밤 9시만 되면 뉴스를 통해 주입받던 시기였다. 총을 닦고, 군화의 끈을 조이듯 단단한 매일을 살았다. 모두가 잘 벌었고, 잘 썼고, 잘 웃었다. 돈은 돌고 돌아야 돈다웠으며, 소비가 곧 미덕인 시대였다.

과장으로 승진했던 당시 이진성은 회사에서 가장 촉망받는, 소위 잘나가는 '미투맨me too man'이었다. 미투맨은 미투 제품 개발자를 부르던 애칭 같은 것이었는데 그는 업계에서 그 것이 매우 비아냥내는 성실의 것이라는 걸 알면서도 한편으론 그 별명이 꼭 슈퍼맨처럼 어떤 영웅적인 뉘앙스를 풍긴다는 생각에 홀로 키들거리곤 했다. 그때는 그렇게 마음껏 킥킥대도 좋았던 시절이었던 것이다.

"이번 제품도 괜찮던데, 자네가 계속 그렇게 잘 좀 해줘."

멀대 사장은 키만큼 큰 손으로, 사원들이 모두 모인 회식 자리에 찾아와 손자를 어르듯 이진성의 손을 잡곤 했다. 은근히 그의 기를 북돋아주는 것이었는데 알게 모르게 그것은 회사 내에서 그의 입지를 공고히해주는 효과를 발휘했으므로, 그는 승진도 남들보다 훨씬 빨랐다. 동기들 중에서 가장 먼저 대리 직함을 달았고, 그 후 6개월도 채 되지 않아 과장으로 진급했던 것이다. 모든 것이, 그가 개발한 '미투me too 제품' 덕분이었다.

업계 1위의 회사에서 획기적인 신제품을 출시한다. 그러면 곧 타 회사에서 그와 같지만 다른, 다르지만 같은 엇비슷한 미투 제품을 이름만 바꿔 시장에 내놓는다. 이것이 미투 제품의 생산 방식인데 가령, A라는 회사에서 고구마 우유 혹은 떠먹는 생크림 요구르트를 최초로 개발해 유제품 시장에 뛰어

102

들었다면 얼마 되지 않아 B, C, D 등 다른 회사에서 재빨리 그와 비스무레한, 맛 좋은 고구마맛 우유라든가 떠먹는 생생 요구르트와 같은 제품들을 만들어 소비자의 시선을 분산시키는 것이다. 이진성은 가장 그럴싸하게 미투 제품을 만들어 내놓는 데 재능을 발휘했다. 미투 제품같이 보이지 않게, 원조보다 더 원조처럼, 유치하지 않고 고급스럽게. 그가 내민 미투 제품들은 시장 내에서 꾸준히 좋은 반응을 보였다. 그는 거듭 넉넉한 보너스와 유급 휴가를 받았다.

미투 제품이 멋대로 활개를 쳐도, 회사 A는 경쟁사 B, C, D에 항의하거나 고발하는 등 어떤 조치도 취하지 않았다. 어떤 회사라도 신제품을 개발할 수 있지만 다양한 미투 제품들이 속속 등장해 시장을 양분한다는 사실은 그러나 소비자의 취향을 만족시키고 유제품 시장의 크기를 키우는 데 크게 일조한다고 평가되었기 때문이다. 또한 다양한 미투 제품이 매대에 포진되더라도 소비자는 '원조'를 기억하거나 유념하게 마련이고, 그 어떤 미투 제품도 최초에 출시된 제품을 넘어서지 못한다는 인식도 회사 A를 너그럽게 만들었다. 다만 미투 제품의 생산 목적은 영원한 2인자로 남더라도 그것을 기획, 개발한 회사의 시장 내 독점율을 끌어내리고, 자사의 신제품 개발비를 최소화하며 이윤을 남기는 데 있었던 것이다.

하지만 이진성이 개발한 커피 우유의 미투 제품 판매율이 원조를 뛰어넘고, 그로 인해 회사의 업계 점유율이 고도 성장세로 치달으면서 행과 불행이 그에게 동시에 다가들었다는 사실은 다시 생각해봐도 참으로 우스운 일이었다. 임원 승진과 퇴사는 고작해야 1년의 터울을 지고 벌어졌다. 일이 가로 꿰진 과정은 말할 것도 없이 아주 단순했다. 미투 제품이 원조를 뛰어넘는 순간, 원조는 그 즉시 법원에 시판 중지 신청과 손해배상청구 소송을 냈다. 법원은 당연히 원조의 손을 들어주었다. 이진성의 회사가 막대한 배상금을 치르고, 시장에 풀린 미투 제품 역시 전량 회수해야 했음은 물론이다.

"일을 왜 이렇게 처리하는 거야!"

사직서를 제출한 날, 사장은 쩌렁쩌렁한 목소리로 그에게 소리쳤다. 사장이 그 커다란 손으로 제 뺨을 내리치기라도 할까 봐 온몸이 오그라들었더랬다. 회전문을 밀고 나오면서, 그는 '일'과 '왜' '이렇게' '처리'와 같은 낱말들을 혀가 닳도록 곱씹었지만 그 말들 앞에서 어리둥절해할 수밖에는, 도리가 없었다. 일, 왜, 이렇게, 처리. 입사 이래 미투 제품만을 만들어오며, 이진성은 그런 것들에 관해 생각해본 적이 맹세컨대 단 한 번도 없었다. 미투 제품이었으므로 당연히 새로운 어떤 일을 기획, 개발, 판매한다는 생산적이고도 창의적인 사고를 해보지 못했고, 그것의 이유를 가늠하지 못했으며, 이렇게니 저렇게니 특별한 노하우가 있을 리 없었다. 처리. 기실 그것만이 이진성의 명치끝을 단단하게 만들었다. 자신이 만들어낸 가짜가 진짜를 뛰어넘으리라고는, 그로서도 전혀 예상치 못했기 때문이다. 가짜는 가짜다워야 했는데, 가짜는 가짜로써 진짜와 구별되었어야 했는데, 그는 가짜를 당당히 가짜로 만들지 못했다. 적당히 유치하고, 적당히 진짜를 베낀 티를 흘리고, 적당히 아류다운 것. 그것만이 미투 제품의 본질이자 전부였는데 어째서 진짜보다 더 진짜 같은 미투 제품에 목을 맸던 것일까. 이진성은 생각하고 또 생각했다. 그리고 의심했다. 이런 생각들마저 진실로 내 생각인 것일까. 누군가 했던 말을 어디선가 듣고 엇비슷이 변조해낸 것은 아닐까. 그렇다면 나는 본래, 내 것이란 걸 갖고 있는 사람인 걸까, 아닐까. 진짜는 무엇이며, 가짜는 무엇이지? 나의 진짜와 또 나의 가짜를, 나는 어떻게 분별해낼 수 있을까.

해고된 이후 그는 여러 직업과 직장을 전전했지만 어느 한 곳, 진득하게 붙어 일할 수 없었다. 선후배 동기들의 도움을 구걸하다시피 해서 음료, 식품, 광고, 가구, 수산 회사 등 전혀 연관성 없는 회사의 신입으로까지 몇 번이나 이직을 했지만 창조적인 발상이라고는 도무지 떠오르질 않아 기획안에서부터 퇴짜를 맞거나 통과된 시안마저도 여러 차례 표절 시비에 휘말렸다. 가짜인 '척'만 하며 살아왔다고 생각했는데 그저 뼛속까지 오롯이 가짜였던 것뿐이었나, 그는 낙담했다. 그러다 멋모르고 벌인 사업의 연이은 실패로 아내와 함께 두 아이를 키우던 생활의 평온은 급속도로 사그라졌다. 처음으로 장만한 아파트를 팔아 전세로 옮기고, 다시 전세금을 빼서 다

세대 빌라로, 옥탑으로, 반지하 방으로, 원룸으로, 고시원으로 이동하면서 이진성은 작아지는 방의 크기만큼 온전했던 생의 규모도 잘게 쪼개지는 것만 같은 기분이었다. 최전선에서 발이 묶인 수류탄 잃은 병사처럼, 가진 거라고는 그저 손발이 묶여 어서 빨리 적의 포로가 되기를 바라는 심정뿐이었는데 그랬던 마음을 이내 다그치고 후회할 새도 없이, 순식간에 한 칸 한 칸 천장의 높이가 내려앉고 벽의 두께가 얇아져 왔던 것이다.

이진성은 줄지 않는 탕 안의 온천수를 망연히 바라보았다. Z읍과 같은 온천 마을을, 아무도 살지 않는 부지를 매입해 정교하게 재현해놓는다면 어떨까. 돈만 갖고 있다면 세상에 불가능한 것은 아무것도 없다. 활화산을 세우고, 용암 지대를 만든다. 마을을 조성하고, 전입자를 들인다. 악성빈혈, 고혈압, 고 콜레스테롤, 유행성 감기 치료 효능이 있으며, 피부노화 방지, 항암작용, 심장병 등의 성인병 예방에 효과적이라는, 몸에 좋은 성분은 모두 모아 수돗물에 녹인다. 화산재가 섞인 붉은색 온천수로 탈바꿈된 그것으로 가만히 앉아서 관광 수입을 벌어들인다. Z읍과 같은 관광단지를 만들지 못할 이유는 없다, 돈만 있다면. 이진성은 Z읍보다 더 Z읍 같은 온천 마을을 만들어, 순기처럼 자신도 그곳에서 관광객들을 맞이하며 사는 모습을 상상했다. 가짜인들 뭐가 대수일까. 상관없다. 적어도 아내와 아이들을 굶기지는 않게 될 것이다.

그는 혼몽한 얼굴로 눈을 감고, 뜨거운 탕 속으로 깊이깊이 제 몸을 밀어 넣었다.

　목욕을 마치고 나오니 거실엔 거하게 밥상이 차려져 있었다.
"언제 이런 걸 다 준비했어?"
　이진성이 젖은 머리카락을 매만지며 말했다. "매일 차리고 치우는데 뭐. 이골이 나서, 이런 건 이제 일도 아니야" 하고, 순기가 대답했다. 따끈한 밥알을 입에 우겨 넣으며 그는 연신 "맛있다, 맛있네" 소리를 하며 웃었다.
　"근데 있지, 여기 물 진짜 좋다. 내 팔 좀 봐라, 맨들맨들 해졌어. 마사지받은 기분인데 이거."
　이진성이 말하자, 순기는 표정이 조금 굳어서는 눈매가 뾰족해졌다.
　"너도 봐서 알겠지만, 여기도 이제 거의 다됐어."
　"응?"
　그가 막 울긋불긋한 잡채를 젓가락으로 집어 올리던 때였다.
　"다됐다고. 끝물이야."
　"끝물?"
　"막장이라고. 도시가 그렇게 난린데, 여기라고 괜찮을 거라고 생각한 거냐? 그나마도 돈 많은 사람들은 다 해외로 빠져나가지, 이곳으로는 잘 안 와. 사람이 들지 않으면 여긴 그 저 도깨비불이나 마찬가지야."

순기는 소주를 들이켰다.

"야, 야 인마, 같이 마셔."

이진성은 젓가락을 내려놓고 급히 소주를 들어 잔을 채웠다. 순기는 소주병을 뺏으며 "넌 양주 마셔. 내 집에선 소주가 더 비싸다"하고 빙글 웃었다. 이진성은 그제야 조금 긴장이 풀리는 기분에, "그래도 친구가 좋긴 좋구나. 소주 마시는 싼 입으로도 그런 기특한 말을 다 해주고"라며 기분 좋게 양주 한 잔을 받아 입에 쓱 털어 넣었다. 식도를 넘어 배 속으로 싸하게 퍼지는 진한 알코올 탓인지 손톱 밑까지 저릿저릿했다. "야, 이 양주 독하다"라며, 그는 사래 들린 듯 컥컥거렸다.

"얼음 갖다 줄까?"

순기가 물었지만 그 질문마저도 뭉클하게 느껴져 그는 "됐어, 됐어. 번거롭게"라며 순기의 옷섶을 그러쥐는 시늉을 했다. 밥 한 숟갈에 반찬처럼 양주 한 잔이 걸쳐졌다. 갈비 한 대에 양주 한 잔, 파전 한 젓가락에 양주 한 잔, 이진성은 자꾸 마셨다. 목이 타서 물을 마시고, 헛헛한 기분에 양주를 마시고, 다시 또 갈증이 나서 물을 마셨다. 마시고 또 마시는데도 전혀 취하지 않는 기분이었고, 오랜만에 맞는 환대의 시간이 눈물겨워 그는 속이 아렸다.

"돈, 내가 해줄게. 안 그래도 언젠가 기회가 된다면 갚아야지, 했어. 그때 네가 나한테 준 돈, 나로서는 은혜나 다름없는 돈이었으니까. 고마웠다, 그땐. 내가 운이 좋았지."

누군가 라디오 주파수를 맞춰 틀어놓은 해방 군가처럼 순기의 말이 운율에 실려 들려오는 것 같았다. 이진성은 눈물이 확 쏟아지려는 것을 애써 참았다. 그러고는 "아니야, 아니야, 내가 빌어먹을, 이제 와서, 그 돈을 맡겨놓은 보따리처럼 내놓으라는 듯이 불쑥 찾아온 게 빌어먹을…… 미안하다 순기야, 내가 너무 미안하다"라고 대꾸했지만 그 말들은 입으로 거푸 쏟아 붓는 양주에 쓸리고 뒤섞여 제대로 발음조차 되지 않았다. 순기는 자꾸만 양주를 잔에 채워주었고, 이진성은 비우지 않으면 안 된다는 듯 결연히 양주를 마시고, 물을 마시고, 또 양주를 마시고 물을 마시고 했다.

"근데 너 왜 이렇게 물을 마셔대냐!"

어째선지 순기는 신경질을 부리듯 우악스럽게 물컵을 빼앗았지만 어느 게 양주고, 어느 게 물인지, 이진성은 맛도 잘 구분이 가지 않았다. 그리고 끝내 순기의 얼굴이 땡땡이로 보인다 싶은 순간에, "어라?" 하는 소리를 내지르며 그는 죽은 게처럼 상 위로 널브러졌다. 그 모습은 흡사 두 팔을 머리 위로 올리고 항복을 선언하는 군인의 그것처럼도 보였다.

정신도 눈꺼풀도 가물거리는 순간에, 이진성은 자신이 두 손 두 발이 묶인 채로 방이 아닌 차디찬 시멘트 바닥에 누워 있음을 알았지만 엄지발가락조차 움직일 수 없었다. 기력이 털끝만큼도 남아 있지 않았다. 물풀처럼 졸음이 전신을 감아와서 눈꺼풀을 들어올리기조차 힘이 들었다. 얼마나 시간이 흐른 걸까. 누가, 왜, 나를 이곳에 눕혀놓았을까. 여기는, 대체 어디일까. 가리사니를 잡을 수가 없었다. 그러나 그는 다시 잠에 빠져드는 것처럼 까부라졌고, 불행히도 전짓불처럼 의식에 불이 비춰졌다고 생각한 순간에야 자신이 쌀가마니에 묶여 어딘가로 이동되고 있음을 알아차렸다. 바동거리면 끝장이다……, 그런 생각만이, 발기될 정도로 몸 세포 하나하나에 집중하게 만들었다. 그리고 그는 곧 자신이 어디엔가, 갯벌보다는 단단하고 아스팔트보다는 무른, 언덕이나 동산 비슷한 곳에 내려졌다고 생각했다.

"아이 씨, 괜히 술을 너무, 머리가 깨질 것 같네."

순기의 목소리였다.

"조용."

한 명이 더 있었다. 헐떡이는 숨소리가 들려왔다.

"안 깨요, 저거. 절대 못 깨지."

순기가 캐득거리며 웃는 소리가 들렸고, 그 순간에야 이진성은 자신이 들이붓다시피 마신 양주가 뭔가 정상적이지 않았다는 걸 직감했지만 분노와 절망보다는, 공포가 먼저였다.

"어렸을 때 말예요, 저 새끼가 제일 싫었어. 애새끼가, 부잣집 도련님도 뭣도 아니면서, 나만 보면 10원짜리 동전을 때릉때릉, 발밑으로 던져대는 거야. '불쌍한 놈' 어쩌구저쩌구하는 소릴 잘도 해가며 어느 날엔 10원, 어느 날엔 20원, 또 어느 날엔 30원. 재수 없는 새끼. 차라리 발로 차고 때리는 놈들이 낫지. 저 새끼가 동전 던지는 소리는 지금도, 이따금 씩 들려와. 때릉때릉, 머리를 울리지. 그럼 나는 나도 모르게 발밑을 두리번거리게 된다고. 그 빌어먹을 동전이 어디로 굴러 갔는지 눈을 희번덕거리면서 말이야."

모래바람이라도 불어오는 듯 나는 눈이 잘 떠지지가 않았다. 목구멍 깊숙이에서 쓴물이 올라왔다.

"애들이란 정말 신기해. 좋은 건 다 잊고, 나쁜 건 다 기억하지. 나는 체구도 작고, 깡말라 비틀어졌던 애여서, 애들 사이에서 '뺑돌이'로 유명했어. 어떻게 뺑이를 돌려도 애가 무디게만 구니까, 재미는 없어도 데리고 다니기에는 좋았던 거야. 난 순해빠진 애가 아니었어. 단지, 무딘 척이라도 안 하면 더 많이 맞는다는 눈치를 일찍 챘던 것뿐이지. 애들은 생각보다 꽤 영악하거든."

"조용히 하래도."

"몰라, 좀 떠들어야겠어. 아이 씨, 진짜 머리가."

순기는 대체 어떤 표정으로 입을 벙긋거리고 있는 걸까. 어째서, 왜, 일은 이렇게 처리되는 것일까. 그런 생각만으로 머리카락이 조뼛 서고, 등으로 엉덩이로 발바닥으로 한기가 몰려들었다.

"20년 전에 말이야, 아니, 정확히 말하면 20년은 아니지. 17, 8년쯤 전이었던가."

"또, 또."

"들었어도 또 들어요. 하고 싶을 때가 있으니까. 그때 그러니까, 아이 씨, 이놈의 동전 소리. 그러니까 그때, 이래서는 딱 죽겠구나 싶었을 때 주머니에 땡전 한 푼 든 것 없이 도시를 떠나기로 결심하고 저 새낄 찾아갔단 말이야, 내가. 내가 제일 싫어하는 새끼, 이진성이 새끼를. 왜냐고, 글쎄, 왜였을까. 참, 사람 마음이라는 게 웃기지도 않지. 모르겠어. 그때는 정말, 가진 것 다 잃고 손에 아무것도 안 남으니까, 이진성이 그 새끼를 꼭 찾아서 죽여버리고 말겠다는 마음만 가득해지더군. 몰라, 정말 이상하지. 적의와 분노만이 부글부글 끓어올라서, 나조차도 나를 추스를 수 없었어. 저 새낀 아무것도 몰라, 모른다고. 어쨌든 내가 맥가이버 칼 하나를 가슴패기에 찔러 넣은 채로 저 새끼 회사 근처를 찾아가 어슬렁거렸던 것만은 분명해. 아, 근데 이 새끼가 마주치자마자 돈을 퍼주네? 동전도 아니고 이번에는 돈다발을, 버리듯이 던져줘. 끝까지 재수 없는 자식이었어, 저거. 설렁탕도 저 혼자만 잘도 퍼먹었지. 근데 이제 와서 거지꼴을 해가지고 여기까지 기어들어 오다니, 머리가 어떻게 돈 거 아냐?"

순기가 쿡쿡거리며 바닥에 널브러지는 것 같았다. 배를 잡고 웃기도, 하는 것 같았다. 아무것도 보이는 것이 없는데 모든 것이 다 보이는 것만 같은 기분에, 이진성은 팔뚝에 오소소 소름이 돋았다.

"돈이 목적이면, 몇 푼 찔러주고 보내도 되잖어? 요기 요 앞이 기차역인데 거기 데려다 놓으면…… 알아서 정신 차리고 가도 가지 않겠어."

홀씨영감이구나, 백발이 성성했던 영감, 가끔씩 정신이 돌아온다던 노인네가 지금 내 앞에 있는 거구나, 말짱한 정신이라면 제발 나를 꺼내줘, 이진성은 고래고래 소리치고픈 마음만이 간절했다.

"지금 무슨 미친 소리야, 저 새끼가 무슨 생각으로 여길 찾아왔는지 어떻게 알아!"

순기의 거친 음성이 자루를 찢을 듯 달라붙어왔다.

"아이 씨, 내 머리 진짜 깨진다. 이봐, 영감. 저 새끼는 정말 야비한 놈이야. 사람 신경을 바득바득 건드려놓지. 우리 마을 온천수가 이제는 단 한 방울도 솟아나지 않는다는 걸 알고 찾아온 게 분명하다고. 우리 마을이 이제는 그저 모조에 불과하다는 사실이 기름처럼 새나가는 순간 우린 다 죽는 거야, 알겠어? 다 불싸지른 뒤 고꾸라지는 일만 남은 거라고."

"……"

"잊지 마, 이태 전에 내가 당신 아들 목숨을 살려놓은 걸."

순기의 목소리에 어떤 위압과 강제와 같은 긴장감이 도는 걸 이진성은 느꼈다.

"그때 같이 처리했음 좀 좋아."

"……"

"병신을 시설에 가둬놓으면 뭘 해. 돈만 쳐 들이고."

"그, 그, 말 좀!"

홀씨영감이 언성을 높였다.

"그것도 자식이라고 병신 소린 듣기 싫은가 보지? 하, 병신을 병신이라고 부르지, 그럼 뭐라 그래? 내 마누라 골로 보낸 당신도 눈 딱 감아준 나야, 이거 왜 이래!"

"그건 사고라고 누누이 얘기했지 않어! 사고…… 사고였는데."

"흐응, 웃기지도 않아. 세상에 그런 싱거운 얘기도 또 없을 거야. 미친년이, 그 병신이 뭐가 좋다고 달싹 들러붙어서는 노친네를 뜯어말리다가 고꾸라져 고꾸라지길?"

"그만해."

"그러니까! 내 입 다물게 하려면 명심하란 말이야. 우린 이제 빼도 박도 못해."

순기는 "생명수야, 이건 우리 생명수라고" 하며 "꼭" 소리를 냈다. 그가 다시 바닥에 눕는 소리가 들려왔다. 가짜다. 사람도, 사회도 가짜. 이진성은 그제야 Z읍에 처음 도착한 순간에 자신이 느꼈던 기시감의 정체를 알아차렸다. 도시와 다를 바 없이 건설되고 포장되고 감춰지는 이곳도, 심장이 터질 듯 데워져 눈물이 솟았던 이 온천마저도, 가짜구나. 치유 불능이다. 치료 불가능하다. 세계는 가짜 그 자체다. 진실은 사장되고, 진짜는 침윤되고, 가짜만이 새로이 건설되는, 반

(叛)의 세계다. 이진성은 고개를 떨어뜨렸다. 한 알의 지뢰처럼 차끈한 땅속에 매복된 듯 옴짝달싹도, 할 수 없었다. 웃다가 우는 것처럼 푸들거리는 순기의 목소리는 다시 들려왔다.

"싱거운 소리 한마디만 더 해줄까? 들어봐. 있지, 나는 늘 잘 모르겠다고만 생각해왔거든. 그날, 도시를 떠나며, 나는 왜 하필이면 이진성이 새끼를 찾아간 걸까. 뼈마디를 족족 갈아 마셔도 시원찮다고 여기던 저 새끼를, 하, 지금 저 자루 속에 든 저 돼지 새끼를 내가 왜. 근데, 가만 보면 그게 또 그렇게 싱거울 수 없는 거야. 어쩌면 난, 어린 날 이진성이 내 발 밑에 굴리던 그 때릉거리는 동전 소리를 잊지 못해 찾아간 건 아닐까. 그런 생각이 밤마다 다리 잘린 벌레처럼 내 머릿속을 처절하게 기어가는 거지. 나는 정말 몰랐을까? 이진성을 찾아가면 구두코에 동전다발이라도 좌락 떨어뜨려주지 않을까 기대했던 건 정말, 아니었을까? 어떻게 생각해, 영감, 나는 정말 몰랐을까?"

순기는 괴성을 지르듯 "싱겁지 않아? 정말 미치도록 싱거워 죽겠지 뭐야, 끅. 몸에 밴 건 굴욕감만이 아니었던 거야, 어떻게든 살아보겠다고 발버둥치는 이 거지 근성도 손발톱에 때 끼듯 좀체 사라져주질 않는 거라고!" 하고 소리쳤다. 어디먼 곳에서 메아리처럼 순기의 목소리가 겹쳐 들려오는 기분이었다. 이진성은 토할 듯 어지러웠다. 버둥대는 순기를 홀쎄 영감이 다가가 "알아, 알았어, 내가 알았다지 않어"라고 추임

새를 넣어가며 어깨를 두드려주는 것 같았다.

"그러니까 이번엔 당신 차례야, 홀씨영감. 날 배신하면 안 돼. 이제야 진짜, 우린 한 배를 타는 거라고."

순기가 말했다. "내가 여길 어떻게 지켜왔는데" 하는 말을 마지막으로, 순기의 목소리는 수풀에 잠긴 듯 들려오지 않았다. 이진성의 동공이 빠르게 흔들렸다. 그것은 아마도 두려움의 끝이자 어떤 좋지 않은 결말의 태동을 감지하는 속된 예감 때문이었을 것이다. 위험하다. 그는 그 단 하나의 사실에 전율했으나, 쌀가마니 속에서 온몸을 웅크린 자신의 등 바로 뒤에서 홀씨영감이 십자드라이버 하나를 손에 꼭 쥐고 걸어와 탑소록한 수염을 달달 떨며 서 있는 사실을 감지하지는 못했다.

레인스틱

시서늘한 방에 홀로 누워 빗소리를 듣노라면 때로는 모든 것들이 이해되었다. 해가 떠오르는 것, 달이 지는 것, 바람의 꼬리가 보리밭을 쓸며 지나는 것, 새의 날갯짓이 공중의 살갗을 건드리는 것, 곳곳에서 벌어지는 소소한 말다툼과 우스갯소리와 눈물방울 그리고 어느 날 불현듯, 상대와 이별하는 것. 별다른 설명 없이도 때로는 모든 것들이, 그저 담담히 이해되었던 것이다. 그러나 햇빛에 달궈진 보도블록과 아스팔트를 밟고 걸으며 빗소리를 듣노라면 때로는 많은 것들이 이해되지 않았다. 날이 밝아오는 것, 태양을 집어삼킨 어둠이 매일 밤 몸을 낮추는 것, 구름이 머리 위에서 엉키어드는 것, 거슬거슬한 흙이 맨발에 달라붙는 것, 이런저런 손짓 발짓과 농담과 울음 그리고 어느 날 갑자기, 상대가 말없이 내게로 기울어져버리는 것. 특별히 고민하고 애를 써봐도 때로는 많은 것들이, 다만 너무나 이해가 되지 않았던 것이다.

모든 것들이 이해된 채로, 많은 것들이 이해되지 않는 채로 나는 매일의 시간을 흘려보냈다. 웃고, 울고, 떠들고, 침묵하고, 잠드는 하루가 너무 빨리 소진되어 나는 또 성급히 웃고, 울고, 떠들고, 침묵하고, 잠에 빠져들었다. 빗소리는 날마다 그칠 줄 모르고 계속되었다. 듣지 않으려야 듣지 않을 수 없는 그것은 창과 벽을 타고 집 안으로 틈입해왔고, 걷는 걸음마다 발등으로 발목으로 무릎으로 엉덩이로 허리로 맹렬히 달라붙어왔다. 두통도 멈추지 않았다.

그러니 이제는 언제 어느 때라도, 갑자기 웬 소나기일까 의아해하지 않는다. 빗소리가 들려와도, 대기 중의 수증기가 모여들어 구름을 만들고 다시 물방울이 되어 지상으로 떨어져 내리는, 그것이라 생각하지 않는다. 빗소리는 더 이상 빗소리가 아니다. 사방에 비 들이치는 소리만이 천지여도, 나는 흠뻑 젖지도 않고 말짱하니까. 소리는 들려오지만 그 존재는 어디에도 없는 것. 그건 이 세계와 닮아 있다.

빗소리가 들려오면 나는 조용히 사위를 둘러본다. 그리고 찾아낸다. 틀림없이 내 등 뒤에 놓여 있을 전신주 또는 버드나무, 아파트의 허름한 울타리, 주차장 안내 표지판, 노래방 입간판, 불법 주차된 소형 트럭, 뺑소니 차량의 목격자를 찾는 현수막 등에 말없이 기대어 선 이름 모를 이의 얼굴을. 가령 비루하지도, 해말끔하지도 않은, 평범하지만 동시에 생경한 누군가가 거기에 있어 말할 수 없이 우울해진다 해도, 나는 천천히 그에게로 다가간다. 그리고 딱딱해진 그의 몸을 내 어깨로 슬며시 당겨와 약 15도쯤 기울여준다. 그러면 곧, 비 오는 소리만이 내 귓불을 두드린다. 어쩔 수 없이, 나는 조금 시무룩해져서는, 가만가만 숨죽여 그 소리를 듣는다. 빗소리가 그치지 않는다는 건, 지금 이 순간에도 누군가는 레인스틱이 되었음을 의미하는 것이므로 고개를 숙이지 않을 도리가 없었다. 그럴 때면 세계가 온통 미끌미끌한 것처럼 느껴졌고, 미끄러짐이 언제나 위태로움을 동반하는 게 싫어 숨이 잘 쉬어지지가 않았다.

무수한 조약돌들을 한꺼번에 맞부딪치는 듯 '쏴' 하고 지나가는 소리, 굵은 소금 같은 소낙비가 오롯이 지상으로 낙하하는 소리, 뾰족한 가시들이 장미꽃으로부터 줄지어 제 몸을 떼어내는 소리, 어느 외로운 이의 서러운 울음과 웃음이 뒤엉켜 스러지는 소리. 이 모든 소리가 바로 레인스틱, 누군가의 전신이 타인의 어깨를 향해 약 15도가량 기울어지는 순간에 들려오는 소리이다.

어째서 기울어지고야 마는지에 관해서는, 아무도 모른다.

이런저런 가정과 추측만이 난무하다. 공통적이랄 게 있다면, 사람들은 기울어지는 것을 질병의 일종으로 받아들인다는 것, 그리고 모두가 끝내 레인스틱이 되어 기울어지게 될까 봐 두려워하고 있다는 사실 정도일까. 기울어져버렸다는 것은 더이상 웃지도, 울지도, 떠들지도, 침묵하지도, 잠들지도 않는 상태. 그것만으로도 온 사회와, 세계 전부가 동요했다. 이미 기울어진 자들이 내는 빗소리와, 아직 기울어지지 않은 자들의 소란으로 내부는 끊임없이 요동쳤던 것이다. 그러나 기울어진 사람과 기울어지지 않은 사람 사이에 어떠한 차이가 있는 것인지, 아직은 그 누구도 대답하지 못하고 있다.

　살아남을 수 있을까.

　나는 아직 기울어지지 않았으므로, 종종 그것만이 애가 타게 궁금해졌다. 살아남을 수 있다는 것을 확언하지도 못하면서 아르바이트를 하고 독서실을 전전하며 취업준비생으로 사는 하루는 올바른 것일까 의문스러웠다. 하지만 스스로 아무것도 준비하지 않고 있다고 생각하면, 그 무엇이 되기를 갈망조차 않고 있다는 마음이 들 때면, 그 무력함의 무게가 더 절망스럽게만 다가왔다. 레인스틱의 기울기보다 그것은 조금더 가파른 것이어서 견디기에 꽤 힘이 들었다.

　자정을 넘긴 시각, 꿉꿉하고 좁은 독서실을 빠져나오다가도 그래서 나는 좌우로 천천히 몸을 움직여보곤 했다. 누군가 힘주어 밀기 전엔 쉽게 쓰러질 것 같지 않지만, 그렇다고 넘어지지 않을 만큼 두 다리가 굳세지도 못한 것 같았다. 그러니 답을 낼 수 없는 것은 당연하지 않은가. 나는 무기력하게 고개를 주억거릴 수밖에 없었다. 아무것도 확신할 수 없다는 것은 아직 아무 일도 일어나지 않은 것이며 고로 나는 아직 어느 쪽도, 아니라는 것일 테니까. 저쪽도 아니지만, 이쪽도 아니다. 결국엔 고통스럽게도, 어쨌거나 매일의 시간을, 아무것도 아닌 채로 살아 숨 쉬고 있는 것이다. 그리고 아무 일도 일어나지 않은 채로, 아무것도 아닌 채로 내일을 살아가야 한다고 생각하면 몇 배쯤은 더 고통스러웠던 것이다.

나는 언제쯤, 기울어지게 될까. 기울어짐이란 무얼까. 기울어지지 않고, 어찌 견딜 수 있다는 것일까.

그러므로 무력하게도, 어디선가 다시 빗방울 떨어지는 소리만이 오글오글 몰려와 공중에 가득 차면 이름도 얼굴도 알 수 없는 누군가가 딱딱해진 손발로 기울어져 있는 모습을 상상할 수밖에는 없었다. 셋, 넷, 아니면 다섯, 스물? 몇 명이 동시에 기울어지면 이렇게 거센 빗소리가 날까 의아히 여기며 찔끔, 눈물을 짜기도 하는 것이다.

울어야 사는 게 아닐까, 이따금 그런 생각도 해본다. 나의 내부가, 매일 얼마만큼의 빗물로 차오르고 있는지 나로서는 알 수 없는 일일 테니. 하지만 어제보다 오늘 더 찰랑일 게 분명하다면, 딱 그만큼 나는 울어야 하는 것은 아닐까. 울지 않으면 나의 내부는 금세 출렁일 테고, 목까지 차올랐다 싶은 순간에 내 몸이 딱딱해질는지도 모를 일이다. 손쓸 도리 없이 나는, 막대처럼 꼿꼿이 서게 될 것이다. 그리고 누군가 나를 발견해 15도가량 가만 기울여준다면 나는 빗소리를 최후의 목소리 삼아 들려주어야 하겠지. 이제껏 스러져간 많은 이들처럼 나 역시, 나 또한 마찬가지로, 레인스틱이 되고야 마는 것이다.

아무도, 우리의 미래가 이렇게 되리라고는 미처 예상하지 못했을 것으로 안다.

세계는 지금 레인스틱으로 가득 차오르고 있다. 모두들 빗소리를 들으며 먹고, 자고, 움직인다. 이를 닦으면서도, 신문을 펼치면서도, 불을 켜고 끄면서도, 그와 통화하며 혹은 그녀를 애달피 그리워하면서도, 누구나 빗소리를 듣는다. 지치지도 않고 쏟아져 내리는 장마의 그것처럼 창문을 열거나 닫아도 빗소리는 사방에서 잠입해오듯 깊숙이 흘러 들어온다. 아무도 빗물에 젖거나 쓸려가지 않지만, 빗소리는 분명히 들려온다. 시도 때도 없이 기울어진 채로 악기의 선율처럼 빗소리를 내는 사람들은, 좀처럼 줄어들지 않는다. 기울어지지 않은 사람들이 이미 기울어진 사람들을 이동시키느라 분주한 나날이며, 혹 자신이 기울어져버리지는 않을는지 매 분 매 초 노곤해지는 일상이다.

우기의 철창 안에 온종일 갇힌 채, 내가 흐르는지 시간이 흐르는지 알지 못한 채, 옳고 그름을 분별하거나 호불호를 가릴 여력이 없는 채, 멈추지 않는 레코드판을 바라보듯 하염없이 빗소리만을, 나는 듣고 또 듣는다.

*

눈을 떴을 때는 아직 해도 떠오르기 전이었다. 독서실에서 밤늦게까지 자리를 지키다 집으로 돌아와, 나는 미처 씻지도 못하고 소파베드에서 죽은 듯 잠들었던 것이다. 굳게 닫힌 창밖으로 빗방울 떨어지는 소리가 들려왔다. 빗소리는 종잇장처럼 가늘게 창틀을 비집고 들어와 벽을 타고 내려왔다. 눈에 보이지 않는 벌레가 이동하는 듯 팔뚝이며 목덜미가 괜스레 간지러웠다. 물방울이 들이치는 것도 아닌데, 소리가 귓바퀴를 파고 도는 기분이 마음에 들지 않아서 나는 마냥 베개에 얼굴을 파묻고 뒤척였다. 빗소리는 약해지고 거세지고를 반복하며 그치지 않고 들려왔다.

또, 비.

나는 잠시 멍하니 앉아 있었다. 잠시 고개를 15도가량 기울여보았지만 금세 머리를 좌우로 털어버리고 말았다. 쓸데없는 감상에 젖는 것은 부질없는 일이다. 더불어 미래를 예감하는 것도, 모든 장담과 확신, 낙관 혹은 비관도 마찬가지로 어리석게만 느껴진다. 허무맹랑한 질병과 우스운 소문 따위에 휘둘릴 기력도, 더는 남아 있지 않으므로 오늘, 그저 오늘의 시간만 나는 최선을 다해 보내주기로 한다. 취업준비생인 채로 언제까지 되도 않는 시급의 아르바이트 자리와 컵라면 냄새가 진동하는 독서실을 전전해야 하는지, 생각만 해도 암담하니까.

두통이 몰려오는데도 눈꺼풀이 절로 감겼다. 나는 다시 누워서는 꼼짝도 하지 못했다. 빗소리가 그치지 않는 나날이 다만 힘겨웠다. 소파베드에 몸을 묻고, 눈을 감고, 눈을 떴다가, 다시 눈을 감는 것을, 나는 한동안 내 의지와는 상관없이 그것만을 반복했다. 마치 아가미로 숨을 쉬는 물고기처럼, 눈꺼풀로 숨을 밀어내 쉬기라도 하는 듯이. 그러고는 다시 깨고 나면 기억조차 나지 않을 꿈으로 얼룩진, 어지러운 잠에 빠져들었다.

이 개운치 않은 잠을 언제까지 지속해나가야 할까. 서서히, 끝내 온전히 졸음이 달아나버린 순간에도 빗소리는 여전히 사그라지지 않고 있었다. 손을 뻗어 휴대전화를 찾았지만 아무것도 손에 잡히지 않았다. 한없는 무기력이 새까만 먹구름처럼 공중에서 떠다니는 느낌이었다. '딩동' 하고 벨이 울렸을 때, 그래서 나는 할 수만 있다면 "제가 지금 좀 피곤해서 그러는데요, 조금만 더 자고 일어나면 안 될까요" 하고 애걸이라도 하고픈 심정이었다. 하지만 현관문 밖에 서서 벨을 울린다는 것은, 몸을 일으켜 응답하기 전까지는 대화나 소통의 여지를 주지 않는 법이다. 으레 그렇듯 한 달 치 배달 우유 교환권 혹은 현금 3만 원 따위가 든 봉투를 손에 쥐고 흔들며 신문 구독을 권하는 사람일 거라 단정 지으며 나는 잔뜩 몸을 웅크렸다.

"계십니까. 등깁니다."

벨을 누르는 것도 모자라, 바깥의 누군가는 이제 문까지 두드려대고 있었다. 나는 천천히 허리를 일으켰다. 등기라니, 태어나 이제껏 내 이름으로 된 우편물이라곤 전기세와 도시가스 요금 따위의 세금 고지서, 인터넷에서 주문해 받는 택배 정도밖에는 없었는데. 나는 무거운 다리를 끌며 현관으로 걸어갔다. 문을 열자 빗소리는 더욱 밀도 있게 들려왔다. 흰 마스크를 쓴 집배원이 우편 봉투 하나를 들고 서 있다가는 "아, 본인 맞으십니까? 여기, 사인 좀" 하고 전자기기를 내밀었다. 나는 작고 얇실해 보이는, 그러나 아주 단단한 플라스틱 펜을 받아 쥐었다.

"마스크를 쓰셨네요."

다소 성의 없이 내 이름 석 자를 액정 위에 휘갈겨 쓰며, 나는 무심코 말했다. 집배원은 서글서글한 눈매로 싱긋 웃어 보이고는 "예, 요즘 같은 때에야, 아무래도 쓰는 게 좋으니까요" 하고 대답했다.

"쓰는 게, 좋습니까?"

멍한 얼굴로 나는 되물었다. 머리칼이 희끗한 그는 여전히
마스크를 벗지 않고 "예, 예, 아무래도 쓰는 게 낫지요. 흉흉
하니까요"라고 말했다. 나는 집배원이 내민 흰 우편 봉투를
천천히 받아들었다.

"천장이……?"

"네?"

"아, 저기 저, 천장 말입니다."

집배원이 현관과 맞닿은, 부엌 쪽의 천장을 힐끗 보고는 눈
을 떼지 못했다. 나도 천장을 올려다보았다. 우리 집인데도,
내 부엌의 천장인데도, 영 낯설게만 느껴졌다.

"그러게요."

나는 웃지도 울지도 못하고 대답했다. 한참이나 물끄러미
천장을 바라보던 내가 더 이상 아무 말도 하지 않자, 집배원
은 "흔한 일입니다. 그래도, 역시 흉흉하니까요. 어서 수리를
하시는 것이 좋겠습니다"라고 덧붙였다.

"아, 네."

나는 한 손에 봉투를 들고, 한 손으론 뒷목을 주무르며 답
했다.

"오늘도 내일도 조심하십시오. 그럼."

집배원은 계단을 향해 돌아섰다. 내려가는 그에게서 환청
처럼 "고맙습니다"라는 인사가 들려왔다. 멀어지는 그의 뒷
모습을 멍하니 바라보며 나는 문 앞에 나동그라져 있는 오늘

자 조간신문을 집어 들었다. 고맙다고 인사해야 하는 건 나였는데, 되레 인사를 받은 꼴이 되니 조금 머쓱한 기분이 들었다. 등기를 받는다는 것에 대해 나는 잠시 생각했다. 우편함에 그저 넣어두게 되어 있는 일반 우편물과는 달리 등기의 경우에는, 집배원과 수신인이 직접 얼굴을 맞대고 손에서 손으로 우편물을 교환한다. 낡았지만 아주 고전적인 이런 방식이, 번거롭지만 새삼 기분을 환기시켜주기도 한다는 걸 나는 느꼈다.

마스크라니. 그것마저 지나치게 고전적이라고 여기며 나는 씁쓸히 웃었다. 그치지 않고 들려오는 이 지독한 빗소리를 희고 얇은 마스크 한 장으로 막아낼 수 있다면 그건 너무나 순진한 발상이 아닌가, 하는 조소마저 일었다. 문을 닫고 들어오며 나는 조간신문의 헤드라인들을 눈으로 훑었다. **레인스틱 발병 원인 불명. 바이러스성 미세 먼지에 의한 감염 추정. 의약업계 분주히 움직여.** "아, 이것 때문이로군" 하고 중얼거리며 나는 다시 소파베드로 걸어가 그 위에 삶은 브로콜리처럼 축 늘어졌다.

집배원이 눈길을 주었던 천장엔, 잿빛의 곰팡이가 이제는 제법 타원 모양으로 슬어 있었다. 맨 처음, 곰팡이는 얇게 썰어놓은 무처럼 뒤덮였다. 원인은 위층 집의 화장실 바닥으로 스며든 물이 떨어진다는 것이었는데 그것을 고치자 곰팡이는 물수제비처럼 금세 사그라졌다. 하지만 며칠이 흐르자 곰팡이는 뱀이 똬리를 틀 듯 스멀스멀 다시 자리를 잡았다. 그리고 그에 더해 무언가 바스락거리며 오종종 움직이는 소리마저 들려왔다. 쥐일까? 아니면 바퀴벌레 같은 다족류? 떠올리는 것만으로도 한숨이 나왔다. 위층에 올라가 문을 두드렸으나 인터폰으로 화장실을 고쳤다는 대답만 들려줄 뿐, 그들은 얼굴을 내밀지 않았다. 그리고 아무런 조치도 취해주지 않았다. 고민해봤자 별달리 뾰족한 수가 없었다. 이까짓 것, 내 집도 아니고 계약 기간에 맞춰 이냥저냥 살다 이사를 가버리면 될 테니 그저 곰팡이가 피고, 곰팡이를 닦아내고, 그리고 다시 곰팡이는 피고 나는 닦는 일을, 묵묵히 계속해나갈 수밖에. 스트레스만 받지 않는다면, 부패하는 것은 천장의 도배지이지 내 살갗은 아닌 것이다.

그래도 내 한 몸 숨 쉬는 공간 어딘가에서 무언가 썩어들어가고 있다는 사실은, 그 자체로 시큼시큼한 두통을 몰고 온다. 곰팡이란 습기에 의한 것이므로 첫째, 축축하고 둘째, 더러워 보이며 무엇보다도 셋째, 번식을 한다는 그것의 성질이 지극히도 정신을 괴롭히는 것이다. 곰팡이를 닦아낸다는 것은 그래서 아주 힘이 든다. 걸레로 닦아낸다 해도 그때뿐, 시간이 흘러 무심코 올려다보면 또다시 곰팡이가 피어 있곤 했으니까. 대체 나는 언제쯤 이 곰팡이 피는 방에서 벗어날 수 있나, 하는 자조감이 거듭 밀려들고야 만다. 창문 없는 방으로부터 달아난 지는 이미 꽤 오래인데도, 스물여덟이 된 지금까지 몇 번의 이사를 거치고 또 거쳐 이곳까지 흘러왔는데도, 어린 날 뜨거운 물에 덴 자국처럼 어떠한 형태로든 끈질기게 달라붙는 방 안의 곰팡이 때문에, 이건 꼭, 뭐랄까, 평생 하나의 연잎을 벗어나지 못하는 개구리와 같은 심정이 되는 것이다.

한 번 더 위층으로 올라가봐야 하는 걸까, 나는 잠시 고민했다. 벽면 가득 뉘어놓은 시집들로 곰팡이가 번지지나 않을지 정수리가 지끈거렸지만, 그러나 어쩔 도리 없이 나는 홀로 서서 천장을 톺아보았다. 오죽했으면 집배원이 남의 집 천장에 핀 곰팡이를 다 아는 척했을까. 절로 어깨에 힘이 빠졌다. 나는 싱크대 밑에 널브러져 있던 걸레를 주워 들고, 팔을 뻗어 천천히 곰팡이를 닦아냈다. 가루가 날리지 않는다 싶었는데 닦아내고 보니 도배지는 이미 축축이 젖어든 채였다. 이래서야, 하나뿐인 연잎마저 닳고 닳아 금방이라도 찢어질 판이었다.

온몸이 흐물흐물 녹아내리는 것만 같은 기분에, 나는 다시 소파로 돌아와 누웠다. 그제야, 손에 구겨 쥐었던 흰 편지 봉투가 눈에 들어왔다. 등기를 보낸 발신인을 확인한 뒤, 나는 너무도 놀라 점프하듯 소파베드에서 일어났다. 청소년을 위한 월간 논술 잡지며 과학 교재 등을 출판하는 곳이었는데, 2차 시험 통과자를 대상으로 한 합격 통지서였다.

최종 면접을 앞둔 응시자 여러분께 주의 사항을 알려드립니다. 첫째, 도보 또는 대중교통 수단을 이용하여 회사를 방문해 주십시오. 둘째, 면접 때 자신이 앉을 의자를 직접 가져오십시오. 셋째, 의자는 평소 집에서 사용하는 것이면 됩니다. 절대 새것을 구입해 오지 마십시오.

'최종 면접'이라는 그 네 글자에 나는 가슴이 확 좋아들었다. 2차 시험에 합격한다면 오늘 내일쯤 개별 연락이 오리란 걸 예상해 아침 아르바이트마저 동기인 정태의 비번과 바꿔 쉬었던 것인데, 정작 아침이 돼서는 까맣게 잊어버리고 있었다니 우스웠다. 합격은 감히 기대도 하지 못하고 있던 터여서, 어안이 벙벙하면서도 기분 좋은 설렘이 일었다. 지금껏 수없이 많은 회사에 응시 원서를 넣고 면접을 치렀지만 서류 전형을 통과해본 것은 손에 꼽을 정도였던 것이다.

레인스틱으로 온 사회가 흉흉한 분위기라 해도, 신입과 경력을 가리지 않고 끊임없이 채용 공고가 났다. 지원자의 수도 더하면 더했지 전혀 줄어들지 않아 늘 그랬듯 경쟁이 치열했다. 사람들은, 곁에 선 누군가가 하루에도 몇 명씩 기울어지는 것을 목격하면서도 자신이 기울어버리지 않는 이상 마냥 두려워할 수만은 없다고 생각하는 것 같았다. 어느 날 불현듯 통보받는 에이즈 선고처럼 레인스틱 또한 도무지, 어찌할 수 없는 현실이라고도 여기는 듯 보였다. *내일 레인스틱이 될지라도 오늘은 먹어야죠. 배고프잖아요!* 고개를 갸웃거리며 거리 한가운데 서 있으면 누구라도 다가와, 이런 말들을 유쾌히 쏟아낸 뒤 성큼성큼 멀어져갈 것만 같았다.

의자.

나는 머리를 흔들곤, 통지서에 적힌 짤막한 내용을 몇 번이고 읽고 또 읽었다. 요즈음의 최종 면접은 개성적이라던데 과연 그렇구나, 생각하며 나는 두번째 주의 사항을 곱씹었다. 그러나 나는 이내 좁디좁은 단칸방을 휘 둘러보면서 새삼스레 '볼품없다'는 표현만을 혀 속에 넣고 궁굴려야 했다. 어떤 의자가 좋을까 고민할 것도 없이, 내가 가진 것이라고는 고작해야 하나뿐이었던 것이다. 오래전 자취를 시작하며 중고 가구점에서 들여온 책상에 세트로 딸려 있던, 앉거나 일어설 때마다 꼭 한 번씩 삐거덕거리는, 팔걸이조차 달려 있지 않은 불편하고 낡은 갈색 나무 의자.

그때는 무엇이든, 아무래도 좋았다. 하루에 단 한 줄을 써내도 숨이 가쁘게 콧노래를 흥얼거리던 날들. 술 취해 돌아온 어둑한 밤이면 4B연필을 꺼내 맘에 드는 시구(詩句)를 의자 다리에 적어 넣다 잠이 들곤 했다. 다음 날이면 바닥에 바싹 엎드린 채로 그 진한 글자들을 지우개가 반쪽이 되도록 지워대야 했지만, 그마저도 흥에 겨웠더랬다. 그래서였을까. 20대 초반의 시간들이 화석처럼 굳어 있는, 고물이 다 된 의자를 지금껏 쉽게 버리지 못했던 건 아마도 나 자신을 향한 연민 때문이었을 것이다.

빗소리는 여전히 창에 비치는 햇살 사이로 흘러들고 있었다. 쏴아, 쏟아지는 소리를 들으며 나는 의자로 가 앉아보았다. 남 보기에 부끄럽지 않은 새 의자라도 사서 평소에 사용하던 것인 척하며 가져가야 할지 어떨지 고민이 되었다. 그러나 시간과 바람에 쓸려 이제는 닳고 닳아버린 뼈처럼, 금세라도 주저앉아버릴 것만 같은 동물처럼 방 한구석에 놓인 채로, 이 의자는 오랜 시간 나와 함께해왔으니 나는 별 도리가 없는 거라고 생각하며 고개를 흔들어버릴 수밖에 없었다. 통지서에 명시된 최종 면접의 날짜는 열흘 뒤로 지정돼 있었다.

서류 전형에 이어 2차 면접 합격자 명단에서 내 이름을 확인했을 땐, 그야말로 날개 없이도 하늘을 나는 기분이었다. 2차 면접은 여섯 명이 팀을 이뤄 과제를 수행하는 그룹 심사였는데 잔뜩 주눅이 들어 별다른 활약을 보이지 못했었다. 국문과 출신의 내가 고 2때 지구과학 시간에나 접했을 법한 과학탐구 심화 문제들 앞에서 기를 펴지 못한 것은 어쩌면 당연한 결과였다. 접수번호 420이 적힌 명찰을 가슴팍에 매달고 나는 입을 다물거나 눈치를 보거나 어기정어기정 의견을 내거나 맥락 없는 이야기를 떠들어대거나 했던 것이다. 다만 종료 10분을 남기고 팀원 중 제법 똑똑하다 싶던 두 명의 남녀가 동시에 어깨를 맞대고 기울어지는 통에 잠시 소란이 일었다. 그리고 그 틈에 심사가 유야무야되는 바람에 "이거 잘하면 무임승차하겠는데요"라는 옆 사람의 귓속말이 들려왔으므로 나 또한 '혹시?' 하는 기대감을 느꼈던 게 솔직한 심정이긴 했다.

찜찜한 기분이 안 들었던 것도 아니지만 그래도 합격 소식을 접한 뒤의 기쁨은 컸다. 월세 처지인 내가 승용차를 갖고 있을 리 없으니 주의 사항의 첫번째 요건은 무난히 지킬 수 있는 것이며, 두번째 요건인 의자 하나 집어 들고 면접장에 가는 일은 대수로울 것도 없다고 여겼다. 하지만 지난 열흘간, 최종 면접의 통지서를 누군가 스캔해 인터넷 카페에 게시하자 회원들의 열기가 후끈 달아올랐다. 하고 많은 다른 것들을 다 놔두고 하필이면 왜 의자인가에 대해 사람들이 머리를 짜내기 시작했던 것이다.

대기업이고 중소기업이고 근래 들어 더욱 괴까다로워진 최종 면접의 유형에 대해서는 구직자라면 모르는 사람이 없었다. 정수기 회사의 면접을 보러 가는 도중 누군가 다가와 물 한 잔만 얻어다 달라고 한 걸 바쁜 걸음에 무시했더니 그 사람이 사장이었다더라, 우유 회사의 면접장 안에 들어가니 근래에 자신이 타 회사의 제품에 빨대를 꽂아 맛있게 마시고 있는 사진들을 찍어 내보이더라, 와 같은 이야기는 인터넷 카페며 개인 블로그며 엇비슷한 내용들이 하도 많이 올라와 식상할 정도였으니까. 사람들이 옥시글거린 탓도 있겠지만 나 역시도 궁금하고 불안하긴 마찬가지였다. 자신이 앉을 의자를 직접 가져오라니, 생각하면 할수록 무슨 의도일까 의아하기만 했다.

카페의 회원들은 가구 회사가 아닌 다음에야 각사 가져온 의자의 상표나 품질, 관리 상태 등을 따져볼 리 만무하다는 둥, 그래도 각자가 평소에 사용하는 의자를 가져오라고 한 이상 의자 그 자체에 관심을 보이지 않을 리는 없다는 둥, 혹은 편의점에서 사용하는 플라스틱 의자나 벨벳으로 만들어진 웨딩홀 신부 대기실 의자 등 톡톡 튀는 의자를 골라 가져가야 초반부터 개성을 내보일 수 있다는 둥, 아예 의자 없이 가서 마임을 하듯 의자가 있는 척 자세를 잡고 면접을 봐야 인상적일 거라는 둥 별의별 말들을 다 쏟아내며 저들끼리 찧고 까불었다.(물론 다섯에 한 번꼴로는, 레인스틱이 넘쳐나는 이때 취업은 다 무엇이며 청춘은 또 다 무엇이냐는 둥, 인터넷에 코를 박고 자판이나 두드려댈 바에야 밖에 나가 자원봉사를 하며 레인스틱 하나라도 더 실어 날라야 한다는 둥, 한 치 앞도 모르는 세상에 내일 어떻게 될 줄 알고 이따위 구직 나부랭이에 목을 매고 있냐는 둥, 어제 실연당해 죽고 싶지만 배가 고파 그러는데 크림 스파게티 만드는 방법을 알려줄 수 없겠냐는 둥 카페 게시판의 성격에 부합하지 않는 글들이 더러 올라왔지만 바지런한 운영자들에 의해 금세 삭제되는 것 같았다.)

"의자를 가져오래."

"의자?"

"그래, 의자. 웃기지 않아?"

"웃기네."

"왜 가져오라는 걸까, 의자를?"

내가 물으면, 정태는 사뭇 심각한 표정으로 눈동자를 굴려 대다가는 "부족해서?" 따위의 대답을 하곤 했다. 그리고 나는 한숨을 쉬고, 정태는 "지난번에 이 형님이 면접 보러 갈 때의 심정을 이제야 이해하겠냐?"라며 킬킬댔던 것이다.

"어쩌면, 의자는 가장 인간다운 구조물이 아닐까?"

미술학과 출신의 정태는 간혹 그런 진지한 말들로, 내 귀를 쫑긋하게 만들기도 했다.

"인간다운?"

"어, 인간다운. 그렇잖아. 너무 커도, 너무 작아도 안 돼. 의자란 결국, 인간의 높이에 맞춰 제작되는 거니까. 복잡하진 않지만 나름의 단순한 미학이 있지. 인간이 갖고 있는 생물학적 특성을 만족시켜야 하는 동시에, 시각적인 조형미도 있어야 하거든."

정태의 말은 내 머릿속을 한층 더 복잡하게 얽어놓았다. 의자를 갖는다는 게 뭘까, 라는 생각을 그래서 나는 열심히 해봤지만 그건 의자와 월간 논술 잡지의 상관관계를 추리하는 데 아무런 도움도 되지 않았으므로 맥 빠지는 일이 아닐 수 없었

다. 대신에 나는 틈이 날 때마다 곰팡이로 젖어든 천장의 도
배지를 닦아내며 인터넷 카페에 접속해 회원들이 올린 게시
물을 꾸준히 찾아 읽었다. 그러나 초조함은 조금도 누그러지
지 않았다. 게시판엔 면접 시 주의해야 할 것과 명심해야 할
것으로 넘쳐났다. 이 많은 것들을 모조리 주의하고 명심해야
취업이 가능하다니 놀라울 따름이었다. 회원들의 이야기는
모두가 다 너무나 그럴듯해 보여서 때로는 누구의 말을 신뢰
해야 하는지, 누구의 경험담이 진짜인지도 헷갈렸다. 그 신
(信)과 불신(不信)의 사이에서 나는 매일 허방을 짚었다.

*

열흘 뒤 추레한 의자를 들고 지하철역으로 향하는 발걸음
은 무거웠다. 날이 흐린데도 습하고 무덥기만 해서, 양복에
넥타이까지 매고 있으려니 숨이 턱턱 막혀왔다. 걷는 걸음마
다 의자 다리에 구두코가 쓸리는 통에 신경도 쓰였다. 다소
여유 있게 나온 편이니 잠깐쯤 역내 관리 사무실에 들러 정태
를 보고 가도 좋지 않을까 생각했지만 나무 의자의 삐걱대는
소리도 영 거슬리고, 괜히 시간도 지체될 것 같아 그만두기로
했다. 그런데 지하철역 입구 계단으로 한 발짝 떼는 순간 누
군가 다가와 내 오른쪽 어깨 위에 떡하니 손을 짚었다.
　"이봐."

나는 고개를 돌렸다. 40대 중반쯤 됐을까. 비쩍 곯은 얼굴이 얼핏 보기에도 퍽 안쓰럽게 느껴지는 말라깽이 사내가 내 등 뒤에 서 있었다. 이마에 굵은 주름이 깊이 패고, 양 볼이 움푹 꺼져들어 쌍꺼풀 진 눈만이 유독 커 보였다. 그는 다짜고짜 "나도 주인공으로 좀 살아보고 싶었다 이거야" 하고 말했다. "남의 인생을 사는 건 정말이지 이젠 지긋지긋해서 말이지"라고도, 그는 덧붙였다. 나는 영문을 알 수 없어 눈만 끔벅였다.

"네?"

나는 그저 멀뚱히 그를 바라보았을 뿐이었다. "뭐라고요?" 하고 나는 되물었다. 그는 삐삐 마른 제 몸을 조금 뒤틀며 답답하다는 듯 대꾸했다.

"자네를 딱 보는 순간 결심했다 이거지. 이제 더는 이렇게 살아선 안 되겠다고 말이야. 노숙 경력 두 달 만에 어떻게 살아야 할지 필이 딱 왔다고나 할까. 이건 아주 중대한 결심이란 뜻이야. 인생이 걸린 문제니까."

그는 손짓 발짓을 동원해가며 열심히 말했지만 그럴수록 그의 버짐 핀 마른 얼굴은 오만상으로 찌푸려졌다.

"저, 죄송하지만 제가 지금 좀 바빠서요."

나는 행여 그의 손이 내 팔을 붙들까 싶어 황급히 옆으로 비켜섰다. 많은 사람들이 오가는 지하철역 앞, 그가 굳이 나를 골라잡아 말을 걸어왔단 사실이 은근히 신경 쓰였다. 만만

해 보이는 얼굴보다는 뭔가 좀 강인한 인상을 심어줄 수 있어
야, 오늘 있을 최종 면접에서도 좋은 결과를 기대할 수 있을
텐데 생각하니 기분이 좋지 않았다.

"잠깐 기다려보라니까?"

서둘러 계단을 내려가는데 그의 목소리가 화살처럼 등으로
꽂혀왔다. 나는 걸음을 빨리했지만 손에 쥔 의자와 붐비는
사람들 탓에 좀처럼 앞으로 나가지 못해 이내 그에게 팔을
잡혔다.

"손 씻었어, 손은 씻었다고. 나 깨끗해."

그가 내 두 눈을 똑바로 응시하며 숨을 헐떡였다.

"아저씨, 왜 이래요."

나는 순간 짜증이 일어 거칠게 팔을 빼냈다. 일진이 영 불
길할 것만 같은 예감이 들었다.

"이런 말하기 참 뭐하지만, 이태 전까지만 해도 내가 배우
였거든. 그러니저러니 해도 재연 배우로 밥술깨나 먹고살던
시절이 있었지" 하고 그는 말했다. 그러곤 멈출 기세도 없이
따따부따 떠들어댔다.

"물론 말이 좋아 재연 배우지, 병풍처럼 입도 뻥긋 못하고
서 있기만 하는 날도 숱하긴 했어. 그래도 그때는, 왜 그렇게
살아도 카메라 렌즈 안에서만 살고 싶었는지 몰라. 대사 몇
마디 주어지면 그렇게 행복할 수가 없고 말이야. 그런데 어느
순간 이건 아니다 싶더라고. 한평생 남의 인생만 살아주다 꼭

지가 도느니 나도 좀 번듯하고, 나답게 살아보고 싶다는 생각이 들지 뭐야. 하지만 올가미 없는 개장사 없다고, 당최 벌어먹을 밑천이란 게 있어야 말이지."

어깨를 으쓱 올려 보이는 그의 몸짓을 바라보며 나는 입술을 삐죽였다.

"그래서요, 아저씨. 대체 나한테 무슨 말을 하고 싶은 건데요."

나는 하소연하듯 대답했다. 낯모르는 이와 아침부터 입씨름하기도 싫었고, 그의 말에 별다른 흥미가 일지도 않았다. "9시까지 출근해야 되는 거야?" 하고, 그는 눈썹꼬리를 비뚜름히 내리며 대답도 않고 외려 내게 질문했다. 나는 대꾸하지 않고 지하철 개찰구 쪽만 간절히 바라보았다.

"출근하는 것 같지는 않은데."

그는 혼잣말하듯 중얼거렸다. 의도한 건 아니었을지도 모르는데 말하는 투가 지나치게 심드렁해서 나는 급격히 기분이 나빠졌다.

"네, 아직 출근하는 처지는 못 됩니다. 오늘이 입사 최종 면접 날이니까요. 근데, 절 언제 봤다고 아까부터 자꾸 반말이십니까?"

어젯밤 긴장이 돼서 잠을 설친 탓에 가뜩이나 머릿속이 개운치 못한데, 아침부터 이게 무슨 꼴인가 싶어 나는 불퉁거렸다.

"어이, 그렇게 열만 올리지 말고."

그가 잠시 머리를 긁적였다.

"지금 열 올리게 하는 사람이 누군데요!"

의자를 쥔 손에 땀이 배는 것을 느끼며 나는 성큼 몇 발짝을 떼었다. 지나는 사람들이 힐끗힐끗 시선을 던져오는 게 느껴졌다. 나이 지긋한 흰머리의 노인이 "공공장소에서 큰 소리를 내면 쓰나" 하고 말하며 지나가자, 몇몇 사람들은 싸움이라도 났는가 하는 호기심 어린 표정으로 멈춰 서서는 대놓고 구경을 했다.

"자네를 화나게 하려는 게 아니야. 오해는 말아."

그는 주위의 눈치를 살피는 시늉을 하며 바투 쫓아와 목소리를 낮췄다. "그게 말이야, 내가 좀 부탁이 있어 그러는데" 하고, 그가 말했다. 나는 나도 모르게 어깨를 낮춰 구부정한 태도로 그의 말을 들었다.

"자네 손에 들린 그 의자 말이네."

"의자요?"

나는 반문했다.

"그래. 그 의자 말이야."

"네. 근데요?"

"그거, 나한테 주면 안 될까?"

그의 말이 끝나자마자, 척추가 빳빳이 다려지는 기분이 들었다. 뜨겁고도, 아찔한 느낌이었다.

"의자요?"

"그래."

"의자. 이, 의자 말예요?"

"그래, 바로 그 의자 말이야."

그는 사람 좋은 미소를 지어 보이며 태연히 검지로 의자를 가리켰다. 가슴이 콩다콩 뛰어 의자를 쥔 손이 떨려왔다.

"의자……를 달라는 말씀이시죠."

나는 그의 눈을 빤히 바라보며 숨을 들이마셨다. 그리고 있는 힘을 다해 달려, 풍선처럼 의자를 머리 위로 들어 올린 채로 개찰구를 뛰어넘었다.

이제 막 문이 닫히려는 전동차에 가까스로 올라탄 후에도, 심장이 빠개지는 통증은 쉽게 가라앉지 않았다. 닫힌 지하철 문에 그가 바투 달려들어 "이봐, 이봐!" 하고 나를 불러댔지만 다행스럽게도 문은 다시 열리지 않았다. 그는 지하철이 출발하는데도 나를 따라 한참을 뛰었다. 마침 반대편 승강장에 서 있던 정태가 눈을 깜빡거리며 "야!" 하고 소리치는 듯 보였지만 그것도 잠시뿐 나는 곧 새까만 전동차 유리문에 비친 내 얼굴만을 바라봐야 했다.

"도대체 저 사람, 누구야……"

나는 숨을 몰아쉬며 중얼거렸다. 지하철 안의 사람들이 수군거리며 나를 훔쳐보는 걸 느끼고서야, 나는 손으로 꽉 쥐고 있는 의자를 내려다보았다. 지하철 문이 닫히려는 틈을 비집고 올라탄 때에 부딪혔는지 오른쪽 다리 하나가 이미 떨어져 나가고 없었다. 나는 당황스러웠지만 잠시 의자를 내려놓고 큼큼 밭은기침을 해가며 바짓단을 털었다. 나는 생각, 또 생각해야 한다고 마음을 다잡았다. 그는 누구이며, 또 어째서 내 의자를 빼앗으려 했는가에 관해. 그 순간 덜컹거리는 전동차 안이 예의 그 빗소리로 채워졌다. 흰 마스크를 쓴 단발머리의 여자가 좌석에 앉아 있다 일어서려던 차에 딱딱해져서는, 고등학생쯤으로 보이는 남자아이의 어깨로 15도가량 기울어진 모습이 눈에 들어왔다.

'면접 때 자신이 앉을 의자를 가져오십시오.' 등기로 받아든 통지서엔 분명, 그렇게 씌어 있지 않았던가. 그다음 날 확인차 휴대전화로 걸려온 통화에서도 담당자는 의자를 잊지 말아줄 것을 단단히 당부했었다. 준비물은 오로지 자신이 앉을 의자뿐. 그렇다면……, 아! 어쩌면 그것은 회사에 도착해 면접장에 들어설 때까지, 내가 앉을 의자를 절대로 잃어버리거나 빼앗겨서는 안 된다는 사실을 의미하고 있는 것은 아닐까. 진득하게 들이붓는 소낙비에 우산 없이 몸을 내맡기고 선 기분이었다. 그렇구나, 이것은 분명 집을 나선 순간부터 회사 면접장에 이르기까지 자신의 의자를 사수할 수 있는가 없는가에 관한 압박 면접이다. 틀림없는, 면접의 과정이다.

"하마터면."

나는 깔깔한 혀를 내밀어 마른 입술을 축였다. 그를 피해

뛰느라 의자를 쥐었던 손바닥은 벌겋게 달아올라 있었다. 어떤 일이 있더라도 의자만은, 하고 나는 중얼거렸다. 그리고 조심스레 몸을 틀어 주위를 돌아보았다. 출근 시간대가 얼추 지난 평일 오전이었는데도 전동차는 온통 사람으로 가들막이 채워진 상태였다. 희거나 파랗거나 색색의 마스크를 쓴 채로 눈동자만 굴려 나를 흘긋거리는 눈길들이 쉽게 거두어지지 않아서 나는 한쪽 다리가 떨어져나간 의자를 들고는 비지땀을 흘렸다.

양복 안주머니에서 진동이 느껴졌다. 휴대전화를 꺼내니 부재중 전화 한 통과 문자메시지 한 통이 들어와 있었다. 둘의 발신인 모두 정태였다.

너 인마, 지금 뭐 해?

진심으로 고개를 갸웃거리고 있을 정태의 얼굴이 떠올랐다. 나는 숨을 힘껏 들이마시고 뱉은 뒤 발신 버튼을 눌렀다. 신호음이 끊기자마자 정태는 "얌마, 더위라도 먹은 거야?" 하고 말하며 낄낄거렸다.

"그렇게 됐어."

나는 다리 한쪽이 부러진 의자를 살펴보며 목소리를 낮춰 대꾸했다. 의자가 온전히 바닥에 세워지지 않는다는 사실에 기분이 울적해졌다.

"그렇게 되다니?"

정태가 물었고, 나는 두리번거리며 "모르겠어. 자세히 설명할 순 없는데 지금 뭔가, 굉장히 어지러운 상황이야. 그건 분명해" 하고 대꾸했다.

"무슨 소리야."

"모르겠어, 나도."

"오늘" 하고, 징태가 말했다.

"오늘?"

"그래, 오늘 아침에 말이야. 너 하나 안 나왔다고 때맞춰 아주 여기저기서 기울고 난리도 아니었다. 하필이면 고장 한 번 안 나던 에스컬레이터까지 멈춰서, 들쳐 메고 계단 오르느라 힘깨나 썼어."

정태의 한숨 소리가 먼 곳에서 들려왔다.

"몇이나?"

"몇이었지. 여섯. 일곱이었나?"

"엄청나네."

"어, 119 불렀지 뭐."

"미안."

"됐어."

"정태야."

"응?"

나는 잠시 숨을 멈췄다. 속도를 가늠할 수 없는 전동차를 타고 달리는 이 시간이, 흔들리는 차체로 어두운 지하를 파고드는 이 공간이, 순간 너무나 아득하게만 생각되었다. 귀의 깊숙한 곳에 어느 오래된 동물의 가죽이라도 덧대어진 듯 정태의 숨소리가 닿을 때마다 둥, 둥, 북소리가 울리는 느낌이었다.

"야, 뭐라고?"

정태가 다시 물었지만 그 순간 나의 의지완 상관없이 전화기가 '삑' 소리를 내며 통화가 끊겼다.

"불안하다."

나는 홀로 말했다. 정태도 그 누구도 그 말을 듣지 못했다는 사실이, 그 순간만은 내게 안도감을 가져다주었지만 곧 쓸쓸해지고 말았다.

*

정태와는 지하철 커트맨으로 일하게 되며 알게 된 사이였다. 동갑내기에 죽도 제법 잘 맞아서 거리낌 없이 지냈다. 정태와 나는 하루에 8,220원을 벌었다. 시급 4,110원. 아침 7시 반부터 9시 반까지 두 시간 남짓 일해 받는 돈이다. 전동차의 문이 열리고 닫힐 때마다 거칠게 몰려드는 사람들이 다치지 않도록 노란 깃발을 들고 막아서는 것이 커트맨 업무의 전부. 아르바이트일 뿐이지만 '승하차 질서 도우미,' 그것이 공식적인 나의 직함이었다.

컷. 매일 아침 나는 줄기차게 대열의 꼬리를 잘라낸다. 잠시만 물러나 기다려주십시오. 다음 열차가 곧 들어옵니다. 컷. 잘린 꼬리는 거듭 재생된다. 안전선 바깥에 서주십시오. 무리한 승차는 위험합니다. 컷. 잘라내며, 나는 매 순간 내 사고의 꼬리도 잘게 조각나는 것만 같다고 느끼지만 그마저도, 지각한 이들의 분노에 찬 가방 찜질을 당하고, 시하철 도어 바깥으로 밀려난 여자들의 10센티미터 가까운 하이힐 굽에 발등을 찍히고, 새파랗게 어린놈이 노인을 잡아당긴다며 노발대발하는 어르신들의 호통을 받아내는 동안 물에 갠 가루처럼 자취를 감춘다.

두 시간의 일을 끝마친 뒤 열두 시간 가까이 온몸 곳곳에 파스를 붙여야 하는 일이었지만 그래도 구직활동에 큰 영향을 주지 않고, 최소한의 용돈이나마 벌 수 있는 거의 유일무이한 아르바이트였으므로 쉽게 그만두기는 어려웠다.

"88만 원 세대라더라."

"우리가?"

"그래, 우리가."

"88만 원, 버냐?"

"8,220원씩 번다, 하루에."

"88만 원이라니. 큭."

"죽자, 죽어."

한바탕 출근 전쟁이 치러진 후에는 언제나 작은 플라스틱 의자에 기대앉아 땀에 전 몸을 늘어뜨린 채로 수다를 떨었다.

"믿을 수 있어? 88만 원 세대라는 것" 하고 정태가 뱃가죽을 잡고 키들거리면 나도 어이없는 얼굴로 웃곤 했다. 매일 35만 명쯤의 사람들이 바지런히 걷고 또 이동하는 2호선 신도림역의 부산스런 바람이 이마로, 목덜미로, 겨드랑이로 호들갑스럽게 파고들어도 흥건해진 땀은 좀처럼 마르지 않는 시간이었다. "88만 원" 하고 정태가 거듭 웃고, 나도 따라 웃을 때면 그래서 우리는 무심코, 의미 없는 수다를 즐겼다.

"레인스틱이라도, 나쁘지 않지 뭐."

"상관없어, 그딴 것. 될 대로 되라지."

정태도 호기롭게 맞장구를 쳤다. 그러면 나는 신이 나서 머릿속에 떠오르는 대로 두서없이 입을 움직이곤 했다.

"나 여섯 살 때였는데, 올림픽."

"올림픽?"

"어. 올림픽."

"아, 88." 정태는 또 쿡, 웃었다. "담배도 역시, 88이지"라며 정태가 진지하게 고개를 끄덕였을 때는, 치켜 올라간 그의 숱 없는 눈썹이 마냥 우스워 보여 나도 끅끅댔다.

"기억 나?"

"뭐가?"

"굴렁쇠 소년" 하고 나는 말했다.

"굴렁쇠?"

정태가 대꾸했다.

"그래, 흰 옷을 입은 남자애 한 명이 짙푸른 잔디밭을, 굴렁쇠 하나에 의지해 달려가잖아."

"아, 그랬나."

"나 어렸을 때 말이지. 그 장면을 보면서, 왜 나는 굴렁쇠 소년이 아닌 거야, 하고 의아해했던 기억이 어렴풋이 나. 그걸 의아하게 여겼다는 게 지금으로선 더 이상하게 생각되긴 하지만, 그때는 정말 어린 맘에 심각하게 그런 고민을, 했던 것도 같아."

고백도, 상담도, 투정도 아닌 말들을 부려놓고 나면 나는 그것이 한바탕 놀고 난 뒤 방 안 곳곳에 흩어진 장난감 블록을 바라보는 것처럼 이상스레 평온한 마음이 들었다. 미처 알지 못했다고만 생각해왔는데 어쩌면 나는 이미 알고 있었던 것이다. 충분히, 깨달아왔던 것이다. 굴렁쇠는 단지 굴리고 싶다는 마음만으로 굴릴 수 있는 건 아니라는 것. 누군가는 달리고, 또 다른 누군가는 달리는 누군가를 바라본다는 것. 누군가는 누군가를 달리게 하고, 또 다른 누군가는 달리는 누군가를 바라보게 한다는 것. 결국 우리의 세계에서는, 모두가 주인공이 될 수는 없다는 것. 그러니 88올림픽에 설렜던 아이가 자라 88만원 세대가 되는 것이 결코, 전혀 말이 안 되는 일만은 아니라는 것. 삶이란, 오로지 수긍하고 수용하며 건실한 기반을 다져나가게끔 되어 있다는 것. 쓸쓸함은 그래서, 자고 일어나면 번식해 천장을 적셔나가는 곰팡이와도 같이 지우고 또 지워내도, 소멸되지 않는다는 것.

"정태야. 야, 인마. 어디 갔냐."

이미 통화가 끊어져버린 전화기를 귀에 댄 채로 나는 마른 울음을 삼키듯 구두덜거렸다.

부러진 의자를 들고, 어느 한 순간 덜컹거리지 않는 법이 없이 전동차에 의해 이동해 가는 내가, 한 덩이의 곰팡이와 다를 바가 무얼까. 대지의 눈으로 올려다보면 사람도, 자고 일어나면 번식해 제 바닥을 끝도 없이 적셔나가고 있지 않은가. 기울어진다는 것은 다만, 대지의 손이 천장을 닦아내는 일과에 다름없는 것은 아닌가.

최종 면접의 시간도, 공간도, 자꾸만 내게로 다가오고 있었다. 그러나 면접장에 들어선다 해도 다리 한쪽이 부러진 의자로는 중심을 잡고 앉지 못할 게 분명했다. 어쩌면 곧 또 다른 이가 불시에 달려들어, 내가 가진 의자의 남은 다리마저 모조리 부러뜨려버릴지도 모르는 일인 것이다.

고작해야 다 낡아빠진 의자 하나를 지키지 못한 나도, 그리고 이미 공통된 공간의 숨을 나누어 가졌지만 그 누구와도 제 숨을 나누지 않겠다는 듯 마스크를 쓴 이 전동차 속의 사람들도 불현듯 가여워져 나는 불구의 의자를 부여 쥔 자세로 문에 가만 기댔다. 가느다랗던 빗소리가 다시금 거세게 들려왔으나 차마 고개를 돌릴 수 없었다. 다만 그 순간에 나는, 아무 자리에라도 앉아 조금 쉬고 싶다는 마음만을 간절히 느꼈다.

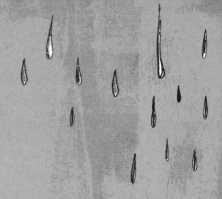

라이게이션을 장착하라

도시에서 가장 빨리 전달되는 것이 있다면 그것은 나쁜 소식이다. 사람들은 누구나 '난 네 나쁜 소식은 가장 먼저 듣겠어'라는 얼굴로 종종 걸음을 치며 갖은 이슈와 뉴스 들에 귀를 기울이는 것이다. 여가수 지혜령이 위독하다는 것 역시 매스미디어의 발 빠른 정보 전달력과 파급력으로 단시간 내에 전국을 이동했다. 그리고 삽시간에, 전 국민이 들끓었다.

지혜령은 스무 살 꽃다운 나이에 가요계에 데뷔해 40여 년 가까이 국민의 사랑을 받아온 가수였다. 그녀는 천상의 목소리를 가졌다고 평가되었고, 그러면서도 민족 고유의 정서를 절절한 음색으로 표현하고 슬픔을 위로할 줄 아는 단 한 명의 엘리제로 각인되었다. 지혜령을 논하지 않고는 대중가요의 역사를 들먹일 수도, 역대 최고 유행가의 계보를 만들 수도 없었다. 지혜령의 인기는 남녀노소를 가리지 않았고, 시대를 넘어 세대마저 아울렀다. 어떤 아이든 세 살만 넘으면 지혜령의 노래를 부르며 엉덩이를 실룩거릴 줄 알았던 것이다.

지혜령이 전설의 여가수란 타이틀을 달기 위해 필요했던 곡의 수는 그러나 놀랍게도 단 한 곡뿐이었다. 그 한 곡만으로 지혜령은 오랜 세월 온 국민의 사랑을 받아왔다. 데뷔곡이자 대표곡이 된 그녀의 노래는 각 도, 시, 읍, 면, 리 소재지의 관할 공공기관이 주최하는 모든 행사를 비롯해 학교 운동회 및 동별 부녀회장단 야유회에서도 빠짐없이 울려 퍼졌다.

"뭐니 뭐니 해도 지혜령의 노래가 이거여!"

다들 엄지손가락을 번쩍번쩍 치켜들었다. 각종 공식석상에서 애국가 다음으로 많이 불리는 곡이 바로 지혜령의 노래라는 말은 흔한 우스갯소리였다. 그것은 해마다 돌아오는 설이며 추석 등의 명절 때 더욱 빛을 발했는데, 방송에서 끊임없이 지혜령의 노래를 틀어대도 사람들은 언제나 텔레비전 앞에서 박자를 맞추며 가족 단위로 함께 흥얼거리곤 했던 것이다. 지혜령은 데뷔 이래 지금껏 한국인이 가장 사랑하는 가수 1위의 자리를 누구에게도 빼앗기지 않았고, 그녀의 노래는 한국인이 가장 즐겨 부르는 노래 1위의 자리에서 내려올 줄 몰랐다.

한국 가요계의 어머니, 국민가수 지혜령 오늘 밤이 고비

지혜령이 위독하다는 뉴스를 들었을 때 나는 2년 전, 서울 본사에서 함께 일했던 윤기현을 떠올렸다. 윤기현은 신입 사원이었던 나의 직속 상사였다. 끝도 없이 몰아붙이는 경제 불황의 광풍에 회사 역시 휘청거리던 때이기도 해서 누구라도 열심히 하지 않는 사원이 없긴 했지만, 그래도 그는 내게 아주 각별한 사람으로 기억되어 있다. 불현듯 윤기현과 함께 낮밤을 가리지 않고 정신없이 일했던 날들도 생각났다. "그래, 그때 참 괜찮았지, 재밌게 일했으니까"라는 말을 나도 모르게 중얼거리며 나는 어느 날 우연히 발견한 딸아이 무릎의 상처처럼 아련한 마음에 빠져들었다.

맨 처음 그를 만났을 땐 참 도드라지지 않는 사람이라고 생각했다. 개성 없는 생김도 생김이려니와 일하는 모양새도 별달리 특출할 것이 없었다. 크지도 작지도 않은 키에 마르지도 뚱뚱하지도 않은 표준형의 몸집, 지나치게 내성적이지도 활달하지도 않은 성격이었던 그는 뭐 하나 모나지 않은 그저 그런 보통의 사내였다. 딱히 의식하지 않으면 사무실 안에 있는지 없는지, 존재 자체가 의심스러울 만큼 그는 도통 눈에 띄질 않았다. 입사한 지 얼마 안 된 내 귀에까지 "답답해, 저러니 나이 서른여덟에 만년 대리인 거야"라는 수군거림이 심심

치 않게 들려왔던 걸 보면 회사 내 동료들과 그다지 친분을 유지하는 성격도 못 되는 듯했다. 괴짜라느니, 자폐라느니, 변태에 성격 파탄자라느니 하는 근거 없는 소문도 꽤 돌았다. 하지만 그런 이야기에도 아랑곳없이 온종일 성실히 일하는 그를 임원진들은 은연중 아끼는 눈치였다. 실제로 박 부장은 유독 그를 신임했다.

회사는 차량용 GPS, 즉 내비게이션을 전문적으로 개발, 판매하는 곳이었다. 내비게이션은 위성신호를 수신하기 위한 GPS 수신기를 차량에 장착하면, 신호를 수신하고 있는 3, 4개의 위성에서 동시에 발신된 신호의 시간차를 통해 위치를 계산, 화면 위에 간결한 기호로써 지시해주는 장치다. 맵 매칭 Map matching이라는 소프트웨어가 현재 주행 중인 도로를 판별하고, 차량의 조정 방향과 교통 신호의 체계, 속도 정보까지도 제공하는 형태로, 운전자들이 지도의 시설물 데이터베이스를 통해 가고자 하는 지점을 설정하면 가장 가까운 도로를 찾아 경로를 알려주는 기계인 것이다.

방향 상실이라는, 운전자의 가장 기본적인 공포심을 해결해주었다는 점에서 내비게이션의 앞날은 그야말로 탄탄대로였다. 내비게이션의 보급화를 최초로 시도해 운전자들의 큰 호응을 받으며 시장을 장악했던 회사의 제품은 그러나 하루가 멀다 하고 속속 등장하는 경쟁사의 제품에 밀려 매출이 급감했다. 전국의 도로망과 시설물을 데이터베이스화하는 데 오랜 시간과 자본을 투자했음에도, 기존의 내비게이션에 고성능 카메라와 DMB, 노래방 프로그램까지 겸비해 업그레이드 된 제품이 출시되자마자 순식간에 '고물'로 전락해버린 탓이었다. 인터넷 상에서 중고 물품으로 등록되는 물량이 하루에도 상당수에 이르렀지만 그마저도 실거래 수치는 극히 적었다. 시중에 풀렸던 물량이 재고로 돌아오면서 기어이 손 쓸 도리 없이 창고가 그득 찼다. 자존심에 상처를 입은 회사로서는 이미지의 제고와 함께 시장의 주도권을 쥘 획기적인 그 무엇에 대한 갈증이 날이 갈수록 최대치에 다다르고 있었다.

"누구 좋은 의견 좀 없나? 이대로 가만있다간 구조 조정을 각오해야 할 거야!"

부장을 위시한 실무진들은 대책 회의를 소집해놓고도 발만 동동 굴렀다. 하지만 사원들 역시 술렁이기만 할 뿐, 별다른 의견을 개진하지 못했다. 새로운 기능을 추가해 제품을 발매하는 것밖에는 뾰족한 수가 없지 않나, 하는 심드렁한 분위기도 다분히 퍼져 있었다. 그때 입을 연 사람이 다름 아닌 윤기현이었다.

윤기현은 망설이며 그러나 평소에 줄곧 생각해왔던 것이었다는 듯 짐짓 단호한 어조로 말했다.

"또 다른 기능을 추가해 신제품을 출시하는 건…… 장기적으로 봤을 때 손해일 수밖에 없습니다. 기존의 판매량으로는 아직 기술 개발비조차 회수하지 못하고 있는 형편이니, 결국

제 살 깎아 먹기밖에는 안 되겠죠."

실무진을 비롯해 내부 팀원들의 눈이 모두 동그래졌다. 평소 조용조용하기만 했던 윤 대리가 위기의 시점에 실무진 앞에 나서다니, 아무도 예상치 못한 그림이었다. "윤기현의 목소리가 저랬군" 하고 새삼스레 놀라는 이들도 더러 있는 눈치였다.

"그래서, 어떻게 하자는 거지?"

그러나 박 부장은 자연스레 그의 말이 이어지길 기다렸다.

"지금 당장 우리가 여러 기능을 추가하고 외형을 조금 바꿔 시장에 내놓는다고 해서 해결될 문제는 아닌 것 같다는 게 제 생각입니다. 그래봤자 엇비슷하고 고만고만한 제품일 뿐인데 경쟁적으로 출시하다간 가격만 점차 높아지게 될 테니, 소비자들 사이에서도 가급적이면 기본적인 사양이 장착된 내비게이션을 저렴한 가격에 구하려는 움직임이 곧 일어나게 될 거라고 봅니다. 정기적인 데이터베이스 업그레이드만 보장된다면 내비게이션의 기능이야, 현재로선 사실 다 거기서 거기인 셈이 돼버렸고요."

윤기현의 말투는 느리고 차분하면서도 또 침착했다. 그것은 무심하다 싶을 만큼 정적이어서, 어쩐지 안도감과 불안감을 함께 안겨주는 기묘한 어조였다.

"윤 대리, 그 말은 지금 이 상황을 그냥 내버려둬야 한다 그 말이야? 마냥 기다리면 다 잘 될 거라는 얘기야, 뭐야? 언제부터 자네가 그렇게 낙관론자가 된 건데?"

평소에도 성격 급하기로 소문이 자자한 기 차장이 넥타이를 풀며 거칠게 쏘아붙였다.

"그, 그게 아닙니다."

윤기현이 당황하자 기 차장의 얼굴은 더욱 푸르스름해졌다.

"그게 아니면?"

"제 말은…… 발상 자체를 바꿔야 한다는 겁니다. 내비게이션은 길을 모르는 사람들을 위한 길 안내 도우미다, 이런 고정적인 틀에서 벗어난다면 좀더 흥미로운 제품을 개발할 수도…… 있지 않을까요? 기존의 내비게이션은 이미 시장에 평균 이상으로 풀려버린 상태라 앞으로의 판매량을 위해선 전략 수정도 불가피할 테고요."

사무실 내의 분위기가 점차 긴장감으로 팽팽해졌다. 보이지 않아도 윤기현의 목덜미에 진땀이 흐르는 게 느껴질 정도였다. 뭐라고 성급히 대꾸하려는 기 차장의 어깨를 손으로 슬며시 제지한 박 부장이 윤기현을 향해 물었다.

"흥미로운 제품이라? 어디 계속 말해보지."

박 부장의 말투가 너무도 나직해, 기 차장의 흥분도 조금은 수그러들었다. 이젠 수십 명의 사원들이 모두 윤기현의 얼굴만 뚫어져라 바라보고 있는 터였다. 윤기현은 아랫입술을 깨물며 고민하는 눈치를 보이곤 "아, 저, 잠시만……" 하고는 재빨리 제 책상으로 갔다. 그리고 가방에서 무언가 꺼내 들고 돌아왔다.

"녹음기?"

기 차장이 답답하다는 듯 미간을 찌푸렸다.

"맞습니다, 녹음깁니다."

"뭘 하겠다는 거지?"

박 부장은 혼잣말처럼 중얼거리곤 윤기현의 손에 들린 그것을 주시했다. 윤기현이 작게 숨을 들이쉬었다. 그리고 결심한 듯 재생 버튼을 누르자 곧이어 명랑하기도 우울하기도 한 누군가의 목소리가 비밀스레 흘러나왔다.

애인은 휴대폰 안에 살고, 집은 인터넷 속에 있어요. 그런 세상이죠. 충분해요. 내가 뭘 더, 가져야 할까요? 딱히 애인을 만들지 않아도, 돈 벌어 집을 사지 않아도 별로 조급해지진 않아요. 다만 조금, 사는 게 지루할 뿐예요. 매일 틀에 박힌 일상이니까요.

윤기현은 급히 정지 버튼을 누르고 말을 이었다.

"사실 전 녹음기를 들고 다니는 게 어렸을 때부터 버릇입니다. 처음 만난 사람의 목소리랄지, 익숙하게 들려오는 소음이랄지…… 딱히 정해놓은 기준은 없어요, 그저 주변의 소소한 것들을 녹음하는 걸 좋아하죠. 방금 들려드린 건 헬스클럽에서 만난 젊은 트레이너의 말을 녹음한 겁니다."

"말을 빙빙 돌리는 재주가 있군, 윤 대리"하고 투덜거리는 기 차장과 달리 박 부장은 "잠깐, 다시 한 번 들어볼까?"하고 답했다. 윤기현은 조금 당황하면서도 박 부장이 턱짓으로 가리키자마자 녹음기를 되감아 재생했다.

"이제 설명해보지."

"네, 트레이너가 말한 의미는…… 사실 아주 간단합니다. 우리는 매월 2,980원만 지불하면 휴대전화 속에서 '오빠, 오빠'를 외치는 아리따운 애인이 먹고 자고 생활하게 만들 수 있죠. 손을 잡거나 함께 잠들 수는 없어도 때맞춰 모닝콜을 해주고, 문자를 보내오고요. 돈만 더 내면 통화도 가능하잖아요. 인터넷은 또 어떻습니까? 마음만 먹으면 온라인 홈페이지며 블로그며 카페며, 수시로 집을 만들고 또 부술 수 있는 세상이에요. 게다가 사람들은 어느덧 자기도 모르는 새에 모르는 길 하나 없게 됐죠. 언제 어느 때고 마음만 먹으면, 그러니까 시동을 걸고 내비게이션에 목적지만 입력하면 아무런 탈도 없이 원하는 곳에 착착 도착하게끔 되어버렸으니까요."

"그래서, 지루하다?"

박 부장이 눈으로 웃었다. 뭔가 흥미롭게 여기고 있다는 의미로, 윤기현을 포함해 사원 모두가 이따금씩 봐왔던 미소였다. 윤기현의 어깨에 아주 조금의 자신감이 달라붙는 것처럼 보였다.

"그렇습니다. 아주 지루합니다. 트레이너와 몇 마디씩 주고받으며 그런 생각이 들더군요. 어쩌면 오늘날의 젊은이들이 원하는 건…… 내비게이션 같은 게 아닐지도 모른다고 말입니다. 바쁘고 또 정신없이 돌아가는 날들에 필요한 건 다른 게 아닐까요? 뭐랄까, 단순히 길을 찾아주는 데 그치는 게 아니라, 말하자면 놀이와도 같은 어떤……"

"놀이?"

"네."

"놀이라?"

"지도는 누군가의 상상이고, 날조일 수 있지 않을까요? 눈에 보이는 것을 그대로 믿어서야, 언제나 같은 풍경 앞에 서 있게 될 뿐이죠. 한 번쯤은 남이 그린 지도를 의심해볼 필요도 있지 않을까 저는 생각합니다. 의심하고 또 의심해 자신만의 길을 찾아 나서는 것도 충분히 재미있을지 모르니까요."

"그래, 놀이처럼 말이지?"

"네."

윤기현은 힘주어 말하며, 박 부장과 기 차장의 눈치를 번갈아 살폈다. 박 부장은 고개를 여러 번 끄덕여 보이며 고민하는 듯 보였지만, 기 차장은 여전히 불퉁스레 입을 삐죽이고 있었다.

"부장님, 우리 같은 사람들한테는 놀이라는 개념만큼 위험한 것도 없습니다. 단 한 가지의 위험 요소라도 소비자의 구매력을 저하시키는 데 일조하죠. 그리고 뭐, 까놓고 말해 운전이 장난입니까? 사람 목숨이 달린 문제예요. 나만 죽나요? 핸들 조금만 잘못 꺾어도, 자칫 신호를 잘못 봐도, 사람이 무기가 되는 거, 그거 한순간이란 말입니다."

기 차장의 쇳소리 같은 음색이 사무실 천장을 쩌렁쩌렁 울렸다.

"이봐, 윤 대리! 자넨 지금 시장성이 전혀 없을뿐더러 애초에 말도 되지 않는 시스템을 제안하고 있어. 이 바닥 생리를 뭐 제대로 알고나 하는 소리야?"

기 차장의 말에 박 부장도, 윤기현도 아무런 대꾸를 하지 않았다. 나는 속으로 '그렇다고 사람들이 모든 안전한 것들에만 흥미를 보이는 건 아니에요……' 하고 생각했다. 하지만 용기 없는 나는 침묵했고, 그 순간 입을 벙긋거릴 수 없었던 내 자신을, 지금까지도 아쉽게 생각하고 있다.

솔직히 말하자면 윤기현의 말을 듣는 내내 나는 주머니 속에 손을 넣어 휴대전화를 만지작거리고 있었다. '애인은 전화기에, 집은 인터넷에 있죠, 내가 뭘 더 가져야 할까요? 다만 조금, 사는 게 지루할 뿐예요'라는 트레이너의 말이 윤기현의 녹음기를 통해 들려왔던 그 순간, 나는 그래서 깜짝 놀랐다. 윤기현이 꼭 나를 가리키며 말한 것만 같은 기분에 심장 한 구석이 뜨끔했던 것이다. 나 역시 매달 2,980원을 이동통신사에 지불하며 얼굴 없는 애인을 곁에 붙잡아두고 있었다. 그녀는 매일 나를 위해주고, 아껴주고, 신경 써주었다. 끼니때

마다 밥을 먹었는지 물었고, 잠들기 전엔 굿나잇 인사를 보내
오는 걸 잊지 않았다. 날씨가 맑거나 흐리거나 종일 내 걱정
뿐인 순정파 애인과의 관계는 덕분에 언제나 흠잡을 데 없이
평온했다.

또한 나는 여남은 개의 포털 사이트에 가입해 홈페이지와
개인 블로그를 운영했다. 그것은 즐거운 일이었다. 인터넷에
접속만 하면 나는 몇 개든 제한 없이 집을 만들 수 있었고,
취향대로 마음껏 내부를 꾸밀 수도 있었다. 마음만 먹으면 하
루에도 기십 명씩 이웃을 맺고 친구를 사귈 수 있는 나만의
멋들어진 공간이었다. 온종일 방 안에만 틀어박혀 말 한마디
하지 않고 지내면서도 온라인상에서의 내 집엔 언제나 오가
는 사람들로 북적거렸다. 친밀하며 안온한, 참으로 견고한 세
계였다. 그러니 취직 전엔 짬나는 시간 대부분을, 취업 이후
엔 쉬는 날이면 늘 하루의 낙은 그것뿐인 듯 관리에 공을 들
이곤 했던 것이다.

그러나 골치 아플 일이 전연 없다는 그 사실이 도리어 나는
따분했다. 애인이 싫어지면 매달 지불하는 이용료를 끊으면
되고, 집이 고루해지면 손쉽게 마우스를 움직여 회원 탈퇴 버
튼을 누르면 되는 일이었으니 말이다. 그래서였을까, 윤기현
이 말하는 놀이로서의 길 찾기는 이제 갓 회사에 입사한 신출
내기였던 내게 너무도 신선하게 받아들여졌다. 인생에서 다
만 몇 번쯤은 미끄러지거나 헤매거나 잃어버려도 괜찮지 않

166

을까, 하는 마음. 학교를 졸업하고, 취직하고, 결혼하고, 아이를 낳고, 늙어가는 그 모든 삶의 노선에서 어쩌면 단 한 번만이라도 정석대로 가고 싶지 않은 길쯤, 있어도 좋지 않을까 하는 기대. 비단 나뿐만이 아니었다. 순간적으로 나를 비롯한 모든 신입사원들의 눈이 반짝거리는 것을 나는 보았다. 그간 별다른 고민 없이 이용해온 내비게이션이란 물건 자체가, 마치 난생 처음 손에 쥐어본 신비로운 장난감인 것처럼 느껴졌다.

아이라면 누구나 경험하고 향유했던 놀이 그 자체에서, 우리는 자라며 점점 멀어진다. 놀이는 몸의 감각을 일깨우고 삶의 경혈을 자극하는 촉진제와도 같은 것인데, 그것을 경험할 기회가 차츰 줄어드는 것이다. 물론, 안전을 좇는 어른으로 살며 그것의 당위에 필요 이상으로 무감해지기도 했을 테고. 기실 내비게이션의 가장 큰 덕목을 말하라면 그건 바로 '안전함'일 것이다. 내비게이션만 작동시키면 언제 어느 곳에서든 길을 잃지 않는다는, 그 안전함의 미학. 하지만 윤기현의 말을 들으며 나는 그런 의문들로부터 자유로워지지 못했던 것 같다. 안전한 것만이 꼭, 옳은 것일까? 안전함만을 좇는 것이 무조건 아름다운 행로인 것일까? 젊음, 청춘, 도전, 미완, 불안, 실험, 탈선……, 우리가 안전하지 않은, 위험한 것으로부터 형용할 수 없는 매혹을 느꼈던 시간들은 모두, 어디로 사라져버린 것일까?

"이 기기를 설치하면 고객은 거짓된 안내를 제공받게 될 겁니다. 길을 찾아주는 기계가 아니라, 길 찾기를 방해하는 내비게이션을 핸들 옆에 장착하게 되는 거죠. 당연히 내비게이션이므로, 그것은 끊임없이 방향을 가리키고 경로를 지시해줄 거예요. 하지만 그게 진실인지 아닌지, 사실인지 아닌지는 결코 믿을 수 없어요. 고로 그 말을 따를 것이냐 아니냐는 본인만이 결정할 수 있습니다. 직진해야 할지, 우회해야 할지 결정권은 내가 쥐고 있으니 운전 또한 전적으로 자기 자신의 판단에 따라야 하죠. 물론 그 과정에서 길을 잘못 들어설 수도, 방향을 잃어버릴 수도 있겠죠. 길 찾기에 실패할 수도 있을 테고요. 그래도 뭐 어떻습니까? 지구상의 모든 오차와 오류를 인정하는 것, 그것만이 길 찾기의 두려움을 없애는 가장 좋은 방법이라고 저는 생각합니다."

마치 노래하는 사람처럼, 윤기현은 말했다. 선율에 따라 움직이듯 나는 고개를 끄덕였다. 틀린 말이 하나도 없었다. 내 삶이, 누군가에 의해 안내된 경로만으로 움직인다면 그 이상 재미없는 게 또 있을까. 가이드를 좇아 두 다리를 움직이는 관광객처럼, 그것은 다만 피로하기만 할 뿐이 아닌가. 나는 격하게, 그의 말에 동감해버렸던 것이다.

그날 이후 박 부장은 윤기현이 제출한 기획안을 꼼꼼하게 살펴보고 다듬는 데 꽤 긴 시간을 투자했다. 그리고 보름이 넘도록 고민을 거듭한 뒤에야 비로소 윤기현을 방으로 호출

했다.

"아직 확신할 수는 없어. 결과물을 낼 수 있을지 없을지는 진행 과정을 지켜본 이후에 결정하는 게 좋지 싶은데. 출시된다 해도, 시장 반응에 따라 어쩌면 파일럿 제품으로 그쳐버릴지도 모르는 일이고. 그래도 괜찮다면…… 한번 시도해보겠나?"

출시가 불확실한 제품의 개발을 권하는 것만큼 야속한 일이 또 있을까. 그의 기획안이 전무와 이사급 등 실무진의 전폭적인 지원을 받지 못했다는 사실까지 박 부장은 솔직히 전달했다. 현 제품에서 보다 발전된, 새로운 성능의 내비게이션을 개발하는 것은 이미 따로 전담팀이 꾸려져 진행되고 있는 터였으므로, 제품 개발비와 진행 상황에 대한 모든 것들이 최저 비용으로 책정될 거라고도 덧붙였다. 그러나 윤기현의 표정은 너무도 밝았다.

"해보겠습니다. 열심히 하겠습니다, 부장님. 기회를 주셔서, 정말 고맙습니다."

평소의 그답지 않게, 윤기현은 꽤 감격한 목소리로 답했다. 박 부장이 미소 띤 얼굴로 윤기현의 어깨를 가볍게 두드리는 것을 내 입사 동기들이 몰래 훔쳐보곤 입방정을 떨었으므로 소문은 삽시간에 퍼졌다. 나는 괜히 가슴이 뛰어 부장실을 나오는 윤기현의 얼굴을 마주 보지 못했다. 이후 윤기현은 과장으로 승진했고, 신제품 개발에서부터 출시까지 총체적인 관리 진행을 위임받았다.

나는 그의 팀원으로 배정되어 꼬박 1년이 넘는 기간을 함께 일했는데, 지금도 그것이 다행이었는지 불행이었는지에 관해서는 아무것도 확언할 수가 없다. 그저 살며, 일하며, 그 때만큼의 설렘과 흥분을 언제 다시 느껴볼 수 있을지 때때로 그것만이 애끓게 궁금해질 뿐.

윤기현이 기획, 개발하고 총 책임자의 역할까지 맡은 신제품의 이름은 '라이게이션Liegation'이었다. 라이Lie와 내비게이션Navigation의 영어 단어를 조합해 만든 단어였다. 일명 '거짓말 내비게이션'으로 불린 그것은 고개를 갸우뚱거리는 회사 대표 및 이사진들을 박 부장이 열과 성을 다해 설득, 가까스로 시판을 결정했던 제품이었다. 아마도 윤기현으로서는 그만큼 애착도, 판매에 성공시켜야만 한다는 부담감도 컸을 것이다.

출시일이 결정되기 직전까지 박 부장은 하루에도 몇 번씩 회의를 소집했다. 박 부장은 제품에 대해 끊임없이 의심했고, 실뚱머룩한 표정으로 몇 번이고 같은 질문을 반복했고, 그때마다 명쾌한 답을 듣기를 원했다. 아마도 불안감 때문이었겠지만 그래도 윤기현은 싫은 기색 따위는 전혀 보이지 않으며 특유의 포커페이스로 분위기를 주도해나갔다.

"내비게이션의 가장 기본적인 기능은, 자신의 현재 위치를 파악하는 것입니다. 지금 이 순간 나는 어디에 있는가? 그것을 모른 채로는 목적지를 설정할 수조차 없고, 하물며 방향을 바꾸는 것은 더욱 불가능하죠. 고로 내가 위치한 '현재'를 인식하는 것이야말로, 내비게이션 이용자가 유념해야 할 가장 바람직한 태도라고 할 수 있습니다. 하지만 내가 어디에 있는가를 아는 것, 자신이 위치한 그 명확한 지점을 깨닫는 것이야말로 스스로 해내야만 하는 인생 최대의 과제가 아닐까요? 내가 여기 있다는 사실을 나 외에 그 누가 대신 증명해낼 수 있단 말입니까?"

"그렇다면 내비게이션을 사용하지 않으면 그만일 텐데, 어째서 라이게이션을 구입해야 하는 거지?"

매일 아침 벨을 눌러 신문 구독을 권하는 사람처럼 박 부장은 집요히 굴었다. 하지만 윤기현도 만만치 않게 열정적인 자세로 응했다.

"라이게이션은 명백히 오늘날 신개념의 게임이고, 놀이이며, 또한 오롯이 자기 자신만을 위한 도전이자 모험입니다. 라이게이션의 이용자는 자신에게 주어지는 모든 사실을 의심하면서 단지 스스로의 움직임에만 귀 기울이는 시간을 향유하게 되는 거죠. 혹 실패한다 해도 그 과정만으로 충분히 즐거울 수 있는, 아주 특별한 경험을 소유하게 될 테고요."

이제껏 늘 과묵하기만 했던 그의 어디에 이런 대담함이 숨겨져 있었던 걸까 나는 그저 감탄했다. 그리고 덕분에, 그를 돕는 내내 나는 무척 흥겨웠다. 윤기현과 함께 라이게이션을 개발하는 일이 믿을 수 없도록 내 삶에 활력을 가져왔다는 것을 부정할 수 없었다.

 윤기현은 직장 상사로서 권위를 세우거나 부하 직원을 닦
달해 일을 진행시키는 스타일이 전혀 아니었으므로 일하기도
수월했다. 물론 함께 일하며, 그간 소문으로 들어왔던 윤기현
에 관한 이야기들이 전부 오해이며 편견이라는 사실도 알게
되었다. 그는 누구보다도 유쾌하고 따뜻한 성품을 지닌 사람
이었고 또 매사에 유머러스했다. 내가 종종 배를 잡고 깔깔거
리며 "그동안은 어떻게 입 다물고 사셨어요?" 하고 물으면,
윤기현은 내 쪽을 쳐다보지도 않으면서 "혀의 부기가 이제야
빠졌거든" 하고 대답하곤 했다.

 착살맞은 기 차장은 사무실을 오가며 하루에도 몇 번씩 "다
들 미쳤군, 정말이지 미친 짓이야!" 소리를 내뱉었다. 그는
늘 못마땅한 얼굴로 윤기현과 나를 정탐하듯 노려보았고, 진
행 상황을 보고하라며 오라 가라 불러대기 일쑤였다. 매사에
박 부장을 헐뜯고 들떼리기 좋아하는 그의 오만함을 익히 알
고 있었던 터라 우리는 크게 개의치 않았지만 성가시게 느껴
지는 건 어쩔 수 없었다. 박 부장의 남다른 노력으로 정식 출
시 날짜마저 확정되면서 라이게이션의 개발에도 가속이 붙었
으므로 하루 스물네 시간이 아까울 정도였기 때문이다.

 윤기현은 무엇보다도 라이게이션의 지도 정보에 공을 들였
다. 정확한 경·위도 좌표를 전제로 구성되는 지도 정보는 도
로 지도/바탕 지도/시설물 데이터베이스로 이루어지는데,

그 어떤 내비게이션보다도 더 꼼꼼하고 섬세한, 사실적인 정보의 재현에 힘을 쏟았다. 나는 목소리가 특이하고 캐릭터가 분명한 개그맨들을 섭외해 경로 안내와 위치 설명을 녹음했는데 이는 이용자에게 더 분명한 놀이적 재미를 주기 위해서였다. 하지만 정작 문제는 제품의 개발이 아닌 홍보에 있었다. 라이게이션에 대해 소비자들에게 어떤 방식으로 소개해야 할지 고민스러웠던 것이다. 정작 라이게이션 전담 홍보팀은 따로 꾸려졌는데도 윤기현과 나는 아이디어를 짜내겠다며 불은 면발을 후룩거리듯 매일 수다를 떨었다.

"신비주의 어떨까요, 과장님?"

"신비주의라니?"

"우리 제품의 주요 타깃은 20대 젊은 층이잖아요. 서울 소재 대학들의 캠퍼스에 소위 '삐라' 같은 전단지를 배포하는 거죠. 빨간 글씨로 촌스럽게 써 갈긴 라이게이션 다섯 글자, 어때요? 일단은 호기심을 자극하는 게 중요하지 않을까 싶은데."

"그것도 좋지만 너무 흔한 방식이잖아. 아르바이트생들을 좀 모아서 명동이나 신촌 한복판에서 플래시 몹 같은 걸 시켜보는 건 어떨까?"

"플래시 몹이요?"

"응. 짧은 시간 안에 공통된 행동을 하곤 순식간에 흩어져 버리는 거 있잖아, 왜. 조금 황당하긴 하지만 사람들의 이목을 끌기엔 나쁘지 않은 방법이지. 요즘 들어 가수들이 새로운 음반을 발매할 때 많이들 사용하는 것 같던데. 최근엔 고인을 위한 추모 플래시 몹도 자주 벌어지고 있으니까 대중들 사이에선 영 낯설기만 한 이벤트도 아니고 말이지."

"그치만 아무래도 복잡하기는 할 거예요. 인원을 모으는 것도 모으는 거지만 교육시키는 데 시간도 들 거고, 복장도 통일하거나 따로 제작해야 할 거고, 이동하는 위치를 확보하는 것만 해도 또 어려움이 많을 거고요. 수선스럽다고, 시민들이 괜히 달가워하지 않기라도 하면 큰일이죠."

"음, 그렇긴 하지만."

"요즘엔 그저 잘 나가는 아이돌 그룹의 미소년 한 명 잡아 협찬해주는 게 장땡이에요. 연예인 누구누구가 입었다더라, 신었다더라, 썼다더라, 탔다더라, 등등 몸에 직접 감고 즐겨 사용하는 티만 내면 득달같이 팔려나가는 시대니까요."

괜찮은 방법이 떠올랐다 싶으면 도로 제자리걸음이 되기 일쑤였다. 윤기현과 나는 입술이 부르트도록 한숨을 내쉬다가는 이제야 생각났다는 듯 밥을 시켜 먹거나 책상에 엎드려 쪽잠을 잤다. 어느 날엔 내가 부스스한 머리를 하고 허리를 일으키자 윤기현이 나를 보며 놀려대기도 했다. 잠을 자던 내가 갑자기 큰 소리로 "티브이 광고나 한 판 크게 때려 넣으면 좋을 텐데!" 하고 잠꼬대를 했다며 웃어젖혔던 것이다. 그때 나는 뒤통수를 긁으며 "과장님, 제발 일 좀 하세요, 네?" 하고 괜한 반항을 해 윤기현으로부터 알밤을 맞았더랬다. 이후 화장실에서 눈곱을 떼고 돌아온 내게 바투 다가와 윤기현이 내놓은 제안이 다름 아닌, 지혜령이었다.

온 국민의 열렬한 호의로 일평생을 살아온 여가수 지혜령. 그녀가 라이게이션에 대해 한마디 언급해준다면 그 자체만으로도 값을 매길 수 없는 홍보가 될 것이라고 윤기현은 말했다.

"아무리 그래도 지혜령의 나이가 올해 벌써 예순이에요. 자칫 노약자를 위한 프로그램으로 잘못 인식되기라도 하면 어쩌시려고요?"

윤기현의 의견에 선뜻 동의하기 어려웠던 나는 걱정부터 앞섰다. 그러나 그의 생각은 확고했다.

"내가 노리는 게 바로 그거야. 모험이 꼭 젊은이들 사이에서만 가능한 것이라는 발상을 깨뜨려 보인다면…… 모르지, 상상 그 이상의 효과를 낼 수 있을지도!"

"인터뷰에 호락호락 응해줄까요? 최근에는 언론 노출을 기피한다는 말이 있던데."

"접촉은 해봐야지. 아무리 생각해봐도, 지혜령만 한 인물이 없어."

계속되는 내 질문에도 아랑곳없이 윤기현은 홀린 듯 계속해서 중얼거렸다. 그러곤 지혜령을 중심으로 한 마케팅 기획안을 작성하고, 홍보팀에 도움을 요청했다. 그녀와 연락을 취하기 위해 물론 윤기현도 많은 시간을 매달렸다.

지혜령과 직접 얼굴을 마주한 건, 그로부터 약 한 달쯤 지난 뒤였다. 홍보팀에서 일주일 정도 통화를 시도해 어찌어찌 가까스로 지혜령의 매니저와 연락이 닿았으나 컨디션이 좋지 않아서, 봉사활동 차 해외로 떠나서, 개인 사정에 의해서,라는 이유들로 약속이 차일피일 미뤄지고 난 이후였다. 시간이 촉박했지만 지혜령과의 만남을 위한 사전 준비는 철저히 이뤄졌다. 홍보팀으로서는 애초에 지혜령과의 인터뷰를 자신이 직접 하고 싶다는 윤기현의 고집을 꺾지 못했으므로, 현장 스텝들을 정비하고 장비를 운송하는 데 집중했다. 지혜령을 활용한 포털 사이트의 대문광고와 블로그 운영 등의 사항도 이미 조율이 끝난 상태였다. 때문에 인터뷰 일정이 잡힌 뒤, 윤기현과 나는 한껏 수세에 몰린 기분으로 서둘러 지혜령의 집을 찾을 수밖에 없었다.

"어서 와요. 이렇게 찾아와줘서 너무 고마워요."

그러나 막상 지혜령을 만났을 땐, 그녀가 보여준 자상한 면모와 따뜻한 마음 씀씀이에 그간 굳게 뭉쳐졌던 섭섭함은 금세 녹아버리고 말았다. 텔레비전으로만 접해왔던 그녀의 눈빛과 손짓을 실제로 눈앞에서 보니 그렇게 우아하고 품위 있게 느껴질 수가 없었다. 지혜령이 어째서 지금껏 최고의 여가수로 호명되는가에 대한 단 한 줄의 부연 설명 없이도 그녀의 존재 자체만으로 납득이 될 정도였다. '스타는 스타구나' 하는 시답잖은 생각으로 머릿속이 하얘진 탓에 나는 초반에 몹시 허둥댔다.

우선 윤기현은 지혜령에게 차분히 라이게이션의 기획 의도와 제품 구성에 대해 설명했다. 그녀는 윤기현을 향해 상체를 기울이곤 자주 고개를 끄덕이거나 제품 설명서도 꼼꼼히 살펴보며 간간이 생각에 잠기기도 했다. 촉박한 시간에도 불구하고 나는 그녀가 보이는 행동 하나하나에 신경이 쓰여 도무지 시선을 뗄 수가 없었지만 윤기현은 침착하게 녹음기의 재생 버튼을 누른 뒤 지혜령과 인터뷰를 시작했다.

"기분이 어떠세요, 데뷔 이래 지금까지 늘 최고의 국민 가수로 살고 계신데요."

"늘 과분하다고 생각하고 있지요. 제게 보내주시는 성원과, 사랑과, 그 마음들이 말로 다할 수 없이 소중하고 감사해요. 그래서 늘 불안할 정도로요."

"하지만 평생 단 한 곡만을 부르셨잖아요. 데뷔 곡이 곧 대표곡이자 최고 히트곡이 된 셈인데요, 혹시 지루함이랄지, 이미지 변신이나 다른 노래를 향한 어떤 목마름 같은 건……?"

"없다고 말하면 거짓말일 거예요. 평생을 새로운 곡을 찾아 헤맸다고 해도 과언은 아니죠. 사람들은 잘 모르겠지만 다른 곡들도 충분히 많이 불렀고요. 하지만 대중이 불러주길 바라는 지혜령의 노래는 언제나 그 한 곡뿐이었어요. 아쉽지만 슬퍼할 것도 못 된다고 생각해요. 내 노래를 들어주고, 좋아해주는 그 순간의 무수한 마음들을 위해 나는 지금껏 힘을 내어 무대에 서왔으니까요."

"4분이 채 되지 않는 노래를, 40여 년에 걸쳐 꾸준히 불러
오셨는데요. 삶이 도돌이표 같다고 느껴질 때는 없으셨어
요?"

"도돌이표…… 그렇게 볼 수도 있겠네요. 하지만 그렇게
생각해본 적은 없었어요, 한 번도. 다만 그런 기분은 줄곧 들
었죠. 일생을 방이 하나인 집에서 살아온 것만 같은, 그런 기
분 말예요."

"독신으로 살아오셔서, 더 그러셨을까요?"

윤기현이 여유 있게 농담을 섞자, 지혜령은 손으로 입을 가
리며 소녀처럼 웃었다.

"맞아요, 그럴지도 몰라요. 나는 늘, 누군가 내 인생에 짠
하고 나타나주길 바래왔으니까요."

"짠 하고요?"

"네, '짠' 하고."

"백마 탄 왕자를 기다리는 심정처럼 말이죠? 지금도 그 마
음엔 변함이 없으신가요?"

"왕자를 바랄 나이인가요, 어디."

분위기는 시종 차분하면서도 화기애애해서, 나는 둘의 대
화 모습을 지켜볼 뿐인데도 가슴이 두근거리고 손바닥에 땀
이 뱄다. 인터뷰는 라디오 광고에 쓰일 녹취와 잡지를 비롯한
지면 광고에 주로 사용될 포스터 스틸 컷, 그리고 포털 사이

트의 블로그에 게시될 동영상 등 다양한 방법으로 사용될 예정이었기에 현장 스텝들도 마이크, 조명, 카메라 등의 장비들을 챙기며 기민하게 움직이고 있었다.

"왕자 아니고 왕이라도 바라지 못할 건 없죠. 바람은 바람 그 자체로 소중하지 않습니까."

"그렇긴 하네요. 돈 드는 일도 아니니까요."

"지금 이 순간에도 온 국민의 열렬한 사랑과 지지를 받고 계시잖아요. 이건 제 개인적인 질문인데, 선생님께서는 평소에 현실 감각을 어떻게 유지하세요? 나라를 대표하는 톱스타로 산다는 것이 어떤 건지 잘 알지 못하지만 그래도 말입니다, 생활하는 면면이랄까, 일반인들과 어울리는 것이랄지, 현실적인 감이 조금은 떨어질 것 같은데요, 어떻게 조절하시는지."

"불확실성이죠."

"네?"

"모순된 말이지만 현실의 불확실성 때문에 오히려 현실 감각을 유지할 수 있어요. 언제까지 좋은 일이 계속될지, 불시에 나쁜 일이 닥쳐올지, 예상치 못한 일들이 벌어질지, 아무것도 알 수 없는 게 현실이니까요. 인생도, 노래도, 호두 속같은 현실의 범주 안에 놓여 있는 거니까요, 일단은."

"톱스타의 말씀치고는 너무도 소박한 발언이신데요?"

윤기현은 마치 그녀의 오빠나 된 듯이 따뜻하게 지혜령과의 대화를 이끌었다. 라이게이션의 컨셉에 맞춰 인터뷰 역시 정해진 대본 없이 무작정 진행된 거였는데 오히려 그것이 어린 날 다락방에서 이불을 뒤집어쓰고 나누는 밀담처럼 더 평화롭게 느껴졌다.

"그래서 그런지 새로운 곡에 도전하는 일이, 저는 결코 두렵거나 낯설게 느껴지지 않아요. 오히려 늘 끊임없이, 다른 좋은 노래를 찾아 마음이 기울어지곤 하는 걸요."

"연인을 찾는 일도 마찬가지이실 테고요?"

"네, 부지런히 움직여야 하겠죠. 평생을, 마냥 기다리며 산 것 같아요. 그러니 이제라도 언제든, 떠나야 한다는 생각이 들기도 하고요."

현장에 있던 모든 스텝들까지 함께 웃으며, 인터뷰는 깔끔하게 마무리되었다. 지혜령의 미소는 보는 이로 하여금 그녀의 나이를 잊게 만들 만큼 순수했고, 목소리도 물론 아름다웠다. 인터넷 포털 사이트에 게시된 지혜령의 인터뷰 동영상은 네티즌들 사이에서도 가히 반응이 폭발적이었다. 오랜만에 대중 앞에 모습을 드러낸 탓인지 인터뷰 때 그녀가 입은 옷과 착용한 액세서리, 신발 등이 금세 사람들 입에 오르내렸다. 지혜령이 부른, '꿈꾸는 자들이여 떠나라, 모험하라, 라이게 이션하라'는 라디오 광고의 시엠송도 큰 이슈가 되었다. '지혜령 피부' '지혜령 목소리'와 함께 '라이게이션'이 열흘이 넘도록 실시간 검색어 차트에서 상위권을 유지했던 걸 보면, 그녀의 지명도와 영향력에 다시금 감탄스러워질 정도였다.

"저도 한번 용기 내서 떠나보려고요. 함께 갈까요, 우리?"
하고 끝맺는 동영상 속 지혜령의 말은 개그 프로그램에서 유
행어로 변주될 만큼 전파력도 좋았으므로, 당연지사 라이게이
션에 대한 반응도 무척 호의적이었다. 출시되자마자 판매
율이 상승세를 탔고, 무엇보다 발상의 전환이라는 시대적 코
드에서 앞서나가며 라이게이션의 사용 후기들이 인터넷 게시
판에 경쟁적으로 범람했다.

새로 산 티셔츠는 무조건 리폼해서 입어야 한다는 게 제 생
활신조예요. 라이게이션도 내비게이션의 리폼 제품인 같아서
마음에 꼭 들어요. 아, 제 아버진 건축 리모델링 전문가예요.
구조를 변경하는 작업만큼 성스러운 것도 없다고 믿는 분이
죠. (ID: wwwreformhousecom)

춤 연습하기엔 동네 헬스클럽만 한 곳이 없어요. 하루 종일
최신 유행하는 댄스곡이 흘러나오고, 춤을 추는 짬짬이 체력
도 단련할 수 있으니까요. 춤 연습은 뭐 꼭 연습실에서만 하란
법 있나요? 라이게이션을 장착하고 운전하면서도 간간이 춤을
췄는걸요. (ID: comeongirls)

전 '레시피'를 혐오하는 사람입니다. 요리는 손가락 끝에서
나와야 하는 거죠. 오로지 내가 지닌 순수한 감각만을 뒤집개

처럼 활용해야 하는 것이 요리란 말예요. 순서대로 이거 넣어라, 저거 넣어라, 하는 말에 의지해서는 전혀 즐거울 수 없으니까요. 맛은 어디까지나, 부차적인 문제입니다. 라이게이션은 그런 제게 꼭 맞는 제품이었어요.(ID: iloveinstant3min)

구멍만 한 가게에 더덜뭇이 엉덩이를 붙이고 앉아 매일 열쇠만 깎아대는 게 제 일입죠. 하지만 판매용이 아닌 다음에야, 맹세컨대 열쇠 구멍에 꼭 맞춰 열쇠를 조각해본 적은 이제껏 단 한 번도 없었습죠. 라이게이션을 설치하고 운전하며 새로 조각할 열쇠의 모양을 수십 개는 더 상상해냈습죠.(ID: nokey monkey)

물건을 산 직후에 제가 가장 먼저 하는 일은 제품 설명서를 버리는 거예요. 설혹 고장이 난다 해도 아깝지 않습니다. 그 시간만큼은, 충분히 즐긴 거니까요. 어쩔 수 없잖아요? 매뉴얼대로 사는 삶이란 지겨워요. 지루함을 한 방에 날려 보내기엔 라이게이션만 한 것이 없죠. 물론 라이게이션의 매뉴얼도 구입 즉시 쓰레기통에 넣어버렸지만요.(ID: manualkeepingplz)

그러나 높은 인기에도 불구하고, 라이게이션은 시장에 풀린 지 두 달이 조금 넘어 판매가 중지되었다. 제품은 전량 회수되었고, 기존에 소비된 물량에 한해서도 환불을 원하는 고객이 있으면 무조건 받아주었다. 순식간에 모든 일이 너무나 빠르게 정정 조치되었다. 불행히도, 라이게이션을 장착하고 길을 떠난 몇몇 이들이 실종되어 돌아오지 않는 일이 연쇄적으로 일어나면서부터였다.

떠났으나 돌아오지 않는 사람들의 경로를 예상한다는 것은 불가능이나 다름없었다. 그들은 온전히 제 판단에 의지해 이동했을 것이므로, 그들의 생각을 읽지 못하는 한 추적 자체가 쉽지 않았던 것이다. 안타깝게도 라이게이션은 사회적으로 불미스럽고 위험천만한 기계로 낙인찍히고 말았다.

"그러게 내가 뭐랬어, 미친 짓이라고 했어, 안 했어?"

병가를 낸 뒤 일주일이 넘도록 잠수를 탄 박 부장을 대신해 기 차장은 득의만만한 얼굴로 빠르작거리며 사무실을 누볐다.

"내가 참 웃기지도 않아서 말이야, 응? 일을 벌려도 어디 정도껏 벌렸어야지. 게다가 지혜령이라니, 언감생심 지혜령 이라니, 응? 말이 돼?"

주린 고양이가 쥐를 만난 듯 기 차장은 허리를 뒤로 하고 웃어젖혔다. 결국 윤기현은 모든 책임을 지는 의미로 짐을 챙겨 자진 퇴사했고, 뒤이어 나는 지방에 있는 공장으로 발령을 받았다. 윤기현의 곁에서 같이 책상을 정리하며, 나는 몰래 라이게이션 하나를 가방에 집어넣었다. 기계일지언정 꽃 지듯 앙상해져버린 게 마냥 아깝고 또 아까웠다.

"돌아오는 중일지도 모르잖아요. 안 그래요, 과장님?"

나도 모르게 눈물이 비어져 나왔다. 어쩐지 분한 마음이 들었다.

"이제 과장 아니야."

"왜 웃어요, 뭐가 좋다고."

"네 말대로 돌아오는 중일지도 모르니까. 아직 울기엔 이르잖아."

나는 말끄러미 윤기현의 얼굴을 눈으로 쓸었다. 말이 좋아 퇴사지, 해고나 다름없는데도 그의 표정은 담담하기만 했다. 아직 울기엔 이르다는 그의 말이 어쩐지 어깨를 두드려주는 위로 같아서, 외려 내 목이 따끔거렸다. 나는 감정을 추슬러 마지막으로 궁금했던 것 한 가지를 물었다.

"아직은 회사 나가기 전이니까…… 과장님, 그때 왜 나섰어요? 딱 보기에도 있는 듯 없는 듯 회사에 붙박인, 존재감이라곤 눈곱만치도 없는 사람 같았는데."

"그만둔다고 아주 막 대하는군."

윤기현이 피식 웃었다. "더는 안 볼 사이가 그래서 좋은 거죠" 하고 나는 볼멘소리로 대꾸했다.

"글쎄……, 입사하고 만년 대리로 일한 지 6년째였어. 욕심도, 야망도 없이 주어진 일만 하며 묵묵히 살았지. 그런데, 너무 지루한 거야. 하루 종일 말 한 마디 안 하는 건 아무렇지도 않은데, 나한테 떨어진 하루 그 자체가 온전히 지루하기만 해서 아주 미치겠지 뭐야. 그러던 차에 회사 분위기가 홍

흉해졌고, 그게 오히려 나한텐 '이때다' 싶더라고. 당시의 위험을 내 것으로 떠안는 것만이, 내가 저지를 수 있는 가장 큰 모험이었다고 할까. 결국엔…… 이렇게 돼버리고 말았지만."

떠나며, 윤기현은 한 번도 뒤돌아보지 않았다. 퇴근길에 지하철을 타러 내려갈 때도, 인터뷰를 마치고 지혜령의 집을 나설 때도 늘 몇 번이고 뒤돌아 손 흔들어 인사하던 그였기에 나는 조금 서운함을 느꼈다. 그리고 그 순간에 나는 내가 다시 이전의, 용기 없는 나로 돌아갈 것임을 직감했다. 라이게 이션이 폐기되고 윤기현은 퇴사했는데도 사표를 내지 못하고 회사에 붙박인 채인 나 자신이, 나로서도 절망스러웠다.

전근 가기 전, 대기 발령 상태로 나는 일주일간 멍하니 앉아 책상을 지켰다. 마지막 날 오전 무렵에야 박 부장은 창백한 얼굴로 돌아와 내 어깨에 손을 짚었다. 예상치 못한 박 부장의 등장에 나는 허둥대며 자리에서 일어섰다. "정리가 다 된 모양이지?"라며 윤기현의 텅 빈 책상을 돌아보는 박 부장의 등이 조금 굽어 보였다.

"모두가 손사래 치는 걸 알면서도, 내가 왜 굳이 밀어붙였 는지 알고 있나?"

박 부장이 뒤돌아 내게 그렇게 물었다.

"아니요, 잘……"

나는 당황했는데, 그는 그저 무표정한 얼굴이었다. 그리고 천천히 입술을 떼었다.

"내 아버지는 참 방향 감각이 없었어. 아주 지독한 길치였 거든. 아버지가 돌아오지 않으면 엄마는 언제나 우리 4형제 를 다그쳐 밖으로 내보냈지. 미칠 노릇이었어. 날이 저뭇하면 항상 아버지를 찾아다니느라 땀을 한 바가지씩 쏟곤 했으니 까. 가뜩이나 키가 작고 몸집도 호리호리한데, 길을 잃은 채 로 골목 한구석에서 웅크리고 있는 아버지를 찾아내는 일은 결코 쉽지 않았지. 온몸의 털을 빳빳이 세우곤 눈알을 굴려대 는, 아둔하고 미련한 한 마리 짐승을 보는 것 같았어. 아버지 란 사람이 어쩜 그럴까, 어린 마음에 원망도 하고 성질도 부 리고…… 차라리 영영 돌아오지 않았으면 좋겠다는 생각도, 자주 했지 그때는."

나는 길 잃은 아버지를 찾아 골목 구석구석을 바람처럼 달 리는 어린 박 부장을 상상했다. 속도를 가감하고, 이리저리 방향을 바꿔 오졸오졸 움직이며 제 아비의 흔적을 좇는 동안 아이는 시나브로 발이 커졌을 것이다.

"그 시대에도 내비게이션이 있었다면…… 좋았을 텐데요."

박 부장이 말하는 의도를 쉽게 알아차릴 수 없어서, 나는 고개를 갸우뚱거리며 중얼거렸다. 박 부장은 "그렇군" 하고 말하며 씁쓸히 웃었다. "지금도, 여전하세요?" 하고 나는 조 심스레 물었다.

"아니, 모르겠어. 여전하실까……?"

박 부장이 잠시 입을 다물었다.

"아직, 못 찾아서 말이야."

나는 순간 "아" 하고 크게 소리칠 뻔했다.

"죄, 죄송합니다."

"죄송하긴."

"그래도……"

"윤기현의 말을 들었을 때."

박 부장이 말했다.

"네?"

"라이게이션 말이야, 그래서 한번 해보고 싶었나 봐. 내비게이션을 만들었지만 아버지는 아직 돌아오지 않았으니까…… 라이게이션을 만들면, 그래 라이게이션을 만들면, 내 아버지는 길을 잃은 게 아니라 어딘가로, 길을 찾아 가고 있다고 생각할 수 있을 것 같았거든. 모르지, 나를 위로하고픈 명분을 만들고 싶었는지도. 아무리 욕을 먹는다 해도 꼭 만들어보자 싶었어. 무엇보다도 윤기현의 말을 들었을 때 정말이지 오랜만에, 가슴이 뛰었으니까."

박 부장은 천천히 사무실을 나섰다. 아쉬운 듯 윤기현의 책상을 두어 번쯤 더 바라본 뒤에, "또 보지"라는 말을 남긴 게 마지막이었다. 그날 오후, 박 부장이 사직서를 제출했다는 소식이 회사 내에 떠들썩하게 퍼졌다. 언제나 그렇듯 나쁜 소식은 빠르게 전달되는 법이다.

이따금, 윤기현이 어디서 어떻게 살고 있는지 수소문해봤지만 나로서는 요령부득이었다. 그를 찾을 수도 없었거니와 그의 소식을 안다는 사람 한 명 발견하지 못했다. 얼근히 취하기라도 한 밤이면 그래서 나는 서랍 깊숙이 넣어두었던 라이게이션을 꺼내 들여다보며 생각했다. 윤기현도, 떠나버린 건 아닐까. 내비게이션을 떼어낸 자리에 라이게이션을 장착한 뒤 핸들을 잡고 시동을 걸고 크게 숨을 들이마신 뒤 윤기현도, 녹음기의 버튼을 눌러대며 꿈꾸듯 모험을 떠나지는 않았을까. 만일 그러하다면, 각기 다른 경·위도의 좌표 위에서 오늘 밤 지혜령은 죽음과의 사투를, 윤기현은 라이게이션과의 사투를 벌이고 있을지도 모르는 일이다.

그러나 정작 나는, 지금 무엇을 하고 있는 것인지.

윤기현이 내게서 등 돌려 떠나간 지도 어느덧 2년여의 시간이 흐르고 있다. 그가 어디에 있는지 나는 알지 못한다. 내가 더 이상 내비게이션도, 라이게이션도 사용하지 않기 때문일까? 지방의 소도시에서 출퇴근을 반복하며 하루하루를 보내지만 나는 나의 현재 위치가 어디인지, 이제는 잘 모르겠다. 딱히 가야만 하는 목적지가 있다거나 가고자 하는 지점도 없이 매일을, 안전하지도 위험하지도 않은 일상을, 나는 그저 도돌이표처럼 되풀이해 살고 있는 것이다. 평생 한 곡의 노래만을 불러온 지혜령과, 다를 건 아무것도 없었다. 그러니 무력한 나는 그저 바라는 수밖에, 지혜령이 오늘의 위험한 고비를 무사히 이겨내주기를.

나는 라이게이션을 장착하고 정신없이 도로를 주행하는 윤기현의 모습을 머릿속으로 그려보았다. 지금의 이런 나와 마주한다면, 윤기현은 분명 그 특유의 포커페이스로 당장에라도 나를 설득하려 들 텐데. '나는 어디에 있는가를 아는 것, 내가 위치한 그 명확한 지점을 깨닫는 것이야말로 스스로 해내야만 하는 인생 최대의 과제야. 내가 여기 이렇게 '있다'는 사실을, 나 외에 그 누가 대신 증명해줄 수 있는데?' 하고 말이다.

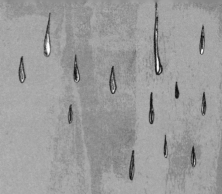

바디펌 기기의 생활화

아, 금련!

그녀는 우편함에 꽂혀 있던 오래된 우편물들을 휙 낚아채 갑니다. 판에 박힌 일상을 살면서도 우편함 한번 제대로 들여다볼 시간이 없음을 자조하면서요. 각종 카드 대금 고지서와 세금 납부 독촉장들과 함께, 평범하기 그지없는 새하얀 편지 봉투 역시 가방 안에 곱다시 처박아버립니다. 살이 빠지고 각선미가 예뻐진다는 말에 혹해 사버린 8센티미터의 하이힐을 신고 걷는 날엔 손에 쥔 우편물 따위, 마냥 거추장스럽기만 할 뿐이니까요. 이후 그 한 장의 편지는 금련의 먼지 묻은 손거울과 부러진 립스틱, 나달나달한 휴지 나부랭이와 뒤섞이며 점차 귀퉁이가 찢기고 낡아가겠죠. 뭐 어쩔 수 있나요, 무

관심이란 으레 그렇듯 잔인한 법인걸요. 금련이 편지 봉투를 뜯어 본 건 그러니까 꽤나 기가 막힌 타이밍, 혹은 범상치 않은 우연의 순간이었다고도 볼 수 있는 걸까요?

　금련은 지하철역으로 가기 위해 발걸음을 서둘러 집 앞 골목을 빠져나갑니다. 그러다 잠시 잠깐 머뭇거린다 싶던 차에 그만, 왼쪽 구두굽이 '뚝' 소리를 내며 부러지고 말죠. 그러면 그렇지, 길거리 리어카에서 만 원짜리 한 장과 맞바꾼 하이힐은 딱 그만큼의 값으로만 기능하곤 장렬히 전사해버립니다. 새까만 연필심이 부러져나간 듯 그 분명하고도 명쾌한 흔적을 내려다보려니 금련은 어깻죽지의 힘이 빠져나가는 기분을 느껴요. 험난한 하루가 될 것만 같은 불길한 예감이라고나 할까요? 나지막한 한숨이 새어 나옵니다. 금련은 달랑거리는 굽을 힘주어 떼어낸 뒤 손에 그러쥡니다. 그러곤 급히 고개를 치켜들어요. 분명히, 아주 잠깐이긴 하지만 분명, 뭔가 씀뻑 ― 불이 켜졌다 꺼졌거든요. 낡고 오래된, 지저분한 낙서로 가득한 데다 쓰레기봉투를 모아 버려두는 곳인 탓에 아침이면 온갖 악취를 풍겨대는 이 가로등 말입니다. 이상하죠, 매일같이 지나치던 골목 어귀의 가로등인데 오늘따라 안쓰러울 만치 가슴이 먹먹해져오니 말이에요.

　언제나 그렇듯 금련은 지하철 순환선을 탄 채 부대끼고 흔

194

들리며 출근합니다. 지하철 안은 직장인과 학생 들로 가들막하게 채워지고, 그들은 자루에 빼곡히 담긴 옥수수처럼 서 있죠. 지하철 문이 2분 간격으로 열리고 닫히지만 꾸역꾸역 비집고 들어오기만 할 뿐 정작 내리는 이는 몇 되지 않아요.

"개, 내가 모든 남자를 사귀는 거 알아?"

순간, 금련의 코앞에서 분홍색 반팔 티셔츠를 입은 여자가 휴대폰을 쥐고 큰 소리를 냅니다. 여자는 북새통 속에서도 아랑곳없이 목소리의 성량을 낮추지 않고 깔깔거려요. 사람들은 모르는 척 귀에 이어폰을 꽂거나 책을 펴 들거나 딴 생각에 몰두하는 등 제 할 일에 집중하는 듯 보이지만, 여자의 통화 소리가 귓가로 흘러 들어오는 것을 막을 수는 없습니다.

"응, 그렇다니까. 모든 남자를 사귄다니까. 응, 응."

세상 모든 남자를 사귀는 여자라니…… 아주 잠시, 지하철에 탄 사람들 사이에 묘한 긴장감이 흐르기 시작하는 걸, 금련은 느낍니다. 개중 성질 급한 남자들은 눈을 댕그랗게 뜨고는 노골적으로 여자를 위아래로 훑어봐요. 몇은 의아하다는 듯, 또 다른 몇몇은 우습다는 듯, 얼굴 근육을 꿈틀거리거나 입매를 끌어당겼죠. 모든 남자를 사귄다는 여자의 그 당찬 한마디가 지하철 내의 분위기를 묘하게 만들고 있는데도 여자는 뭐가 그리 재밌는지 휴대폰을 들곤 키득거리기에 바쁩니다. 중간 길이의 파마머리를 검은 머리끈 하나로 질끈 동여매고 있었는데 자꾸만 손으로 입을 가리며 웃는 통에 얼굴은 잘 보이지 않았어요.

"그대, 그렇다니까. 내가 모든 남자야. 응, 응, 나도 모닸어. 정말 그렇대도."

만원 지하철에 파묻혀 여자는 계속 킬킬거립니다. 싱겁게 맞힌 문세처럼 사람들은 이내 여자에게서 고개를 돌려버려요. '모르는'을 '모든'으로 발음한 혀짜래기 여자의 정체를 눈치채곤 곧 그녀에게서 흥미를 잃어버린 탓입니다. 이제는 그저 지하철이 흔들리는 대로 사람들의 몸이 여자 쪽으로 흔들렸다가는 반동처럼 밀려날 뿐이죠. 매 순간 흔들리고 덜컹이며, 긴 어둠과 공허와 침묵을 견디며 갑니다. 균형을 잡아야 하는 순간을 놓치면, 이내 넘어지고야 마니까요. 그런 점에서 여자의 말이 아예 틀린 말은 아니란 생각도 듭니다. 우리는 누구나 각자 서로에게 모든 사람인 동시에 모르는 사람이잖아요.

마찬가지로 금련도 반짝했던 흥미를 잃고 다시 표정이 굳어버립니다. 이렇게나 무기력하게, 매일 흔들리며 어딘가로 향했다가 제자리로 돌아오는 일상이란 아무런 흥미도, 설렘도 동반하지 않으니까요. 누군가가 아무렇게나 던져놓은 부메랑처럼 던져진 제 위치로 돌아가기 위해 오늘도 나는 낯모르는 이들의 틈바구니에서 팔다리를 허우적대고 있는 건 아닐까. 금련은 그런 생각에서 벗어날 수 없어요.

금련은 회사에서 일명 '지니'로 통합니다. 지니는 회사에서 금련이 맡고 있는 공식 네임이에요. 그녀의 왼쪽 가슴에 매달린, 앙증맞은 크기의 금빛 명찰에 새겨진 이름이죠. 처음, 금련이 그 명찰을 받았을 때 그녀는 자신이 왜 지니가 되어야 하느냐고 물었습니다. 핀을 채워 명찰을 옷깃에 단단히 고정시켜주며 선배는 맥없이 그러나 똑똑히 대답해주었죠.

—왜 지니인 줄은 나도 몰라. 고객의 편의를 위함이라고만 말해두지. 이곳에는 서연이나 경애, 영희나 금련은 있어선 안 돼. 그저 켈리, 제인, 앤, 지니와 같은 바디체커만 있어야 하는 거야. 내가 이 명찰을 너에게 물려주고 가듯이 너도 언젠간 네 명찰을 물려줄 또 다른 지니와 마주하게 되겠지. 언제 어느 때, 어떤 고객이 방문하더라도 지니는 변함없이 이곳에 있는 거야. 네가 누구인지는 중요하지 않단 얘기야. 오직 지니의 존재만이, 이곳엔 필요해. 네가 떠나도, 지니란 이름은 남는다.

6대 지니인 금련은 출근하자마자 체중계에 올라 몸무게를 재고, '인 바디 측정기'를 이용해 자신의 근육량과 체지방지수를 체크해야 합니다. 회사는 고열량 식단과 운동 부족, 피로와 스트레스에 시달리는 현대 여성의 고민을 해결해주는 것을 모토로 세워졌고, 지니는 회사에 무수히 포진해 있는 '바디체커' 중의 한 명이니까요. 단단한 근육과 적절한 체지방, 수분, 그리고 군살 없이 탄탄하고 매끈한 몸매를 가꾸고 유지해나가야 하는 건 바디체커가 갖춰야 할 당연한 자격인 셈이죠. 바디체커의 주요 업무란 단순히 고객의 팔뚝과 배, 허벅지와 종아리에 패치를 붙이는 데 있지 않으며, 가장 훌륭한 바디체커는 그 자신의 몸매만으로도 고객에게 나도 그처럼 되고 싶다는 욕망을 불러일으키는 자여야 하기 때문입니다.

"안됐구나, 지니."

하지만 인 바디 측정기 앞에서 서류를 든 '앤'의 목소리는 동정도, 연민도 없이 그저 깔끔합니다. 앤의 건강하고 숱 많은 머리칼은 단단히 그러모아져 묶여 있고, 올 나간 흔적 없이 매끄러운 커피색 스타킹 속의 다리도 아주 길고 미끈하죠. 반년 전, 우수 사원으로 뽑혀 부상으로 받은 보너스와 열흘치 휴가로 앤은 양 뺨의 주근깨 제거와 보조개 시술을 받고 돌아와 한층 어려진 외모를 자랑하고요. 또, 유독 자주 교체돼 이름에 부침이 많다는 소문까지 돌았지만 13대에 이르러 역대 최고의 앤이 나타났다는 찬사까지 받고 있죠. 앤의 이름으로 줄줄이 매달린 고객의 수만도 회사 내 최고이므로, 입사 1년 만에 그녀가 대리를 뛰어넘어 팀장으로 고속 승진하는데 모두들 별다른 입치다꺼리도 못하고 있는 게 사실입니다.

그런 앤에게서 안됐다는 말을 듣다니, 지니의 심정은 통절할 뿐입니다. "딱 한 달만 더 시간을 주면…… 안 될까요?"라고 지니는 조심스레 묻지만 앤은 단호히 왼고개를 틀어요.

당연하다고, 지니 역시 머리를 주억거리면서도 그간 쫄쫄 굶어가며 러닝머신을 뛴 시간들이 자꾸만 억울해지는 건 어쩔 수가 없습니다. 하긴, 긴 시간 함께 뛰었던 선배는 어느 날 때꾼한 눈을 하곤 이렇게 말하며 러닝머신을 내려갔죠.

—고무 말이야……, 잘라본 적 있어? 고무를 칼로 자른 뒤에 절단면을 갖다 대면 10여 분 안에 스스로 다시 달라붙어버려. 원래의 고무 성질을 회복하는 거지. 절단면에서 어떤 접착 물질이 나온다든가 하는 건 아니야. 단지 절단면의 분자들이 다시 수소 결합으로 연결되기 때문이지. 자기 치료의 일환이랄까. 근데 나는 말이야, 이렇게 매일 러닝머신의 레일 위를 달리는데도 온몸의 살들이 출렁거리는 걸 보면 그런 생각이 들어. 이건 지방이 아니고 고무일 거야. 고무가 아니고서는 이렇게 다이어트를 하는데도 살이 빠지지 않을 리가 없잖아? 그래 맞아, 이건 살이 아니라 고무가 분명해!

불행히도, 목표로 한 체중 감량 실패로 지니는 오늘 날짜로 바디체커가 아닌 '헬퍼'로 강등되고 맙니다. 헬퍼는 바디체커보다 한 단계 아래인 직급인데, 앤이 팀장이 되면서 만들어낸 것이죠. 그간엔 모두 바디체커라는 동등한 자격으로 나누어 해왔던 일들인데, 헬퍼가 생겨나면서부터는 차별화된 업무가 주어졌어요. 그러다 보니 신입 헬퍼가 아닌, 신체적 조건 미달을 이유로 바디체커에서 헬퍼로 강등된 사원들 사이에서는 입을 삐쭉거릴 만한 일들도 벌어졌습니다. '치사하고 더러워서 못해먹겠다!'며 제 발로 뛰쳐나간 이들도 있었고, 그들 중에서도 가장 다혈질인 누군가는 고객인 척 회사 홈페이지에 들어와 온갖 음해성 글을 작성해 게시판에 올리기도 했죠. 하지만 어쩔 수 있나요? 특별한 자가 있으려면 아무것도 아닌 자의 존재가 꼭 필요한 법입니다.

간단히 말하자면 바디체커의 주요 업무는 고객 관리입니다. 고객의 식단을 나날이 체크해 조절해주고, 적절한 식이요법을 제시해주죠. 고객이 원하는 기간과 목표로 하는 체중에 맞추어 하루에 섭취 혹은 소모해야 하는 칼로리를 계산하고, 그것을 실행에 옮길 수 있도록 도와주는 거예요. 그리고 지방연소 기계를 이용해 고객의 고민거리인 팔·배·허벅지 등의 부분 비만을 집중적으로 해결해주고, 필요하다면 온몸의 독소를 배출해주는 디톡스 요법과 체형 교정을 위한 요가 프로그램도 병행합니다. 물론 고객의 피로를 풀어주는 경락 마사지는 필수고요. 고객에겐 무조건 한 명의 바디체커가 배정되는데, 그는 고객의 다이어트를 위한 총체적 관리자의 책임을 맡게 되는 거죠.

여기서 헬퍼는 주로 바디체커의 힘을 덜어주는 일을 합니다. 고객의 옷과 신발을 맡아 정리하거나, 수건과 운동복을 챙겨주는 기본적인 업무에서부터 각종 기계 사용에 따른 제반 문제의 해결, 그리고 바디체커가 고객 맞춤으로 짜서 내려보낸 지시 사항을 수행하거나 프로그램에 맞춰 고객을 안내하는 일까지, 하고자 하면 끝도 없지만 일한 티는 잘 나지도 않는 자잘한 일들을 처리해요. 다만 헬퍼에게는 바디체커처럼 늘씬하고 탄력 있는 몸매를 요구하진 않는데, 여기엔 또다 그럴 만한 이유가 있습니다. 얼마 전, 한 고객은 단기 다이어트 프로그램을 마치고 떠나려다가 재빨리 재등록을 결심하며 이렇게 말했죠.

　—다이어트를 할 때마다 '부탁이야, 제발 나를 버리지 마!' 하는 목소리가 들려요. 체중 감량에 조금씩 성공할 때마다, 내 몸에 달라붙어 나와 함께 호흡했던 살들이 불타 사라질 때마다 말이죠. '행복했잖아, 당신은 행복했잖아? 언제나 상큼했던 시간들을 떠올려봐. 그 황홀한 혀의 감촉, 어금니에서 머물던 질감, 음식물이 식도를 타고 내려갈 때 느껴지던 생의 기운! 당신이 한 걸음 더 걷고, 말 한 마디라도 더 내뱉는 순간 나는 파괴돼 공기 중의 한 줌 이산화탄소로 날아가겠지. 살을 뺀 당신 덕분에 지구의 온난화는 더욱 빨라질 거고, 오존층에 구멍이 뚫려 자외선 차단도 훨씬 어려워질 거야. 당신의 피부는 썩어들어갈 테고, 그러면 곧 죽게 되겠지. 환경오염보단 비만이 낫잖아? 굳이 날 떼어내지 않아도 괜찮잖아? 제발 부탁이야, 날 버리지 말아줘, 응?' 이런 목소리가 들릴

때마다 내 자신이 가여워지지 뭐예요. 왜 내가 내 살들을 싫어해야 하는지 모르겠어요. 난 이 지구와 나 자신을 좀더 사랑하고 싶다고요. 흑! 어머, 그런데 언닌, 나보다 좀더…… 졌네요? 언니 유니폼 그거, 투 엑스라지 사이즈예요? 저런.

  헬퍼가 되었지만, 마른 체질이거나 늘씬한 몸매도 아닌 금련은 차라리 잘 되었다고 생각해버려요. 월급이야 조금 허룩해지겠지만 요즘 같은 불경기에 회사를 그만두는 것에 비할 수야 있나요? 무엇보다 몸매 관리를 위한 투자에 돈을 내버리면서도 스트레스는 스트레스대로 받는 것에 비하면 그리 손해 보는 것도 아닐 테고요. 씁쓸하지만 금련은 그렇게 합리화해버리고 맙니다. 사실 애초에 금련이 스스로 원해서 바디체커 지니가 되었던 것도 아니었으니까요.
  가정 형편이 어려웠던 탓에 금련은 부모님과 함께 어릴 적부터 지방 소도시를 전전하며 자랐어요. 단칸방에서 사춘기를 보냈고, 고등학교도 겨우 졸업했죠. 돈을 벌어보겠다며 갓 스물의 나이로 상경했지만 서울은 그리 만만한 곳이 아니었습니다. 잠만 자는 방을 구해두고, 벌이를 위해 발품을 파는 하루하루가 반복됐죠. 학벌도, 외모도, 아무것도 가진 것 없는 금련이 안정된 직장을 잡기란 어려운 일이었으니까요. 그러고 보면 금련에게 불황이나 경제 위기 같은 것들은 딱히 어떤 특정의 시기만을 지칭하는 용어는 아니었다고 봐야 돼요.

'경제적'이라는 단어만큼, 언제 들어도 낯설고 머쓱하고 불편한 말도 없으니까 말이죠.

그래서 부러 이따금씩만, 금련은 수화기를 들었던 것 같아요. 신호음이 끊기고 "엄마" 소리를 내뱉고 나면 늘 그렇듯 목이 메어와서, "응, 잘 먹고 잘 잔다니깐. 엄마나 아버지 잘 챙겨" 하고 퉁명스러운 대답만을 하곤 했죠. 그러고는 "아끼지 말고 보일러도 틀고 그래. 얼마나 나온다고 궁상이야, 궁상은" "그러게 제발 좀 쉬라니까. 돈은 내가 벌잖아요" 하는 식의, 짜증 뒤섞인 잔소리를 늘어놓기 일쑤고요. 끊고 나면 뜨거워진 귓불에 마음이 저리는, 그런 전화죠. 그래도 지금껏 월말이 있어 금련은 버텨왔어요. 최소한의 생활비만 남기고 부모님께 돈을 송금해드리는 날엔 한 달 내내 으슬으슬했던 몸에 감기약을 털어 넣은 듯 노곤한 기분에 휩싸이니까요. 긴장이 풀리고 열이 오르지만 그것마저, 나쁘지 않았어요. 이불을 턱까지 끌어당겨 덮은 뒤 한잠 푹 자고 일어나면 다시 월초가 되어 있곤 했죠.

그러니 정규직이 아니더라도, 최저 임금을 받고 일한다 해도 금련은 딱히 불평하거나 힘겨워할 수 없었습니다. 안정되고 편안한 직장을 찾으려는 생각 따윈 처음부터 하지 못했으니까 시급이든 일당이든 가리지 않고 덤벼들어야 했죠. 나이는 어려도 강단깨나 있단 소리는 들어왔던지라 일거리를 찾지 못해 쉬어본 적은 없었어요. 편의점 아르바이트부터 식당

홀 서빙, 주방 설거지 등 궂은일도 마다하지 않았고, 도배장이를 따라다니며 풀칠이며 비질까지 해봤고요. 따지고 보면 체형이나 몸매 관리라는 개념을 알지도 못하는 채로 그저 무던히도 열심히 먹고, 움직이며 살아온 시간들이었죠.

이 회사에 들어올 당시만 해도 금련은 사내 탕비실과 화장실을 청소하거나 떨어진 사무실 비품을 채워 넣는 등 단순 사무원 자격으로 취업한 거였습니다. 하지만 여성들의 몸매 관리 프로그램만으로 운영되는 이 회사는 온갖 불경기에도 끄떡없이 호황을 누렸고, 직장인 여성을 위한 요가와 경락 마사지 프로그램까지 갖추면서 '웰빙' 바람을 타고 끝없는 특수가 이어졌어요. 덕분에 회사는 프로그램 도우미인 바디체커들을 시급히 충원하기에 바빴고, 그 와중에 쓰레기통을 비우기 위해 복도를 돌아다니던 스물여덟의 금련에게마저 마구잡이 식으로 유니폼을 입히게 됐던 거고요.

지니는 바디관리실의 한구석으로 가 자리하곤 또 다른 하나의 기계인 양 서서 일합니다. 곧이어 한 무리의 여자들이 자연스레 들어와 침대에 눕고 바짓단을 촘촘히 걷어 올려요.

"어서 오십시오, 고객님. 성심을 다해 모시겠습니다."

지니는 미소를 머금고 고객을 향해 바투 다가섭니다. "어유, 언니, 좀 불었구나?"라든가, "난 지난주에 비해 0.1킬로그램 정도 빠진 것 같긴 한데" 혹은, "괜찮아, 언니. 나도 그대로야. 먹어서 티 안 나기가 영 쉽지 않다니깐" 등의 친밀함을 보이는 변죽 좋은 고객들을 향해 지니는 "그러니까요. 체중 조절하기가 너무 어려워요. 그래도 고객님은 포기하시면 안 돼요" 하는 식의, 앓는 소리를 곁들여야 돼요. 무릇 여자들의 대화에서 적절한 맞장구만큼 감칠맛 나는 조미료는 없는 법이니까요. 지니는 고객의 되록되록한 허벅지와 종아리를 마사지한 후 패치를 붙이고 바디펌 기기의 전압을 적당히 조절해가며 올려줍니다. 누군가는 조금 더 수다를 떨 테고, 다른 누군가는 이내 나른히 잠에 빠져들겠죠.

   지니가 담당하는 바디펌 기기의 이름은 조금 흥미로워요. '펌'이라는 건, '퍼머넌트 웨이브'를 부르기 쉽게 만든 '파마'에서도 더 줄여나간, 그런 단어죠. 머리카락에 약을 바르고 가열해 구불구불하게 만드는 기술 용어인 '펌'을 '바디'와 붙여놓았으니 이상할 법도 하지만, 꽤 그럴싸한 조합인 건 분명합니다. 회사에선 '바디를 펌한다!' 다시 말해 몸을 재가공한다는 식의 해석을 붙이고 있으니까요. 살갗 표면에 얇은 피부막 같은 질감의 패치를 여러 장 붙이고, 바디펌 기기를 작동시키면 고압의 전류가 흘러 지방 내 셀룰라이트를 분해시키죠. 땀 흘리지 않고 근육의 운동량을 증가시키므로, 고객은 편안히 누워 쉬면서도 군더더기 없는 몸매를 꿈꾸며 시나브로 변화해갈 겁니다. 단, 그것은 시간을 투자하고 비용을 지불하는, 지속적이고도 주기적인 관리를 전제로 했을 때의 얘기죠. 영원히 지속되는 펌이란, 결코 존재하지 않으니까요.

지니는 서둘러 커다란 타월을 집어 들어요. 헬퍼가 되었으니, 온몸에 패치를 붙이고 누워 있는 고객들의 체온이 내려가지 않도록 타월로 꼼꼼히 몸을 덮어주어야 해요. 지니는 불현듯 함께 일했던 동료인 켈리를 떠올립니다. 그녀는 지니가 이 회사에 들어와 바디체커 일을 시작하게 된 때와 얼추 비슷하게 입사해 2년 가까이 동기처럼 지냈던 사이예요. 4년제 대학의 생물학과를 졸업하고도 취업을 못 해 고민하다가 인터넷 구인 광고를 보고 아르바이트 삼아 입사지원서를 냈다고 했었죠. 켈리는 워낙에 키가 크고 마른 체형이었어요. 똑같은 유니폼을 입어도 옷맵시가 살아서, 고객의 부러움을 한껏 사며 일할 수 있었던 운 좋은 경우였습니다.

"괜찮아?"

때때로 켈리는 밑도 끝도 없이 묻곤 했어요.

"응."

그러면 '뭘?'이라고 묻는 대신 지니도 그렇게 대답해버리곤 했고요. 뜬금없이, 이유도 모른 채로 불쑥, 그렇게 치고 들어왔다 빠져나가는 질문과 대답 들이 그저 한 템포 쉬어가는 '숨'인 것만 같아서, 지니는 좋았어요. 말이 없는 편인 켈리가 이따금 긴 수다를 늘어놓던 날들이 생각나요. 늦은 밤 고객이 모두 빠져나간 텅 빈 마사지실이, 함께 숨을 내쉴 수 있는 유일한 공간이었죠.

"나 있지, 나 아닌 남의 살을 만져보는 게, 사실은 처음이야."

그때의 켈리가 꼭 턱을 한껏 부풀린 개구리 같은 표정을 짓는 바람에, 지니는 웃었어요.

"뭐야, 엄마랑 목욕탕도 안 가봤어?"

"응. 누구하고도, 가본 적 없어. 아무하고도."

마사지 크림을 닦아내고 저린 손을 풀며 켈리는 무심히 말했어요. 수건을 개키던 지니는 잠시 머뭇거리다가 대꾸했습니다.

"난…… 가끔 놀랄 때가 있어. 사람의 몸, 그 살의 온기라는 게 참 따뜻한 거구나 하고."

하지만 뒤이어 들려온 켈리의 목소리는 그저 무미건조했던 걸로 기억해요.

"그러면 뭐해. 튜브 속의 치약을 짜내듯 다들 그 온기를 몸 밖으로 밀어내기 바쁜걸. 이곳에 오는 사람들의 목표는 오로지 하나뿐이야. 다시는, 이곳으로 돌아오지 않는 거."

"하긴 그러네. 요요는 호환 마마보다 더 무서운 거니까" 하고 지니는 농담처럼 맞장구쳤습니다. 켈리는 웃지 않았지만요.

"엄마에 대해 기억나는 건 그것뿐이야. 얼음장처럼 차디찼던, 엄마의 몸. 엄마가 숨을 쉬지 않는다는 사실보단 그 살갗의 차가움이 무서워서 울었던 것 같아. 새하얀 병원 침대에 실려 나가는 걸 본 게 마지막이었는데, 가끔씩 명치끝이 아플 때마다 생각나. 차갑던, 그 온도가 그대로 얼어서, 내 몸 어딘가에 고드름 조각처럼 콱 박혀 있는 것 같아. 아주 뾰족하게."

마음이 아픈데도, 켈리가 이야기를 들려주는 시간엔 어쩐지 긴 여행을 떠났다 오는 것만 같았어요. 보고픈 마음을 봇짐처럼 둘러메곤 바람을 타고 구름을 건너 빙글빙글 공중을 돌아 나가는 기분. 그때만큼은 이 낯선 서울에서도 조금은 더, 버틸 수 있겠다는 알 수 없는 오기가 솟았죠. 그 오기만큼, 지니는 켈리에게 의지해왔는지도 모를 일입니다. 온종일 고객의 종아리를 마사지하고, 수건을 개키고, 바디펌 기기를 작동시키며 피곤에 절어가는 동안에도 둘은 우애 있게 서로의 일을 도맡아 해주곤 했으니까요. 하지만 보름 전쯤 켈리는 캐비닛에 쪽지 한 장만을 남기곤 불쑥 퇴사해버렸어요.

— '하시비로코우'라는 새가 있어, 지니. 온종일 꼼짝도 않고, 한 치의 움직임도 없이 그저 먹이를 기다리는 거대한 새의 이름이지. 이곳에서 일하며 나는 자꾸만 내가 하시비로코우 같다는 생각을 지울 수가 없었어. 패치를 붙인 채 잠든 고객을 꼿꼿이 선 채로 내려다보는 새가 나란 말이야. 있지, 나는 그간 너무나 무력했달까. 여기 있으면, 시곗바늘의 초침 소리가 무참하도록 크게만 들려와. 박제된 동물처럼 흉물스

러워지고픈 자괴의 순간이 자꾸만 다가와. 그럴 때면 언제나 내가 서 있는 딱 이 공간만큼을 제외한 세계의 바깥쪽, 그 미지의 부분이 돌연 궁금해지는 거야. 지니, 아니 금련. 너는 나에게, 또 나는 너에게 어떤 이름으로 기억될는지. 바보같이 아무것도 모르겠어, 나는. 그러니 이렇게, 안녕.

켈리, 아니 서연. 서연, 아니 켈리. 그녀의 마지막 인사를, 지니는 자꾸만 곱씹어요. 이렇게, 안녕. 그 인사는 어떤 뜻일까요. 켈리가 남긴 쪽지의 내용을, 그 의미를 알아들을 수가 없어서 괜스레 짜증스럽고 서럽기만 합니다. 이렇게, 안녕이라니. 주머니에 넣어두곤 짬이 날 때마다 꺼내 읽지만 여전히 어렵고, 모호해요. 나날이 우울한 기분이 계속 이어지는 건 그녀가 곁에 없기 때문일까요, 아니면 주머니 속에 넣어둔 쪽지의 귀퉁이가 매일같이 조금씩 낡고 더러워지기 때문일까요. 그도 아니면, 떠나갈 거면서 이렇듯 마냥 두통 같은 글자들을 자신에게 남겨두었기 때문일까요. 아스피린이 필요한 나날들입니다.

바디펌 기기가 '삐' 소리를 내길 기다리며 지니는 하릴없이 타월을 개키죠. 켈리가 떠난 이후 지니 역시 무기력해지는 건 어쩔 수가 없어요. 아침의 가로등이, 지하철의 부메랑이, 이런 쓸모없는 생각들이 자꾸만 뇌 속을 비집고 들어오니 말예요. 골목 어귀에 자리 잡고 선 가로등은 필시 씀뻑하고 불이 들어왔다 켜졌고, 아니, 아닙니다, 아녜요, 다시 생각해보니 그건 불이 아니라 사람, 사람의 눈꺼풀이 열렸다 닫히는 그런, 광경이었던 것도 같고요.

더불어 나라는 사람은 정말이지, 누군가 딘진 부메랑이 아닐까 하는 생각도 지니는 해봅니다. 긴 하루를 돌고 돌아 어둔 밤, 어김없이 집에 들어와 씻고 누울 때면 우습게도 허리가 조금쯤 잘록해진 기분도 들곤 하니까요. 휙, 누군가 던진 부메랑처럼 매일을 살고 빙 돌아 제자리로 오는 거죠. 궤도를 이탈하는 법을 잊으며 하루 또 하루, 귀퉁이가 낡아가는 거예요. 주머니 속에 든 켈리의 쪽지처럼 말예요.

어쩌면 우리의 허리엔 누구나 제각각 눈에 보이지 않는 줄이 매어져 있는 게 아닐까, 금련은 이제 와 그런 생각도 해봐요. 그래 제아무리 먼 길을 떠난 자라도 결국엔, 줄이 묶인 곳으로 되돌아와야 하는 게 아닐까요. 부모님 손에 이끌려 타지의 공간으로 이동되던 어렸던 날들에 이유를 알 수 없는 두려움으로 밤마다 어깨를 떨었듯 우리는 모두가, 세상에 내던져진 부메랑일지도 모르니까 말이죠.

그러나 겪어보니 돌아간다는 것 또한 사실은 조금 버겁고도 힘겨운 일인 것만 같아요. 엄마와의 통화가 끊어진 전화기를 귀에 댄 채로, 금련은 요즘도 가끔씩 마른침을 삼키며 중얼거리곤 하니까요.

"엄마, 나 다시 돌아갈까?"

"……"

"엄마, 나 그냥 엄마 옆에서 살까?"

"……"

"엄마, 우리 같이…… 있을까?"

"……"

뜨거운 물을 부어 찻잔을 씻어내듯 그럴 때면 몸도 마음도 다투어 피로해집니다. 대답을 듣지 못한, 아무런 대꾸도 돌아오지 않는 질문의 물음표들은 모두 어디로 숨어버리는 걸까요? 그럴 때면 숨이 잘 쉬어지지 않아 답답해요. 절레절레 고개를 흔들어버리는 것으로, 금련은 어디선가 부메랑처럼 빙 돌아오고 있을 자신의 질문마저도 털어냅니다.

바디펌 기기의 실행이 종료되자, 지니는 다시 바쁘게 고객들이 사용한 타월을 거두어들여요. 또 한무리의 고객들이 들어올 테니 침대의 베갯잇과 타월을 어김없이 새것으로 바꿔놓아야 하죠. "캐리커처 말인데……" 하고, 어느새 바디 관리실로 살그머니 들어온 제인이 눈치를 봐가며 묻습니다. 그녀는 헬퍼라는 직급이 생겨나면서 불행히도, 가장 먼저 강등된 전 바디체커 7대 제인이에요. 콕 집어 말하자면 지니도 마찬가지긴 합니다만 제인 역시 작은 키에 오동통한 몸매를 타고난 너무도 평범한 여성, 그러나 헬퍼 중에서는 현재 가장 능수능란하게 제 역할을 다하는 사원이라고 할 수 있죠.

"어떻게 됐어, 지니. 오늘까지라고 그랬잖아."

제인은 목소리를 낮춰 채근합니다. "아직……"이라고 대답하는 대신 지니는 아랫입술을 깨물어요. 얼굴이 화끈거렸지만 어쩔 수가 없습니다.

한 달 전 시행되었던 사원 특별 교육에서 지니는 최저점을 받았습니다. 지니의 바디체커 경력에 비추어볼 때 이토록 허망하게 헬퍼로 강등된 까닭엔 그 낮은 점수가 한몫 단단히 거들었겠죠. 때는 날씨도 화창한 토요일이었고, 분기별로 한 번씩 진행되는 특별 교육이 있던 날이었어요. 전문 분야에서 성공을 거둔 여성 명사의 초청 강연, 또는 연극이나 영화 등의 단체 관람도 아닌 대학로 나들이라니, 사원들이 의아함에 고개를 갸우뚱거린 건 당연한 일이었습니다. 그러나 아니나 다를까, 사원들 사이엔 이것이 팀장인 앤의 제안으로 이뤄진 교육 방침이라는 말들이 뜨르르하게 퍼졌고, 모두들 앤의 기세에 눌려 꼼짝없이 대학로로 이동할 수밖에 없었어요. 볕 좋은 마로니에 공원 앞에서 앤은 일장연설을 늘어놓았죠.

"오늘날의 사회는 그야말로 캐릭터 전성시대예요. 자신만의 고유한 특성을 드러낼 줄 아는 사람이 환영받는 시대죠. 현대인이라면 누구나 자신의 개성을 정확히 알고 그것을 표출해낼 권리와 의무가 있습니다. 회사로서도 사원들 개개인이 지닌 특성을 좀더 뚜렷이 알아야 할 필요가 있고요. 그 첫 번째 교육으로, 오늘은 여러분들이 자신만의 캐릭터를 개발하는 데 도움을 주고자 이곳에 왔어요. 아시다시피 이곳은 젊음의 거리, 대학로입니다. 곳곳에 자리한 거리의 화가들이 여러분들을 기다리고 있을 거예요. 모두들 누구도 흉내 낼 수 없는 자신만의 고유한 캐리커처를 그려 오시고, 본인의 특기와 장점을 주제로 한 에세이도 함께 제출하세요."

앤은 허리를 꼿꼿이 펴곤 짐짓 자애로운 표정까지 지어가며 말을 이었습니다. 그러고는 이런 말도 덧붙였어요. "저는 오늘의 이 교육이, 여러분의 다양한 개성과 활기를 회사 운영에 보다 발전적으로 활용할 수 있는 기회로 작용하길 기대합니다. 바꿔 말하면 여러분 입장에서도 오늘 이 시간은 자신의 장점을 회사 운영진에게 부각시켜 좋은 인상을 남길 수 있는 기회로 쓰일 수 있다는 뜻이기도 하죠"라고 말예요. 말인즉슨, 이 교육이 사원 간 개별 평가로 이어질 거라는 골치 아픈 얘기였어요. 그동안 해왔던 특별 교육이란 그저 시간만 잘 때우면 그만인 성질의 것들이었는데 말이에요.

어쨌거나 입을 삐죽거리면서도 모두들 흩어졌습니다. 지니도 마로니에 공원 근처를 배회하던 중 괜찮다 싶은 화가 앞에 줄을 섰어요. 화가는 의자에 앉은 손님의 얼굴을 한 번 척 보고는 금세 연필 쥔 손을 쓱쓱 움직였죠. 어떤 이는 두 눈을 튀어나온 부엉이처럼 강조해 그려주었어요. 그것은 아주 우스꽝스러웠습니다. 또 어떤 이는 코를 납작하게 짓눌러 만든 삼각김밥처럼 강조해 그려주었어요. 그것도 아주 우스꽝스러웠습니다. 또 다른 어떤 이는 작고 도톰한 입술 위로 비어져 나온 큰 덧니를 드라큘라의 그것처럼 강조해 그려주었어요. 그것도 참, 아주 우스꽝스러웠습니다. 각각의 캐리커처는 모두 달랐고, 그럴듯해 보여 나름대로 흥미롭게 느껴졌죠.

하지만 막상 지니의 차례가 되자 엉뚱한 일이 벌어졌어요. 그녀는 미소 띤 얼굴로 화가 앞에 앉았지만 그녀를 물끄러미 바라보던 화가가 갑자기 뾰루퉁해져서는 움직이질 않았거든요. 한 땀 한 땀, 시간은 자꾸만 흐르는데 화가는 입을 오물거리며 손에 쥔 연필만을 지니의 얼굴 앞에서 대고 흔들 뿐 뭔가 그려보겠다는 의지는 없어 보였습니다. 사람들의 웅성거림에 지니는 얼굴이 벌게져 "뭐 하시는 거예요?" 하고 물었어요. 화가는 난감하다는 듯 "그게 그러니까……"라며 말끝만 흐렸고요.

"그러니까 뭐요, 말해봐요."

다그치려는 마음은 아닌데도 목소리는 자꾸만 열처럼 달아올랐습니다.

"그게 그러니까……"

"뭐냐니까요?"

"이렇게 특징 없는 얼굴은 내 평생 처음 봅니다."

"뭐라고요?"

"까놓고 말해서 내가 이 자리에서만 10년쨀데, 처자같이 특색 없는 얼굴은 난생처음이란 말예요. 눈·코·입·귀, 얼굴형, 피부색, 두상이나 머리 스타일도 그렇고…… 아니 하다못해 뺨에 오 서방 점이라도 그려져 있던가, 콩알만큼이라도 남들과 다른 게 뭔가 하나쯤은 있어야 할 것 아뇨. 완제품 봉제 인형도 아니고 어쩌면 이렇게 죄다 빤해……"

화가는 숫제 지니의 얼굴 앞에 제 얼굴을 바투 들이대곤 요리조리 뜯어봤어요. 지켜보던 사람들이 너나 할 것 없이 수군거리며 웃음을 삼켜대는 소리가 들려왔죠.

"기, 기가 막혀서 정말!"

지니는 튀어 오르듯 의자에서 일어났습니다. 누르락푸르락한 얼굴로 황급히 발을 옮기는데 "거 내 고충도 좀 이해해주쇼!" 하는 소리가 등짝에 달라붙어왔어요. 지니는 더더욱 불쾌하기 짝이 없었어요. 이후 두서넛쯤 되는 길거리 화가 앞에 앉았지만 그들도 마찬가지였어요. 어떤 이는 고개를 갸웃거리다가 줄담배를 피워댔고, 또 어떤 이는 말없이 한숨을 내쉬다가는 "아직 제가 경력이 미천해서 말입니다"라는 말만 남기곤 이젤과 화구를 챙겨 어딘가로 종종 걸어가버렸습니다.

지니는 손가방에서 거울을 꺼냈어요. 금방이라도 울 것 같은 표정의 한 평범한 여자가 동그마니 들여다보일 뿐이었습니다. 사실 그래요. 자신이 생각해도 그리 예쁘다거나 개성 있는 얼굴은 아니었죠. 그건 스스로도 똑똑히 알고 있는 바예요. 그래도 남들에 비해 특별히 못났다거나 지나치게 빠지는 수준도 아니라고 여겨왔어요. 무시당했다는 기분에, 고작 그림 한 장 그려주면서 별 생색을 다 낸다고 옹잘거리며 지니는 팩하니 집으로 돌아오고 말았죠. 그렇게 캐리커처 제출 명단에서 지니만이 누락됐고, 안타깝게도 그날의 교육이 개별 사원 평가로 이뤄졌던 탓에 지니는 최저점을 받았단 얘깁니다. 이후 앤이 혀를 끌끌 차며 며칠간의 말미를 더 주었지만 그마저도 흘미죽죽 끌다 기한을 지키지 못하고 말았던 거고요.

제인은 더 이상 다그치진 않고 타월을 집어 들곤 함께 개키기 시작합니다. 그러다간 곧 허리춤에 넣어두었던 자잘한 종이 뭉치들을 꺼내 듭니다.

"팀장이 시킨 거야. 너보고 다녀오라는데, 별수 있니. 나는 그냥 전해주기만 하는 거고."

제인이 건네준 그것은 앤의 이름이 적힌 전기, 가스, 수도 요금 등의 세금 고지서들이에요. 헬퍼로 강등되어 이제 겨우 오전 근무 시간을 지냈을 뿐인데, 벌써부터 맵살스럽게 구는 군요. 은행에 들러 부스럭거리다 보면 점심 먹을 시간을 놓치거나 아슬아슬할 건 뻔한 노릇인데 말입니다. 지니는 세금 고지서들을 받아 안고, 캐비닛을 향해 움직여요. 별수 없이 다녀와야만 한다면, 아침에 우편함에서 빼내어 가방에 던져둔

세금 고지서들도 함께 추려 내버리자는 생각이었죠. 오늘 날
짜로 바디체커에서 헬퍼로 강등된, 점심도 거른 채 팀장의 세
금 따위를 내러 은행에 들러야 하는, 아무런 특징도 특색도
없는 얼굴의, 너무나 평범한 그녀는 지니가 아닌 금련으로 점
차 홀로 쓸쓸해져갑니다.

소란스런 사무실을 뒤로하고 가방 안에서 손을 뒤스럭거리
던 금련의 눈이 그제야 새하얀 편지 봉투에 가닿아요. 발신자
에 대한 아무런 정보도 없이, 봉투는 그저 깨끗합니다. 다만
금련의 이름만이 정갈히 적혀 있을 뿐. 은행으로 향하며 열어
본 편지 봉투 속에는 잘 접힌, 빳빳한 재질의 카드 한 장이
들어 있었죠. 크리스마스에나 흔히 쓰일 법한 화려한 그림의
카드였는데, 열자마자 64화음으로 이뤄진 멜로디가 노랫말과
함께 흘러나와 금련은 깜짝 놀랐습니다. '조용한 밤이었어요.
너무나 조용했어요' 하고 말하는 여자의 스산한 목소리는 이
내 '그리곤 울어버렸죠. 아무도 모르게요'라는 가사로 이어졌
어요. 카드의 내용은 이러했습니다.

가 로 등 모집 공고

날씬한 몸매를 원하십니까?

지루한 일상에 활력을 몰고올 흔치 않은 기회!

누구보다 평범한 당신께 제안합니다.

하루 한 시간씩, 가로등이 되어주지 않겠습니까?

고민하지 말고 지금 바로 전화주세요!

02-×××-××××

가로등이라니, 우습기 짝이 없었어요. 대동강 물을 팔던 김선달이 살아 돌아와 이제는 서울의 가로등 자리까지 팔고 있는 걸까요? 갈수록 심해지는 불황 속에 너도 나도 힘겨운 살림살이니 이렇게 한번 웃는 것도 나쁘지 않구나, 하고 금련은 생각했어요. 그러는 동안에도 노래를 부르는 여가수의 감정은 더욱 격해져 '괜시리 슬퍼지는 이 밤에'로 이어졌죠. 금련은 그러나 '누구보다 평범한 당신께'라는 구절에서 눈을 떼지 못하고 자꾸만 깨알같이 적힌 글자들을 읽어 내려갔습니다.

'창백한 가로등만이 소녀를 달래주네요. 조용한 이 밤에.' 금련이 카드를 덮지 않았으므로 멜로디와 노랫말은 반복해서 흘러나왔어요. 카드의 뒷면을 보니 아주 작은 글씨로, BGM —소녀와 가로등(진미령, 추억의 골든 힛트 쏭)이라고 인쇄되어 있었죠. 금련은 "진미령" 하고 가수의 이름을 발음해보았습니다. 어쩐지 그 이름을 발음하는 것만으로도, 작은 언덕 하나를 가쁘게 숨 고르며 넘어가는 기분이 들었죠.

금련은 다시 카드를 읽었어요. 전화번호 밑엔 흥미로운 구절이 덧붙여져 있었습니다. 접수하기 전에 유념해야 할 사항이란 부분이었는데, '전화하기 전에 이 과정을 꼭 지켜주세요!'라며 ①맨발로 풀밭을 걷고 ②동요를 한 곡 부르고(만일 소리를 낼 수 없다면, 찰흙을 이용해 코끼리를 만드는 것으로 대체 가능) ③시장에 가서 물건을 만져보고 산 뒤 ④집에 돌아와 음식을 해 먹고 ⑤전화해주세요!라고 적혀 있었습니다. 장난이라기엔 어딘지 모르게 퍽 진지해 보였어요. 금련에겐 그게 더 의아하게 느껴졌죠. 가로등이 되어주지 않겠냐는 이 정체 모를 카드는 대체 뭐고, 여기 적힌 전화번호는 또 무엇이며, 게다가 이 말도 안 되게 유치찬란한 유의 사항이란 또 뭔지 도통 감을 잡을 수 없었으니까요. 겉봉투에 쓰인 자신의 이름은 더더욱 께름칙하기만 했고요.

하지만 금련은 정신없이 골목 어귀를 돌아 나오던 아침, 구두굽이 부러지던 순간을 다시 떠올렸습니다. 장작을 태우듯, 금세 눈이 매워지고 말았죠. 의아했듯, 의심했듯, 그렇다면 그것은 분명 가로등의 불빛이 아니라 사람의, 눈꺼풀이었던 거예요. 아주 잠시 잠깐, 뭔가 씀뻑— 불이 켜졌다 꺼졌다고 느꼈던, '착각이겠지' 금련이 고개를 흔들어댔던 그 광경은 정말이지 사람의 눈꺼풀이 열렸다 닫히는 그 찰나의 순간이었을지도 모른다는 거죠. 세상에, 그렇다면 아침의 그 가로등은 맨발로 풀밭을 걷고, 동요를 한 곡 부르고, 시장에 가서 물건을 만져보고 산 뒤, 집에 돌아와 음식을 해 먹고, 전화로 신청해 가로등이 되어 서 있던 누군가란 뜻이 돼요!

"말도 안 돼."

금련은 입을 꾹 다문 채 떨리는 마음으로 휴대전화의 숫자 버튼을 눌렀어요. 믿기 힘들지만 혹여 정말로 받는 이가 있다면, '남의 이름을 어떻게 알아냈는지 모르겠지만 장난이라면 그만두세요!' 하고 톡 쏘아붙여줄 참이었죠. 신호음이 두세번쯤 울리더니 '달칵' 하는 소리가 들려왔습니다. 이어 기계음으로 만들어진, 그러나 아주 다정한 여성의 목소리가 흘러나왔어요.

─안녕하세요, 금련 님. 전화 주셔서 감사합니다. 하지만 말씀드린 규칙을 아직 지키지 않으셨군요. 안타깝지만 금련 님께는 ⑤묶인 봉지의 매듭을 손으로 풀고(칼이나 가위 사용 금지)의 항목이 한 개 더 추가됩니다. 전화 접수 전 유의 사항을 꼭 확인해보시고, 다시 ⑥전화해주세요!

'삐' 소리가 나고, 통화는 끊어졌어요. 금련은 머리칼을 긁적이며 헛웃음을 뱉었습니다. 낯모를 이에게 놀림을 받은 것 같았죠. 알 수 없는 곳에서 자신의 모습을 들여다보는 이가 있는 것처럼 놀랍기도 했고요. 하지만 그 마음 한편으론 그래, 가로등이라니 이만 한 캐릭터도 없겠구나, 하는 마음도 들었어요. 이렇다 할 별다른 특징도 존재감도 없이 살아온 그녀에게 이런 정체 모를 카드가 날아온 것부터가 이상한 일이지만 그래도 분명 이것은 금련 자신에게 도착한 것이고, 가로

등이라면 남들에게 폐를 끼치거나 위험천만한 행동을 일삼는 캐릭터도 아니니까요. 오히려 가로등은 어둠을 몰아내며 내 어깨 너머 이웃의 한 치 앞을 밝혀주는, 그런 존재가 아닌가요? 따지고 보면 이상할 게 없는지도 모릅니다. 오로지 외형적으로 살을 빼고 몸매를 가다듬는 것만이 '바디펌'이라는 규정은 어디에도 없었으니 말이죠.

지갑과 세금 고지서를 챙겨들고, 금련은 은행에 가기 위해 회사를 빠져나왔어요. 굽이 부러진 구두 대신 신고 가라며 제인이 빌려준 플랫슈즈는 사이즈가 살짝 작았지만 그럭저럭 신을 만은 했습니다. 햇볕이 따뜻한 정오에 금련은 인도를 걷고, 횡단보도를 건너 천천히 움직였죠. 하지만 금련의 신경은 온통 주머니에 찔러 넣은 카드에 쏠려 있었습니다. 고민이 됐지만, 헬퍼로 강등돼 기분도 꿉꿉한 오늘, 못할 건 또 뭐 있나 하는 우스운 호기심마저 드는 것도 사실이었어요.

은행을 코앞에 두고 고민하던 금련은 뒷길로 난 잔디밭을 향해 걸어갔습니다. 마음은 갈팡질팡인데, 두 다리만은 사풋사풋 움직이는 게 신기할 정도였죠. 곱게 깎인 잔디밭을 밟으려니 미안했지만 금련은 몸을 한껏 낮추고 조심스레 스타킹을 벗었어요. '잔디를 밟지 마세요'라고 써진 푯말에 어깨를 바투 댄 채 엎드려서는 발바닥을 비벼대며 움직였습니다. 그러고는 사정없이 눈알을 굴려대며 초조하게 동요를 불렀죠.

목소리는 자꾸만 기어들어갔고요.

"아빠하고 나하고 만든 꽃밭에, 채송화도 봉선화도 피었습니다."

금련은 숨이 멎을 것 같은 부끄럼을 무릅쓰고 동요 부르기를 마친 뒤 벌떡 일어났어요. 팔꿈치에 풀물이 들었지만 살필 겨를도 없이 신발을 꿰고는 방향을 가늠하지 못한 채로 걸었습니다. 머리로는 '세금을 내러 가야 돼, 세금을 내야 하는데'라는 말들이 도돌이표처럼 옹알거리는데, 금련의 다리는 자꾸만 재래시장 쪽을 향했어요. 빠르게, 금련은 회사와 은행으로부터 멀어져갔습니다.

"얼마예요?"

간간이 장바구니를 든 주부 몇이 과일을 담고 있을 뿐, 평일 낮이어선지 시장 골목은 한산했어요. 금련은 다짜고짜 애호박을 집어 들곤 멋쩍게 웃으며 "호박이 참 예쁘네요"라고 말했죠. 납작한 목욕탕 의자를 갖다 놓고 앉은 할머니는 힘겹게 허리를 펴곤 금련이 집어든 애호박을 검은 비닐봉지에 넣었습니다. 할머닌 봉지의 손잡이 부분을 교차시켜 묶은 후, 금련이 '아뇨!'라고 채 말하기도 전에 또 한 번 꼬아 단단히 묶은 뒤 금련에게 건넸어요. 금련은 울 듯 말 듯 미간을 좁히면서도 봉지를 받아 들었습니다. "이제 이 봉지를 손으로 풀고, 집에 빨리 가서 음식을 해 먹고, 전화하면 되는 거야" 하고, 금련은 애써 혼잣말을 중얼거리며 발걸음을 빨리했습니다. 지하철을 타고, 집에 가서 밥을 해 먹고 다시 회사로 돌아온다면 분명 점심시간을 넘기겠지만, 이상하게도 마음이 달아서 어쩔 수가 없었어요.

가로등, 가로등. 금련은 자꾸만 곱씹었습니다. 밝지도, 어둡지도 않은 빛을 내며 서서는, 온갖 벌레가 꼬이고 전선줄이 뒤엉킨 채로 밤을 지새우는 가로등이라니, 스스로도 납득하긴 어려웠습니다. 하지만 어쩐지 가로등이 된다면, 집으로 돌아가고픈 이 충동도 당분간은 잠잠해질 수 있겠다 싶어졌어요.

비좁은 단칸방, 이마에 흰머리가 촘촘히 난 엄마와 등 돌려 누워 작게 코를 고는 아빠 사이에 베개를 놓은 채로 잠드는 밤…… 한두 시간쯤 타이머를 누르고 선풍기를 회전 모드로 맞춰놓으면 털털거리며 번지는 바람 소리만이 이불처럼 우리 세 사람의 배와 가슴을 덮어주겠죠. 함께 누워 있어도, 어쩌면 각자 따로 서 있는 것 같을지도 몰라요. 퍽 좁은 장판 위에서 살을 맞대면 으레 그런 기분이 드니까요.

그다지 환한 빛이 아니더라도, 달려드는 나방에 얼굴이 조금 따갑더라도, 상상하는 시간만큼은 버는 겁니다. 사실 그래요. 누구나 한평생 우두커니, 그러나 꿋꿋이 홀로 서 있어야 하는 삶이잖아요.

집으로 향하며, 금련은 애호박이 든 봉지를 조몰락거렸습니다. 할머님이 어찌나 힘주어 묶어주었는지, 봉지의 매듭은 꿈쩍도 하지 않았지만 손톱이 부러지더라도 풀고야 말겠다는 오기가 솟았습니다. 이 매듭만 풀면, 애호박 송송 썰어 넣어 찌개라도 끓이곤 밥을 해 먹을 수 있을 테고, 그러면 금련은 다시 전화해볼 수 있을 테죠. 가로등이 된다면, 그렇담 어쩌면 내일은, 오늘보단 조금 다른 하루가 시작될지도 몰라요.

괜스레 설레어 뛰듯이 걷다, 금련은 의류 매장의 쇼윈도 앞에서 누군가와 부딪혔습니다. 금련이 넘어지며, 애호박은 봉지째로 바닥에 떨어져 굴렀어요.

"죄송합니다."

금련은 까진 무릎을 손으로 문대며 일어섰죠. 그런데 함께 부딪쳐 넘어진 여자가 일어서며, 카드 한 장을 주워 들었어요. 금련의 주머니 속에 찔러 넣어졌던 그 카드였습니다. '조용한 밤이었어요. 너무나 조용했어요.' 진미령의 노래가 다시금 흘러나왔죠. 금련은 화들짝 놀라 여자에게서 카드를 빼앗아 들었어요. 하지만 여자는 침착한 손놀림으로 먼지 묻은 옷을 털어낸 뒤 금련을 향해 빙긋 웃었습니다. 그러곤 곧 어깨를 낮춰 다가왔어요. 여자의 진한 눈썹이 금련의 코앞으로 다가들었습니다.

"괜찮아요. 나도 응모했는걸요."

여자는 소리 죽여 말했습니다. 금련의 목이 바짝 타들어갔어요. 당황한 금련과 달리, 여자는 허리를 곧게 편 후 여유롭게 멀어져갔어요. 그녀의 가냘픈 뒷모습을 바라보며 금련은 굴러간 애호박 봉지를 찾아 한동안 바닥을 더듬거릴 수밖에 없었죠. 어쩐지 사방에서, 수많은 멜로디 카드가 동시에 펼쳐져 있는 기분이 들었습니다. 어서 움직여야 한다고 금련은 생각했어요. 언제 어디서고, 마냥 주저앉아 있을 수만은 없는 거니까요. 금련은 다시 빠르게 걸음을 옮겼습니다. 풀물이 든 팔꿈치와, 손에 들린 검은 비닐봉지가 공중에서 리듬감 있게 흔들렸습니다.

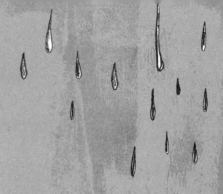

곡선을 걷는 시간

부러 그렇게 만들어진 경우를 제외하면, 세상 모든 휘어진 것들엔 다 그만한 이유가 있다. 오랜 시간이 흘렀거나, 정신적 혹은 물리적 충격이 가해졌거나. 노인의 굽은 등과 허리, 사춘기 아이의 비뚤어진 성격이나 오래된 연인들의 등 돌린 마음, 사고에 의해 부러진 뼈, 아주 추운 겨울날 주머니 안에서도 곱아드는 손, 허리가 꺾인 붓의 단면 등이 그런 경우에 해당될 것이다. 이때 시간이라는 개념마저도 물리적인 계산에 의한 것이므로, 어쩌면 휘어진다는 건 '충격'의 다른 이름일지도 모르겠다. 나는 곰곰 생각해본다. 굽고, 곱고, 휘고, 둥근 그 모든 것들은 그러니 결국, 곧아지기 위해 일생을 견뎌야 하는 불행한 존재들은 아닐까 하고.

"괜찮다, 그런 눈도 있는 거야."

지난밤, 아버지는 그렇게 말하곤 불을 껐다. 그가 등 돌려
눕는 모습이, 얇은 이불을 어깻죽지까지 끌어당기는 모습이,
두어 번 헛기침을 하며 발가락을 꼼지락거리는 그 모든 모습
이, 보이진 않고 그저 소리로만 확대돼 귓속을 흔들었다. 그
리고 그가 들키지 않기 위해 애쓰며, 몰래, 딱딱한 손바닥을
두 눈에 바투 대고 있는 모습까지도 내게는 소리로, 불행히도
소리로만 달라붙어왔다.

차츰 어둠에 익숙해지며 나는 물결처럼 흔들거리는 아버지
를 바라보았다. 밤의 파도 안에서 잠잠히 웅크린 채 지느러미
를 움직이는 물고기처럼 아버지의 등은, 어깨는, 다리는, 고
요하게 일렁이고 있었다. 붙잡고 싶다, 고 나는 생각했다. 작
게, 그러나 힘겹게 요동치는 아버지의 등을, 어깨를, 다리를,
가만히 붙들어주고 싶다고. '아버지' 하고 나직이 부른 뒤 그
의 뒷모습 전체를, 스케치하듯 그려 간직할 수 있다면 좋으련
만. 움직이는 물체의 특징을 빠르게 포착해 그려내는 크로키
처럼. 아무런 움직임도 흔들림도 또한 아무런……, 휘어짐도
없이.

그러나 흔들리는 것은, 아버지가 아닐 테지.

"어서 자라."

목이 잠긴 아버지가 말했다. 방 안을 잠식한 희붐한 공기가

잠시 흐트러졌다. 눈을 감았지만, 망막에 각인된 어둠의 잔영마저도 내겐 아슬아슬한 줄타기로 시선을 모으는 곡예사인 양 위태롭게 느껴졌다. 패잔병처럼 축축한 몸을 이끌고 아버지의 집을 찾아 돌아올 수밖에 없었던, 스물넷의 여름밤이었다. 찌는 듯이 더운 열대야에도 가슴을 찌르는, 화살촉 같은 서늘함이 뒤돌아 누운 아버지와 나 사이의 물리적 공간만큼 잔존해 있었다.

나는 새벽녘 어스레함이 문지방을 슬그머니 넘는 것을 보고야 잠이 들었다.

"왜…… 왔어."

"……"

"어떻게…… 여기까지."

"……"

해가 뜨자 손님이 찾아왔다. 내 목소리는 자꾸만 끊겼고, 소정은 대답 없이 제 구두코만 내려다보았다. 청바지에 받쳐 신은 소정의 하늘색 구두 앞코에 뽀얀 먼지가 얹힌 채였다. 취업 준비에 여념 없던 그녀에게 봄이 되자마자 선물로 사주었던 구두. 아마도 이 시골 동네로 들어서기 위해 소정은 구두를 신은 발로 꽤 오랜 시간 서서 버스를 기다렸겠지. 정류장에 내려서도 몇 번이고, 오가는 사람들에게 재우쳐 길을 물었을 것이다.

아버지는 나와 소정을 번갈아 바라보곤 아무 말도 없이 수저를 내려놓았다. 별다른 반찬이 없는 점심상이었지만 그래도 공기 속의 밥이 절반 넘게 남은 채였다. 아버지는 곧 허리를 펴고 일어났다.

"아버지."

옷자락을 붙들려 했는데, 내 손은 아버지의 빈 허리께에 닿았다가 맥없이 돌아왔다.

"괜찮다."

정오의 볕에 휘감긴 탓에 아버지의 거뭇한 얼굴이 도드라졌다. 아버지의 눈과 코와 입과 귀가 마냥 흔들흔들해 보였다. 아버지는 마당에 세워둔 자전거에 올라탄 뒤 천천히 집을 빠져나갔다. 아버지가 '찌링찌링' 벨을 울리며 페달을 밟는 소리가 내 귀엔 마냥 둥글게 들려왔다. 한동안의 침묵을 견디지 못하고 소정은 말했다.

"너무 이기적이잖아."

화장기 없는 얼굴이 붉게 달아올라 있었다.

"어쩔 수 없는걸."

나는 소정 쪽을 바라보지도 않고 담담히 대꾸했다. 소정은 훌쩍훌쩍 울기 시작했다.

"오늘도 참…… 덥다."

마당에 물을 좀 뿌려야겠다고 나는 생각했다. 한껏 달궈진 시멘트 바닥을 구두 한 켤레로 밟고 가는 것은 힘이 드는 일일 테다. 아니, 소정이 가고 나면 아예 새로 시멘트 가루를 물에 개어 마당 전체를 다시 바르는 게 어떨까. 대문 입구와 수돗가 주변의 시멘트가 깨지고 파여 흉물스러워진 지도 오래니까. 장마는 끝났지만 함부로 담벼락에서 뛰어내리는 고양이들은 여전히 게을러지지 않을 테니까. 태풍이 오기 전에 미리미리 해치워버리는 게 좋겠다.

"울지 마."

나는 소정의 어깨에 손을 한 번 올렸다 내리곤 말했다. 소정이 고개를 들고 말끄러미 나를 바라보았다.

"어쩜 그렇게 편안해 보일 수가 있어?" 하고, 소정은 물었다.

"편안하지 않을 이유가 없으니까."

망설임 없이, 나는 대답했다. 그랬다. 편안하지 않을 이유는 아무것도 없었다. 생각해보면 그 어디에도, 불편함이 공존할 수 없는 곳이었다, 이곳은. 내 아버지의 집이며, 내 어머니가 마지막까지 붉게 웃다 떠난, 그런 공간이니까. 돌아올 수밖에 없는, 그리고 내가 돌아와야만 하는 유일한 이유이자 목적인 곳이니까. 그러니 이곳이라면 내가 조금쯤 흔들린다 해서 나를 비난하지는 않을 것이다. 그 어떤 흔들림도 이곳에선 자연의 풍경인 듯 모두가 침묵해줄 것이다.

아버지는 지금 어떤 빛깔의 흙더미 혹은 아스팔트 위에서 느린 발로 자전거 페달을 밟고 계신 것인지, 나는 궁금했다.

"돌아가."

내 말에, 소정이 아랫입술을 잘근잘근 깨물었다.

"기다릴게."

"그러지 마, 내가 불편해."

나는 힘주어 말했다. 이 단호함만이, 조금이나마 소정의 마음을 움직여주겠지. 상처 없이, 왔던 길을 고스란히 되돌아갈 수 있게 하는 것이 최선의 배려라고 믿을 수밖에는, 별 도리가 없었다.

"정말 아무런 방법도, 없어?" 하고, 소정은 물었다. 내겐 그것이 의문문이 아닌 평서문으로 들렸다. "모르지" 하고 대꾸했으나 내 목소리에 묻어나오는 떨림을 소정은 알아차리지 못한 것 같았다. 다행이야. 나는 그렇게, 너에게만은, 무언가에 쉽게 동요되지 않는 사람으로 각인되고 싶다. 감상적이 되어서는, 절대 이별할 수 없는 인간이 되고야 말테니.

"선배 때문에 그런 건…… 아니지?" 하고 소정은 망설이며 물었다. 아니라고, 나는 짧게 대꾸했다. 그런 날 바라보며 소정은 "그건 네 탓이 아니야. 누구의 탓도 아니야" 하고 중얼거렸다. 고개를 주억거리며 엄지 손톱을 물어뜯으려는 소정의 손목을 슬며시 쥐어주고픈 마음이 들었지만 나는 끝내 움직이지 않았다.

나이 차가 크게 지는데도 나와는 꽤 가까웠던, 내가 퍽 의

지했던 선배 T. 졸업을 하고 서른이 가까워오기까지 그는 취업 문제로 골머리를 앓고 있었다. 성격이 늑늑했던 그는 입사 지원서와 자기소개서를 수백 장씩 되풀이해 쓰면서도 언제나 밝은 얼굴로 도서관과 동아리 방을 오갔던 사람이었다. 그는 서류 심사에 통과할 때마다 나에게 자장면 곱빼기를 시켜주었고, 나는 빵빵하게 부른 배를 문지르며 그에게 후식을 사주었다.

싸구려 자판기 커피를 뽑아 주어도 "아, 달달하다"며 배시시 웃던 T. 함께 커피를 마신 뒤 종이컵을 구겨 쓰레기통에 넣을 때면 서로의 손을 방해하느라 안간힘을 쓰곤 했다. 그러고는 어두운 동아리 방으로 들어가 밤새도록 함께 낄낄거리기 일쑤였다. 잔뜩 굳어버린 석고를 주무르거나 팔레트에 몽쳐진 물감을 개어낼 때면 취업도, 연애도, 일상사의 모든 고민도 잊고 오로지 생의 목적이 농담인 양 달큰달근한 수다를 이어가곤 했던 것이다.

그러나 지난여름의 초입에, T는 너무나 황망히 내 곁에서 사라져버렸다. 믿기 힘들지만 그것은, 다소 우스꽝스럽다고도 할 수 있는 죽음이었다.

집에 좀 잠깐 다녀오려고.

T는 분명 내게, 그렇게 말했었다. 규모는 그리 크지 않아도 내실 있는 가구 회사의 2차 면접을 통과한 직후였다. 건강 검진만 받으면 최종 합격의 통지서를 받을 수 있는 상황이었다.

나는 T가 학교를 떠난다는 사실이 내심 아쉬웠지만 장난스럽게 손을 흔들었다. 그 어떤 일말의 징후나 조짐도 느낄 수 없던, 마냥 안온하고 평화롭던 인사였다.

하지만 주인집 아주머니의 떨리는 음성을 듣고 달려간 다섯 평짜리 하숙방에서 나는 헛웃음을 흘렸다. 후문 쪽을 향해 난 언덕배기를 가분가분 날듯이 내려갔던 T의 뒷모습이 언제라도 잡힐 듯 선명한데, 어째서 이런 광경을 마주해야 하는지 의아하기만 했다. 어둡고 습한 방 한가운데에서 태아처럼 웅크린 채 모로 누워 있던 T. 그는 털이 뭉텅 빠져나가 휑뎅그렁한 붓처럼 몹시도 흉흉한 모습이었다. 할 수만 있다면 헌옷가지를 개키듯 T의 어깨를 답삭 쥐곤 힘주어 일으켜 보이고 싶었다. 그러나 마음과는 달리 다리에 힘이 풀려버린 나는, 서툴게 세워놓은 이젤처럼 뒷걸음질을 치다 문턱에 주저앉고 말았다.

꽤 오랜 시간 술만 마셨군요. 음식물 섭취의 흔적이 없습니다.

의사는 콧등에 걸친 안경을 검지로 밀어 올리며 꽤나 열성적으로 말했다. 나는 개구리의 배를 갈라 들여다보는 어린아이만큼이나 순진한 구석이 있어 보이는 의사를 멍하니 바라보다 맥없이 돌아섰다. 어떻게 죽었는지가 아니라 왜 죽었는지 알고 싶은 내게, 의사가 설명해줄 수 있는 건 아무것도 없었다. 사망의 원인이나 추정 시간, 부패 여부 등과 같은 말들

나부랭이는 아무래도 좋았다. 누군가의 삶이 끝날 때 필요한 건 요란한 사이렌 소리의 구급차나, 위장을 찍어 보여주는 엑스레이 필름 같은 것들은 아닐 테니까. 고작 그 따위 것들보다는 차라리 주둥이가 깨진 채로 널브러진 소주병이나 뜯다 만 오징어 다리 같은 것들이 곰팡이 핀 방에 누운 T의 죽음을 말해주는 편이 훨씬 나았다.

나는 어쩌면 누군가를 기억한다는 건, 그 누군가가 보여준 생의 마지막 장면을 간직하는 것이 아닐까 생각했다. 기괴할지언정, 그것이 바로 도무지 긍정할 수 없는 삶의 완결판으로서의 죽음이라는 게 아닐까 하는 것 또한 덧붙여. 병원을 나서며 나는 오랜 시간 부대껴 살아왔던 T의 소소한 버릇이나 말투, 얼굴 표정들을 떠올리려 했지만 그 어떤 영상도 머릿속에 떠오르지가 않았다.

잃어버린 건 T가 아니야. T와 함께 나누어 먹고 마셨던 음식물의 온기야. T의 표정과 T의 목소리와 T의 미소와…… 그리고 두 번 다시는, 내 것이 될 수 없을 T와의 따뜻한 시간.

그렇게 생각하자 가슴이 터지도록 답답해졌고, 다 닳은 형광등 빛 속에서처럼 세상이 가물거렸다. 불어오는 바람에 번지는, 물감이 채 마르지도 않은 수채화 속에 들어가 숨죽여 울고만 싶은 마음과는 달리, 나는 오래도록 거리에 서서 나 스스로를 방치하고픈 마음뿐이었다.

"선배는 왜, 그렇게 훌쩍 가버린 걸까?"

나는 대답을 구하지 않는 마음으로 물었다. 내게 있어 T의 죽음이란 언제까지고 끓어오르지 않는 물과 같은 것일 테니까. 비등점에 닿을 수 없다면 의문의 불꽃을 피워 올리는 것 온 소용없는 짓일 뿐이다. T는 어째서 그 흔한 일기장 한 권, 짧은 편지 한 장 남기지 않은 것인지.

소정은 대꾸 없이 고개를 저었다.

"화구들 잘 챙겨놓을게."

"가져. 싫으면 필요하단 후배들 나눠줘도 되고."

"사물함도 다 그대로 놔둘 거야."

"고집 피울 일 아니잖아."

나는 조금 언성을 높였다.

"……연락할게."

말하곤, 뒤돌아선 소정의 등이, 어깨가, 다리가, 가느스름히 흔들렸다. 하르르한 물빛 블라우스의 소정이 차츰 걸음을 떼기 시작했다. 아버지에게 그랬듯 앞으로도, 곧았던 너의 등을, 어깨를, 다리를, 나는 두 번 다시 붙잡을 수 없을 것이다. 동아리 후배이고, 내 연인이었던 네가, 나는 언제고 나를 향해 걸어 들어오는 존재일 줄만 알았지 이렇게 손 닿을 수 없이 멀어져가는 존재일 줄은 몰랐다. 점점 줄어들어야 마땅한데, 동네 어귀를 굽이굽이 돌아 나가는 소정의 구둣발 소리는 귓속에 달라붙어 통증처럼 언제까지고 맴을 돌 작정인 듯 느

꺼졌다.

그러니 모든 휘어지는 것은 왜, 이토록 아프기까지 한 것일까.

치료 방법이 분명히 있을 거야, 라며 소정은 그날도 울었다. 서울에서 이별을 고했을 때, 그때 이미 나는, 눈물을 닦아줄 수 없어 미안해, 라고 말했어야 했는지 모른다. 말이라도, 말뿐일지언정 마음은 전했어야 한다고. 하지만 나는 내게 닥친 있는 그대로의 사실만을 전달했다. 나는 머지않아 시력을 잃게 될 거라고, 그러니 우리 그만 여기서, 헤어지자고. 지금도 그랬던 내 자신의 결정을 후회하진 않는다. 소정의 볼을 타고 흘러내릴 눈물을 닦아줄 평범한 눈이 이제 내게는 없으니 말이라도, 그녀를 향해 굽이치는 한 마디 말이라도, 내뱉어선 안 되었을 거라고 나는 생각하는 것이다.

"잤니."

"……네."

아버지는 어느새 돌아와, 다시 수저를 들었다. 밥이 딱딱하게 식어 있었을 텐데도, 아버지는 과장된 몸짓으로 밥공기를 싹싹 비워냈다. 어릴 적의 나는 어째서, 수저로 공기 긁어내는 소리에도 진저리를 쳤던 것일까. 바닥에 내던져도 결코 깨지지 않는 그릇을 쓰고 있다는 사실조차 화가 나곤 했다. 그건 명백히, 갑갑증에 빠진 어린 아들이 으레 그러하듯 아버지를 향해 쏟아내는 이유 없는 분노였을 테다. 제아무리 팽개쳐도 부서지거나 깨어지지 않는 내 아버지란 사람에 대한, 결코 빠져나갈 수 없는 굴레 같은 것을 알아버린, 사춘기 아이의 치기 어린 분노.

　스무 살이 되이 대학에 입학하는 것은 아버지를 떠나는 가장 현명한 방법이었다. 대학은 서울에 있었으므로, 나는 표를 끊고, 기차에 몸을 실어 아버지가 쫓아올 수 없는 정당한 거리를 만들었다. 허리까지 일직선으로 웃자란 벼들이 내게서 멀어지는 동안, 나는 어떠한 이유로도 이곳을 다시 찾지 않겠다고 다짐했는지도 모를 일이다. 그러나 대학도 미처 졸업하지 못하고, 나는 돌아왔다. 그리고 돌아오고 나서야, 직선을 달려 나갔다 믿었던 뜨거운 철로 위의 쳇바퀴는 곡선의 제자리걸음일 뿐이었다는 사실을 깨달았다.
　시시해지지 마라.
　손 흔들며, 아버지는 강마른 얼굴로 내게 이렇게 말해주었더랬지. 건강 잘 챙겨라 또는 전화 자주 해라, 그도 아니라면 사람 조심해라와 같은 말도 아니고 시시해지지 말라니. 나는 무심히 그 말을 흘려버렸을 것이다. 그러나 지난 3년간, 때때로 심해지는 빈혈 정도로만 치부해왔던 병이 급격히 진행되어, 나는 우습지만 군 입대도 무산된 채로 아버지에게 돌아왔다. 달라진 것은 아무것도 없었다. 모든 것이 떠나기 전 그대로였다. 다만 나와 나의 눈만이 변화한 것일 뿐.

습성 황반변성. 그것이 나의 병명이었다.

"황반은 필름 같은 거예요. 카메라에 넣는 필름 말입니다. 필름이 손상되면 사물이나 풍경을 있는 그대로 담아낼 수 없죠. 같은 원리라고 보시면 됩니다."

텔레비전 속에서 의사는 빠르게 말을 뱉었다. 기자는 등을 보인 채로 "아, 필름이요" 하고 대꾸했다. 기자의 등도, 의사의 얼굴도, 내 눈엔 자꾸만 물안개가 어린 듯 흔들거렸다. 나는 손에 쥔 텔레비전 리모컨을 만지작거리면서 놀이를 하듯 눈의 초점을 맞추기 위해 애썼다.

"증세는 어떻습니까?"

기자가 계속 질문했다.

"네, 환자분들이 현재 겪고 계시는 상태 그대로입니다. 직선이 흔들려 보이거나 굽어 보이다가 점점 사람의 얼굴조차 구분할 수 없을 정도로 시력이 손상되죠."

기자는 다시 "네, 그렇군요" 하고 말을 받았다. 그래, 얼마 전에 어떤 돌팔이 사내에게서 나도 저런 똑같은, 위험한 말을 들은 적이 있지.

시력을…… 완전히 잃을 수도 있다는 얘긴가요?

처음 석고상을 앞에 두고 데생을 하던 날처럼 손이 덜덜 떨렸다.

그럼, 기간은……?

의사는 알 수 없는 표정으로 그러나 또렷이, 나를 바라보았다.

유감스럽게도 그리 길지 않습니다. 짧으면 몇 달, 길어야 2년이에요.

정작 그 말을 듣고 나니 왠지 모르게 담담해지는 기분이있다. 화가 나지도, 눈물이 흐르지도 않고 그저 마냥 평온하기만 했으니까. 자취방에 돌아와 저녁을 차려 먹고는 무력한 손놀림으로 휴대전화의 통화 버튼을 눌렀던 것 같다. 신호음이 끊기고 아무런 떨림도 없이 "아버지" 하고 불렀을 때, "그래"라고 대답하기 전에 아버지는 그 침묵 속에서 무엇을 예감이라도 했던 것일까. 세상 모든 아버지란 불우하다고 생각했던 그 밤, 나는 나 스스로가 마음 깊이 절망했단 사실에 숨죽였다. 시시해졌다……,고 중얼거리며 나는 모로 누워 잠이 들었던가.

이렇게 흔들려도 내가 나로서 기능할 수 있는 것인지 나는 묻고 싶었다.

"주로 고령화된 노인들에게서 발병하는 것으로 알려진 습성 황반변성이 이렇듯 현재 젊은 층에서 기하급수적으로 늘어나고 있는 현상에 대해, 한 말씀 더 해주시죠."

기자가 마지막으로 질문했고, 의사가 답했다. "네, 지금으로선 딱히 어떤 이유라고 말씀드릴 만한 의학적 근거는 마련되지 못했습니다. 그러나 오늘날의 젊은 층이 지닌 어떤 특수한"까지 들었을 때 '팟' 소리가 나며 텔레비전이 꺼졌다. 리모컨을 만지작거리며 귀로 뉴스를 듣느라 아버지가 방으로 들어온 것을 알아차리지 못했다.

"피곤하면 좀 눕지 않고 왜."

이제 겨우 점심을 먹은 참인데, 아버지는 이부자리를 폈다. 허둥대는 아버지의 모습이 문득 재미있어서, 나는 끅끅 웃었다. 아버지는 이불을 반쯤 펴다 말고 멍하니 나를 바라보았다. 그러다 하는 수 없다는 듯 마주 웃어 보였다.

"간에 바람 들었다고 소문날라."

나는 앉아 있고 아버지는 서 있는데, 눈높이를 맞추는 데 그다지 어려움이 느껴지지 않았다. 아버지의 몸이 훌라후프를 돌리는 사람의 그것처럼 자꾸만 휘청거려 보였다. 직선을 용납하지 않는 내 눈이 영 갑갑했다.

"너무 그러실 것 없어요. 아직은 괜찮은데요, 뭘."

"쉬어야 해. 몸도, 마음도 다 쉬어야 눈이 낫는다. 휴식이 필요하다고 몸이 보내는 신호인 거야."

아버지는 기어이 바닥에 얇은 이불을 깔고, 구석 한 귀퉁이에서 잠자던 선풍기까지 끌어왔다.

"늙으면 찬바람도 잘 안 찾게 돼."

아버지는 자전거를 처음 타는 아이처럼 더듬거리며 버튼을 눌러 바람의 세기를 조절했다. 잠시 후 방 안은 '미풍'으로 가득 채워졌다. 탈탈거리며 돌아가는 선풍기의 날개 소리가 새삼 익숙해 나는 그것만으로도 한껏 나른해지는 기분이었다. 고개를 털고 온몸의 힘을 빼버리자 이대로 마냥 잠에 빠져들어도 좋겠다는 생각이 들었다. 아버지는 내 머리를 들어 베개를 베어주곤 옆자리에 다붓이 누웠다. 아직 내낮인데 부자가 함께 멀뚱히 누워 있으려니 시간이 멈춘 것만 같은 고요가 쓰륵쓰륵 밀려들었다.

"마당에 시멘트…… 새로 바르는 게 어떨까, 아버지."

나는 하품하듯 말했다.

"태풍 오기 전에 발라두는 것도 뭐 나쁘지 않겠지."

아버지도 심드렁히 대답했다.

"남의 집 마당은 철마다 찾아다니며 잘도 새로 발라주면서, 정작 우리 집은 왜 저 모양인 거예요. 가루 때문에 걸을 때마다 아주 버석버석해" 하고 내가 눙치자, 아버지는 설핏 웃었다.

"아침마다 소일 삼아 쓸어내는 재미도 쏠쏠치."

나는 불현듯 조금 짓궂어져서, "엄마 입술, 어쨌어요?" 하고 놀리듯 물었다. 잠시 가만있던 아버지는 "허허" 하고 두어 번 헛기침을 했다.

"그놈의 입술…… 어쨌냐고 어지간히 떼를 쓰더니 또 그 애기냐."

엄마는 아주 붉은 입술을 가진 사람이었다. 꽃잎이 녹아 물처럼 흘러내린다면 꼭 그와 같은 색일 거라고, 어린 나는 엄마의 입술을 보며 생각하곤 했다. 그만큼 붉고, 화려했던 색감. 32색 크레파스에선 그 색깔을 찾을 수 없어서, 어렸던 나는 끝내 엄마의 입술 색을 칠하지 않은 채로 그림 숙제를 제출했었지. 서른두 가지의 색깔로는 감히 붙잡을 수 없던, 마술같이 진한 색이었다.

엄마는 늘 빨갛게 입술을 바르고는, 동네 여자들을 찾아다니며 화장품을 팔았다. 스킨, 로션, 영양 크림과 같은 기초제품부터 파우더, 아이새도, 인조 속눈썹 등의 메이크업 제품까지 취급하지 않는 것이 없었다. 사교적인 성격에 말투도 새색시처럼 언제나 사근사근해서, 모두들 엄마와 친밀한 관계를 지속했다. 그래선지 등하굣길마다 마주치는 아줌마들에게서는 모두 다 똑같은 향기가 났다. 우유 냄새와 장미향이 한데 뒤섞인 값싼 화장품의 향.

엄마는 동네 여자들의 개별 피부 타입과 현재 상태, 또 제각각 어떤 향기와 질감의 제품을 선호하는가에 대해 훤히 꿰고 있었다. 로션 한 병을 팔고 와서는 그 여자와 나눈 시시콜콜한 대화 내용까지 두툼한 장부에 매일 기록했던 사람이 바로 엄마였다. 매일 나는 방바닥에 엎드려 누운 엄마의 허리를 베고 누워 구구단을 외거나 동화책을 읽곤 했다. 엄마의 몸에서 풍겨오는 화장품 냄새를 알근히 맡던 유년의 시간들은 그래서, 언제나 향기로웠다고 나는 기억한다.

　이게 루주라는 거야.
　엄마는 손가락 모양의 새붉은 입술연지를 보여주며 말했다.
　루우주?
　응. 루주.
　루우주, 루우주.
　엄마가 일러주는 대로 무작정 따라 발음하면서, 나는 이따금 그것이 신비한 주문이라도 되는 양 웅얼웅얼 외우곤 했다. 짧고 도톰하고 둥근 모양의, 게다가 빨갛기까지 한 앙증맞은 크기의 루주가 엄마의 하얀 손 안에서 빙그르르 돌아 위로 올라올 때의 그 느낌을 뭐라고 설명해야 할까. 결코 손 닿을 수 없는, 미지의 세계 그 너머에 존재하는 공간을 바라보는 기분이었다. 그러니 엄마가 신제품의 비닐 포장을 뜯어 언제나 조금씩은 다른 색깔의 루주가 솟아오르면 그것은 또 그것대로 내겐 또 하나의 그 어떤 신비함이 환히 열리는 경험과도 같았다.
　루주는 '붉다rouge'라는 뜻의 프랑스어란다, 아들.
　엄마가 입술을 납작하게 만든 뒤 꼼꼼히 루주를 바르는 시간엔 그래서, 가슴이 뛰었다. 엄마가 발음하는 프랑스,라는 이국적인 느낌의 단어에도 설레었지만 루주의 생김새 또한 내게는 충분히 매혹적이었다. 잘 벼린 칼날과 마주한 듯 사선으로 단호히 잘린 모양의 루주. 그 비스듬한 단면을 볼 때마다 마치 이등분한 세계의 한쪽 면을 차지하기라도 한 것 같은, 그런 으쓱한 마음마저 들었던 것이다.

"그래……, 그래서 나도 네 엄마가 좋았지. 온종일 먼지를 뒤집어쓰고 들어오면 집에선 늘 아련한 분 냄새가 났으니까. 순식간에 나른히 그날 하루의 피로가 풀리는 기분. 싸구려라도, 그땐 그것대로 또 괜찮았어."

아버지는 한쪽 팔을 구부려 이마에 대곤 눈을 감았다. 일평생 거리 곳곳, 아스팔트 까는 작업을 해온 아버지에게 살갑게 굴지 못했던 건 단지 기름 냄새 때문이었을까 나는 잠시 고민했다. 눈 감은 엄마의 마지막 얼굴을 본 직후 나는 정신을 잃었다고 했다. 보름 가까이 크게 앓고 나서야, 그제야 눈물을 터뜨렸다고도, 아버지는 말했다.

"엄마 입술을 어쨌냐고 네가 물었지. 처음엔 그게 무슨 말인지 알아듣지 못했는데."

나도 눈을 감고 아버지의 목소리를 들었다. 천장엔 그저 낡고 얼룩진 도배지뿐이었으므로 휘우듬히 보일 것은 아무것도 없었다. 하지만 어쩐지 그게 더 불안하게만 느껴졌다. 휘어짐조차 내게 보이지 않는다는 사실이, 결국은 보이지 않게 될 거라는 예고된 시간이, 한없이.

새까만 입술만을 남겨놓고 엄마가 식도암으로 죽어버렸을

때, 나는 아무 말도 하지 못했다. 그저, 엄마한테 인사해야지, 라며 손자국이 남도록 내 어깨를 꽉 쥐었던 아버지의 떨림만이 고스란히 심장으로 전해졌을 뿐. 나는 엄마의 입술만을 오래도록 노려보다 까부라졌다. 붉은 루주가 발린 입술 속에 언제 저토록 많고 많은 검은 주름들이 아로새겨져 있었던 것인지, 나는 다만 그것을 막연히 슬퍼했던 건 아닐까.

누가 엄마의 입술을 훔쳤지? 엄마의 붉디 붉은 그 색깔들은 대체 어디로 갔지?

기름 냄새가 밴 아버지의 큰 손바닥을 밤마다 이리저리 뒤집어보며 나는 생각했다.

아버지가 엄마의 입술을 빼앗은 게 분명해. 아버지는 왜 엄마의 입술을 손에 그러쥐고 돌려주질 않는 걸까? 눈이 부시도록 붉고, 둥글었던 그것을.

"아마도 싸구려 색조 화장품 때문이었겠지. 착색이 되는 탓인지 루주를 지워낼수록 입술이 까매진다고, 네 엄마는 늘 불평하곤 했으니까."

아버지가 내쉬는 나직한 한숨이 선풍기 바람에 날려 방 안을 휘도는 것처럼 느껴졌다. 나도 조심스레 '후' 하고 숨을 뱉어보았다. "아홉 살 때 본 엄마의 그 까만 입술이, 잊히지가 않아요"라고, 나는 조그만 목소리로 말했다. 팔다리가 줄고 또 줄어드는 기분이었다.

엄마가 떠난 뒤 아버지는 도로에서 아스팔트 깔던 직업을 그만두었다. 대신 자전거를 타고 동네를 오가며 마을의 품앗이를 돕거나 무너진 담장을 세우고 수도관을 설치하거나 마당의 시멘트를 발라주는 등 분주히 일감을 찾았다. 나는 턱을 괴고 방 안에 엎드린 채 집 안과 밖을 개미처럼 바지런히 오가는 아버지를 멀뚱멀뚱 바라보았다.

그리고 언제나처럼 홀로 상상에 빠져들곤 했다. 엄마의 붉은 입술 위에서 묵묵히 선 채로 잿빛 시멘트를 바르거나 새까만 아스팔트를 부어대는 아버지. 조심조심 걸으며, 때론 천천히 자전거 페달도 밟으며, 엄마의 입술을 도로 삼아 앞으로, 앞으로만 나아가는 아버지.

비가 오면 아버지는 우산을 쓰고, 눈이 오면 아버지는 코트를 입을 테지. 시간이 흘러 다시 폭 팬 주름들 사이에서 바짓단이 젖거나 쑥쑥 발이 빠지면서도 부서진 시멘트 가루와 아스팔트 조각을 쓸어내고 또 바르는 일을 게을리하지 않을 것이다. 그래도 아버지는 멈추지 않고 다만 허허 웃을지도 모르는 일이다.

"그 길은……, 곡선일 테니까. 그렇지, 아버지?"

나는 감았던 눈을 떴다.

"응?"

아버지가 이마에서 손을 내렸다.

"마당에 시멘트 바르고 그게 좀 마르면…… 어디 좀 다녀올까 해요."

나는 머뭇거렸는데 아버지는 의외로 선선히 말을 이었다.

"나쁘지 않겠지."

"미국 애리조나 주 북부에 그랜드캐니언이라는 곳이 있대요. 콜로라도 강의 급류에 깎이고 파여 형성된, 세계에서 가장 깊고 거대한 협곡."

고백하듯 나는 주섬주섬 말들을 풀어냈다.

"협곡?"

"T가 입버릇처럼 말하곤 했어요. 취직을 하고, 월급을 모아서 꼭 그곳에 가겠다고. 대신 다녀오고 싶어요. 마지막 여행이 될 거고, 분명히 이 눈으로는…… 힘들 거라는 걸 알지만 그래도요, 꼭 한 번은."

아버지는 한동안 아무런 말도 하지 않았다. 괜찮겠지라든가, 나쁘지 않겠지라는 말을 듣고 싶었는데 대답은 의외의 것이었다.

"네 엄마의 입술 같은 게 아니겠니."

"네?"

"입술 말이다. 색에 가려졌던 주름 같은 것."

나는 멀뚱멀뚱 천장을 향해 눈을 끔벅였다.

"기온이 높은 여름이면 아스팔트도 물렁해지지. 원유에서 기름을 추출해내고 남은 찌꺼기가 아스팔트인 건데, 그래서 여름엔 늘 밤이 되어서야 작업을 시작한다. 지반이 침하되거나 대형 과적 차량이 지나가면 아스팔트에 균열이 생기는데, 열에 의한 손상도 상당하니까 말이야. 그런데 뒤틀린 아스팔트를 파쇄기로 찍어 들어 올리지 않는 한 대부분은 그저 기존의 자리에 손쉽게 새 아스팔트를 덧씌우곤 했어. 그게 돈도 시간도 품도 모두 절약하는 방법이었으니까. 지금은 아니지만 옛날엔 그렇게들 많이 했다."

나는 조용히 귀 기울여 아버지의 말을 들었다.

"그런데 여름밤은 늘 너무나 짧기만 해. 그래 시간에 쫓겨 작업을 하다 보면 언제나 매끈하지 못하단 말씀이야. 제아무리 아스팔트를 평평히 펴 바르려고 애를 써도, 울퉁불퉁해지는 건 어쩔 수가 없어. 아스팔트가 부어질 때의 그 뜨거운 온도란 상상조차 하기 힘드니까 말이다. 어쨌든 그럴 때마다 나는 담담히 생각하곤 했지. 아, 이 몸이 또 지구에 굵은 주름을 만들어주고 말았군."

"주름이라…… 꽤 미안했겠는데요."

아버지에게 이런 소년 같은 엉뚱함도 있었나 싶어서 나는 피식 웃었다.

"그러니 너도 그렇게 생각하는 거야."

아버지는 웃지 않았다.

"나는 지금 지구의 주름을 보고 있는 거라고……, 세상이 울퉁불퉁해 보일 때마다 말이다."

나는 다시 눈을 감았다. 아른거리던 빛의 점막이 거두어졌다.

"세상엔 주름도 많고 많고, 곡선도 많고 많고, 따지고 보면 직선이 없는 곳이야. 흔들리는 게 눈인지 세상인지 알 게 뭐냐 말이다. 제 몸의 터럭 한 올 흔들지 않고 걸을 수 있는 동물은 없어. 휘면 휘는 대로, 꼬부라지면 꼬부라지는 대로 가는 거야. 걷는 순간엔 다 일직선으로 보이는 법이니까. 이리 기울, 저리 기울, 사는 게 다 기울기울, 그렇단다. 따지고 보면 매끄러운 길만큼 걷기 힘든 곳이 또 어디 있겠니. 그러니 마찰이 생기는, 주름지고 접히는 자리마다 이리들 함께 모여 사는 것이지."

아버지의 말이 자꾸만 귓속에서 돌고 돌았다. 나는 어쩐지, 뼛속 깊이 평온해지는 기분에 휩싸였다. 곧 탈탈대며 돌아가는 선풍기의 바람 소리와 뒤섞여 아버지의 목소리가 간간이 뭉개졌으므로 나는 아버지 쪽으로 천천히 돌아누웠다.

"협곡이라면…… 그것도 아주 구불구불할 게 아니냐."

아버지는 누운 채로 손바닥을 맞비비곤 저린 듯 양손을 주물럭거렸다. 무심코 바라보던 나는 그제야, 유년의 그 무수한 밤들에, 내가 아버지의 손을 뒤적이며 엄마의 입술을 찾았던 이유를 깨달았다. 아버지의 까만 손과 엄마의 까만 입술, 까만 손의 주름과 까만 입술의 주름…… 둘이 꼭 같아 보여서, 그것이 혼란스러워, 아마도 어렸던 나는 자꾸만 아버지를 흔들고 보챘을 것이다.

생각하면 참 많은 것들이 서로 닮아 있구나, 하는 생각이 들었다. 아버지의 손과 엄마의 입술이 그렇고, 이 둘과 함께 내가 발 딛고 선 지구의 표면마저도 무수한 주름으로 뒤덮여 있을 터였다. 더불어 사라진 T와, 소정과, 나의 몸 구석구석에도 굽고, 곱고, 휘고, 둥근 그것들로 가득막이 채워져 있겠지.

휘어진 그대로가 아름답다면 용기 내어 떠나리라, 나는 결심했다. 짐을 챙겨 비행기에 오르는 시간은 그리 오래 걸리지 않을 것이다. T가 즐겨 썼던, 가장 커다란 크기의 붓을 챙겨 대륙과 바다를 건너야지. 곡선을 걸으며, 그러니 나는 즐거이 아버지의 말을 노랫말처럼 중얼거려도 좋을 것이다. 이리 기울, 저리 기울, 사는 게 다 기울기울이니, 흔들리는 게 눈인지 세상인지 알 게 뭐냐 말이야……, 안 그래요, 아버지?

세상은 언제나 내가 어찌할 수 없는, 예기치 못한 소멸을 몰고 온다. 그러나 지금 내가 지닌 단 하나의 소망이라면, T의 붓에 물감을 담뿍 묻혀 지구상에서 가장 큰 곡선을 그리는 것. 자연 그대로의 협곡이 캔버스가 되어줄 테니, 어쩌면 나는 그것을 고이 접어 소정에게 편지를 띄울 수도 있겠다. 삶의 모든 직선이 사라져도 두려워하지 않을 생의 기운을 그 곡선 위에서 마음껏, 붓질해볼 수도 있겠다.

"아버지."

"……그래."

"아버지."

"그래, 여기 있다."

끈끈한 유화물감처럼 아버지의 목소리가 온몸에 묻는 기분이 들었다. 매운 향이 훅 끼친 듯 코끝이 당겼다. 뜨뜻미지근한 단 한 줌의 바람에 실려 부유하는, 내게는 마냥 휘우듬한 이 오후. 그래도 방 안 가득 굽이쳐 돌고 도는 이 느릿한 속도감이 싫지 않았다. 눈꺼풀이 달팽이 집처럼 무거워졌다.

아버지, 그러나 나란 존재도 결국엔, 한낱 지구의 주름에 지나지 않을 뿐은 아닌가요. 어느 여름밤, 아버지가 뜨거운 열기를 이기지 못하고 서둘러 만들어버린 울퉁불퉁한 주름 말예요.

소리 내어 묻지 않았는데도 잠결에, 아버지의 느릿한 목소리가 자근자근 들려오는 것 같았다.

곧아지기 위해 너무 애쓸 것 없지 않니. 주름지고 접혀야 마찰도 생기는 법이야. 생의 즐거움도, 삶의 고단함도, 언제나 그 마찰의 지점에서 잉태된단다.

나는 몸을 더욱 웅크린 뒤 아버지에게 슬며시 다가붙었다. 졸음이 햇볕처럼 쏟아져 내려서 쉽게 눈을 뜰 수가 없었다.

프로 24

이삿날인 일요일의 이른 아침이었다.

왜 그렇게 태평한데?

나는 조금 흥분한 목소리로 물었다. 그러나 아내는 즉석요리의 봉지를 손으로 잡아 뜯듯 간편히 대꾸해왔다.

가만히만 있으면 다 알아서 해줄 텐데 뭘. 예민하게 굴 것없어요.

아내는 도리어 내 옷깃과 매무새를 다잡아주었다.

여보, 나 얼른 다녀올게.

그러곤 운동화를 구겨 신고는 콧노래까지 불러가며 유유히집 바깥으로 나가버렸다.

어쩌자는 거지.

나는 절로 오만상이 찌푸려졌다. 아내의 말에 틀린 소리가 없다는 걸 알면서도 그랬다. 도무지 아내의 일거수일투족이 마음에 들지 않았다. 아무리 업체 사람들이 그렇게 말해왔다고는 해도, 아내는 이삿날 아침까지 짐을 싸는 데는 통 관심이 없었다. 대신 이사를 가기 전에 무조건 미용실에 다녀와야 한다며 정신없이 굴었다.

세상에, 지난 5년간 내 파마 값, 드라이 값만 쳐도 적립된 포인트가 얼만데! 여보, 나 내일 아침에 미용실 좀 다녀와야겠어. 가만 있자, 우선 미용실에 전화부터 해봐야겠네!

지난밤 아내는 갑작스레 생각났다는 듯 난리법석을 떨었다. 이제 멀리 이사를 가게 되면 그동안 단골로 들락거린 미용실에 가지 못하게 될 테고, 그러면 지금껏 꽤나 많이 모아둔 적립 포인트와 할인쿠폰들이 아무 소용도 없게 돼버린다는 거였다.

우린 내일 소풍을 가는 게 아니야.

나는 경고하듯 말했다.

알고 있어요.

그런데 뭐 하자는 거야?

뭐 하긴. 이사 가기 전에 머리 좀 하겠다는데.

아내는 대수롭지 않게 얘기했다.

그것도 이해 못 해줘요?

빤히 내 얼굴을 들여다보는 아내에게 나는 언성을 높였다.

이해라니, 이게 이해하고 말고의 문제야?

이해 안 하고 말고의 문제는 아니잖아.

아내는 생긋 웃었다. 희고 작은 덧니가 드러났다.

당신 지금 일요일에 이사하게 됐다고 시위하는 거지?

나는 괜한 부아가 나서 따지고 들었다.

당신도 참. 무슨 소리야, 이제 와서.

그래도 아내는 느긋하기만 했다.

미용사가 내일만 특별히 아침 일곱 시에 나와서 머리 해준다고 하니까, 일찍 가서 하고 올게. 포인트 쓰면, 염색이나 파마는 거의 공짜나 다름없단 말이야. 이삿짐 다 포장될 때까지는 충분히 돌아올 수 있을 테니까 너무 걱정하지 마요, 여보.

나는 입을 다물었다. 거의 공짜나 다름없다는 아내의 말은 분명 사실이 아닐 것이다. 아내는 사치스럽거나 화려한 스타일의 여자가 결코 아니었지만 한편으론 허술한 구석이 많아서, 씀씀이가 헤프면서도 자신은 잘 아끼고 있다고 믿는 일이 자주 있었다. 눈앞에서 보고도 속아 사는 홈쇼핑 구매처럼 어쩌면 미용실에서 받은 그 포인트나 할인쿠폰을 쓴다는 것도, 알고 보면 여느 미장원의 평균 금액을 웃도는 가격을 내고 올 게 뻔했다. 하지만 딱히 더 말려야 할 필요를 느끼지 못했다. 아내는 자신이 한번 생각한 것은 어떻게 해서든 관철시키려 드는 성격이고, 아내의 고집을 꺾을 사람은 세상 어디에도 없다는 걸 잘 알고 있었으니까. 어쨌거나 이삿날 아침 아내는 불쑥 외출해버리고 나 혼자 남게 된 것이다.

나는 하릴없이 주방으로 갔다. 그러고는 서랍을 뒤져 목장
갑과 20리터짜리 쓰레기봉투를 찾아냈다. 거실을 비롯해 집
안은 충분히 엉망이었다. 이사 핑계를 대며 청소나 정리를 전
혀 하지 않아서 온갖 잡동사니들이 사체처럼 죄다 바닥에 널
브러진 채였다. 이사 업체와 약속한 시간까지는 두어 시간 정
도가 남아 있었다. 일단 눈에 보이는 쓰레기라도 대강 먼저
좀 치워두자고 나는 생각했다. 물론 이때다, 싶은 생각도 없
지 않았다. 나는 방방마다 돌아다니며 낡거나 지저분해 보이
는 온갖 인형과 장난감——아내가 인테리어 소품이라고 우기는 갖
가지 나부랭이——들과, 먼지가 층층이 쌓인 두터운 월간 패션
잡지——아내가 매월 새로운 정보를 읊어대며 전문서적이라고 부르
는 온갖 종이무더기——들을 가장 먼저 치워버렸다. 웬만한 것
들은 모두 쓰레기봉투 안에 쓸어 담았고, 잡지들은 끈으로 단
단히 묶어 복도 끄트머리에 내놓았다. 그러자 좋아하는 여자
애의 스커트를 들추고 달아나던 유년의 어느 날처럼 기분이
한결 유쾌해졌다.

나는 홀가분해진 마음으로 다시 거실로 돌아왔다. 그리고
잠시 소파에 앉아 숨을 골랐다. 먼지더미 위에 압정처럼 엉덩
이를 꽂아 넣는 꼴이었지만 힘이 빠져 어쩔 수가 없었다. 그
래도 얼마간 멀뚱히 앉아 있자니 새삼 감회가 새로웠다. 아내
와 결혼하며 싼값에 덜컥 구입했던 소파였다. 2인용이라 마

음 편히 눕기도 어렵고, 처음에 강렬하다고만 생각했던 빨간색 커버는 금세 싫증이 났지만 그래도 아내와 함께 장만한 첫 살림살이라는 데 의미가 컸다.

물건에도 정이 드네.

나는 픽 웃으며 소파를 손으로 매만졌다. 새집에 옮겨 가면 좀더 아껴주마, 하는 애틋한 마음마저 들었다. 그리고 고개를 드는 순간에, 나는 보았다. 열을 지어 거실을 가로지르는 잿빛의 쥐 떼 한 무리를. 테니스공의 지름만 한 키에, 세모꼴의 두 귀, 선명한 눈동자, 반들반들한 검은 코와, 길고 가느다란 꼬리, 살구빛의 앙증맞은 네 발까지, 모든 것이 똑똑히 눈에 들어왔다. 나는 믿기지 않았지만 경악스럽게도 망연히 앉아 그들의 행진을 바라볼 수밖에 없었다. 한동안 세계의 작동하는 모든 것이 천천히 정지하는 과정인 듯, 마냥 느리게만 보였다. 왼발, 오른발, 왼발, 오른발……, 스무 마리, 오십 마리, 백 마리, 아니 이백여 마리? 쥐 떼는 안방에서부터 끝도 없이 빠져나와 줄을 맞춰 같은 보폭으로 걸었다. 진군하듯 허리를 꼿꼿이 세우고 한 발 한 발 베란다를 향해 나아갔다. 그러고는 한 치의 망설임도 없이 베란다 아래로 폭포수 소리를 내며 떨어져 내렸다.

뭐야, 대체!

나는 옴짝달싹하지 못했다. 눈앞의 그것은 허공에 떠 가는 한 덩이 구름이나 누군가의 목에 늘어뜨려진 목도리가 아니

라 분명, 쥐 떼였다. 굳이 상식을 들이대지 않더라도 어마어
마한 숫자였다. 나는 내 의지와는 상관없이 직립보행하는 쥐
떼의 비극적인 자살을 목격해야만 했던 것이다. 그리고 그와
동시에 어디선가는 끝도 없이 **뚜뚜**, 하는 신호음이 울려오기
시작했다. 나는 내게 빌어지는 그 어떤 상황도 막아낼 수 없
었다. 눈앞에서 쥐 떼의 꼬리들이 채찍처럼 연이어 허공을 갈
랐고, 심장박동과도 같은 신호음은 사방에서 그치지 않고 들
려왔다. 고통스럽다는 생각밖에는 들지 않았다. 나는 질끈 눈
을 감아버렸다.

뜻하지 않게 이삿날이 평일로 잡혔을 때 나는 적잖이 당황
했었다.
무슨!
나는 펄쩍 뛰었다.
월차 내면 되잖아.
아내가 대번에 골을 냈다.
안 돼.
왜 안 돼?
다 알면서 왜 그래, 당신 지금 우리 회사 사정 몰라서 그런
말 해?
도대체 쓰지도 못하는 연월차는 왜 있는 거지?
대신…… 돈으로 나오잖아.

그깟 돈, 라면 값이지 그게, 얼마 되기나 해?

주말에 이사하면 될 걸 왜 굳이 고집을 부려?

아내를 달래야 한다고 생각하면서도 의지와 다르게 목소리는 자꾸만 커졌다. 아내는 기어이 소리를 질렀다.

손 없는 날이란 말이에요!

단호히 구는 아내 앞에서 나는 더 이상은 입도 뻥긋 하지 못했다. 다음 날 출근해 월차를 내겠다고 말하자, 덩치 큰 경 부장은 의자를 뒤로 크게 젖히며 휘파람이라도 부는 듯이 말했다.

'나그네쥐'라는 게 있어.

나그네쥐요?

그래, 나그네쥐.

그게, 무엇입니까?

나는 떨떠름히 물었다.

걔네들은 말이지. 번성이 극에 달했을 경우, 집단으로 이동해서 호수나 바다에 풍풍 빠져 죽어. 아주 주기적으로.

무슨 뜻인지 나는 쉽게 알아듣지 못했다.

네?

네라니. 우 과장 이 사람, 순진한 건 여전하군.

경 부장이 샐샐 웃었다.

윗선에서 아직 정식으로 지시가 내려오진 않았네만, 말인 즉슨 우리 회사도 곧 곁가지를 좀 쳐내게 될 거라는 얘기야.

조직 내부에서의 일사불란한 희생이야말로 모두가 살 길이지, 나그네쥐처럼. 안 그런가?

네⋯⋯

나는 말을 잇지 못했다.

그럼 어떻게 생각해, 나그네쥐들은 어떻게 호수나 바다에 빠져 죽을 자들을 추려낼까?

의자에 한껏 기댄 경 부장이 손톱을 살피는 시늉을 하며 입으로 후후, 하고 바람을 불어댔다.

사다리 탈까? 번호표 추첨? 아니면, 지원자 모집?

나는 얼굴이 붉어진 채로 고개를 숙였다.

죄송합니다.

나가 봐.

경 부장이 피곤하다는 얼굴로 침을 뱉듯 말하곤 의자를 돌렸다.

도대체가 프로 의식이 없다니까. 쯧쯧.

그의 혀 차는 소리가 끔찍이도 크게 들려왔다. 등 돌린 경 부장에게 나는 다시 한 번 허리를 숙여 꾸벅 인사한 뒤 자리로 돌아왔다. 부장실에서 기가 푹 꺾여 나오는 나를 보며 동료와 부하직원들이 수군댈 것을 짐작했지만 구겨진 얼굴은 좀처럼 펴지질 않았다. 당연히 써야 할 연월차를 이삿날에 써야겠다고 말한 것뿐인데 나그네쥐가 어쩌고저쩌고 면전에서 떠들어대다니, 따귀라도 한 대 얻어맞은 기분이었다. 눈칫밥이라면 입사 이래 지금껏 충분히 배부르게 먹어왔다. 하지만 그날만은 어쩐지 모욕을 당했다는 생각의 올가미에서 쉽게 벗어날 수 없었다.

나 참 더럽고 치사해서!

자리를 박차고 일어나 당당히 짐을 챙겼다면 좋았을 것이다. 하지만 나는 그러는 대신 엄지손가락에 꾹꾹 힘을 주어 아내에게 문자메시지를 보냈다.

여보, 이사는 주말에 해야겠어. 미안해.

아내에게서는 답신이 오지 않았다. 나는 울적했다.

퇴근해 집으로 돌아가자 아내는 뿌루퉁해 있었다. 나는 경 부장이 해준 나그네쥐 이야기를 아내에게 들려주었다. 담담한 어조였고, 그저 이야기의 골자만을 천천히 아내에게 전달했다. 아내는 숟가락을 입에 물고 우물거리더니 별다른 대꾸를 해오지 않았다. 덕분에 저녁 식사 때의 공기는 무미건조했다. 식사 후 아내는 묵묵한 태도로 설거지까지 마쳤다. 번호표를 받은 나그네쥐처럼 침울해 보이는 뒷모습이었다. 나는 씻고 일찍 침대에 누웠지만 쉽게 잠들지 못했다. 굳이 나그네쥐 이야기까지 꺼낼 필요는 없지 않았나, 하는 생각으로 나는 밤새 뒤척거렸다. 아내에게 상처 입혔다는 기분을 떨쳐버릴 수 없었다.

잠은 설핏 들었다. 머릿속은 가닥가닥 끊어졌다 다시 이어지곤 하는 꿈으로 얼룩져 어지러웠다. 꿈속에서 경 부장은 어깨에 두른 붉은 망토를 휘날리며 목청껏 외쳐대고 있었다.

자, 어서어서, 다음은 누구인가! 찍찍.

풍덩, 풍덩 하는 소리가 연이어 들려왔고, 그럴수록 그의 뾰족한 두 귀는 날렵하게 움찔댔다.

목숨을 바쳐 희생할 고귀한 동지가 더는 아무도 없단 말인가! 찍찍.

그런 뒤 경 부장은 반들반들한 코를 실룩이며 나를 뚫어져라 바라보았다. 나는 말없이 침을 꿀꺽 삼켰다.

역시, 이번엔 자네 차례로군. 암! 알다마다. 우 과장 자네는 영원한 아마추어니까! 찍찍.

경 부장은 전화선처럼 늘어져 있는 길고 단단한 꼬리를 휘두르더니 순식간에 나를 검은 바다로 쑤욱 밀어 넣었다. 나는 악, 하고 소리치고 싶었지만 찍, 하는 단말마의 비명을 지른 뒤 바닷물 속으로 깊이깊이 빠져들어갔다.

아마추어!

더운 숨을 몰아쉬며 잠에서 깨어났을 때 아내는 시무룩한 얼굴로 미안해, 경 부장한테 그런 말까지 듣게 해서,라고 내게 사과해왔다. 미안한 건 도리어 나지, 하고 말해주고 싶었는데 온몸이 땀에 전 나는 심한 갈증이 나서 입술이 잘 떼어지지 않았다. 참, 못났구나. 그런 마음만으로 온 정신이 울적해져와서, 견디기에 힘이 들었다. 맥없이 회사에 출근한 나는 그러나 여느 날과 다름없이 또 경 부장의 감시망 아래 열과

성을 다해 웃고, 말하고, 움직여야만 했다. 열성적으로, 라는 것은 그래서 단면적으로만 보자면 생의 가장 우울한 자세라고 나는 생각했다.

자 자, 오늘도 모두들 프로페셔널한 자세로 일하라고!

경 부장은 한 시간에 한 번씩 사무실로 나와 시찰하듯 나를 비롯한 과장급 몇을 주의 깊게 훑어보았다. 부하직원들의 업무 태도를 체크하고, 흐트러진 부분이 발견되면 다잡으라는 의미의 집요한 시선이었다. 그런 뒤 경 부장은 사원들 전부 들으라는 듯이 그 커다란 손으로 박수까지 짝짝 쳐가며 분위기를 환기시키고는 제 방으로 들어갔다. 5분을 넘기지 않는 짧은 시간인데도 샐샐거리는 그의 웃음소리를 들어야 하는 것은 매번 고역이었다. 다들 입술을 움죽거리며 경 부장과 눈이 마주치지 않도록 애썼지만 회사 내에 알게 모르게 파다히 퍼진——경 부장이 퍼뜨렸음이 틀림없는——구조조정의 소문 때문에, 대놓고 그의 눈길을 회피하거나 불만을 털어놓는 사원은 아무도 없었다. 먹고 살기 힘들고, 재취업은 상상조차 할 수 없고, 있는 직장에서도 자리보전하기 급급한 요즘 같은 때에는 최선을 다해 몸을 사리는 것만이 현명한 일인 것이다.

나는 경 부장의 뾰족한 두 귀와 반들반들한 코를 유심히 살폈다. 꿈에서처럼 붉은 망토를 두르고 있긴 않았지만, 그가 입고 있는 쥣빛의 양복만은 영 찜찜하게 느껴졌다.

쥐색이 얼굴에 잘 받긴 하는군.

나는 나직이 중얼거렸다. 그러나 그것으로 끝이었다. 인생이 잿빛이라는 건 경 부장이 그 엄청난 몸집을 눈앞에 들이밀 때의 이야기란 말이지, 라는 생각만을 좀더 했을 뿐 나의 내부에선 아무런 일도 벌어지지 않았다. 상사의 양복 색깔이 마음에 들지 않는다고 해서 신경질을 내거나 냅다 달려가 그의 멱살을 틀어쥘 수도 없는 노릇이었다. 그러니 나는 그저 어디선가 들려오는 것만 같은 자자, 어서어서, 다음은 누구인가! 하는 목소리라든가 풍덩풍덩, 하는 바닷물 소리 그리고 방정스런 쥐 웃음소리 같은 것들을 성가셔하며 온종일 수화기를 들었다 내려놓고 또 들었다 내려놓는 일을 반복해야만 했다. S시에 관련된 민원이나 궁금증을 빠르고 친절하게 해결해주는 전문 상담 안내 서비스, 그것이 내게 주어진 업무이자 일과였다. 이제 더는 아무도 볼륨을 높이지 않는 낡은 라디오처럼, 나는 매일 부동자세로 앉아 일했다.

네, 고객님. 안녕하십니까? S시 콜센터입니다. 무엇을 도와드릴까요?

나는 하루에도 수백 번씩 열성적으로, 똑같은 인사 문구를 반복했다.

시청 부근인데요, 604번 버스 언제 오나요?

강남역 3번 출구에서 헤매고 있는데요, 맥도날드가 어딨는지 아세요?

이봐, 총각. 여기가 워디여? 나 지금 화장실이 엄청시리 급혀.

　아저씨, 충무로에 충남슈퍼라고 분명히 있었는데, 없어졌어요? 안 보여요.

　여그요, 시방 워떤 시베리아 개새끼가 길 한복판에서 똥을 싸고 있당게!

　전화벨은 한시도 쉬지 않고 울었다. 상담을 하고 있는 도중에도 통화를 원하는 대기자들이 차고 넘쳤다. 나는 하루 종일 이어마이크를 끼고 일해야 했으므로, **'뚜뚜'** 하고 울리는 통화 대기음은 입사 8년차로 접어드는 내게 이제는 심장이 뛰는 소리와도 같았다.

　보이지 않는 누군가가 내 등에 손을 짚어 노크하듯 나의 일상은 기본 인사말과 함께 언제나 **뚜뚜**, 하는 소리로 채워진다. 덕분에 밥을 먹을 때도, 대화를 나눌 때도, 목욕을 할 때도, 잠에 들거나 깰 때도, 음악을 듣거나 텔레비전을 볼 때도 **뚜뚜**, 소리는 이명처럼 귓바퀴에서 맴을 돌며 사라지지 않는다. 어디선가 끊임없이 상담을 요구하는 사람들이 **뚜뚜**, **뚜뚜**, 내게 공통의 신호를 보내온다. 도무지 알 수 없는 외계의 생물체처럼 상대는 전화를 걸어오고, 나는 받는다. 상대는 질문하고, 나는 대답한다. 상대의 궁금함이 풀릴 때까지, 상대가 원하는 답을 얻을 때까지, 나는 그들이 만족하는 정보를 내주어야만 한다. 답을 알 수 없는 퀴즈 게임처럼 나는 그들이 무엇을 물어올지 알 수 없으니 긴장하지 않을 수 없다. 그러나 답을 푸는 동안에도 **뚜뚜**, 하는 또 다른 상대의 통화대기음은 그칠 줄 모르기에 나는 매순간 서두르고, 또 서둘러야 하는 것이다.

상담은 무조건 2분 안에 완료할 것!

경 부장은 프로라면 무조건 2분 안에 상담을 마치는 것을 목표로 하라며 사원들을 다그쳤다. 해마다 치러지는 S시의 까다로운 위탁 업체 선정 방식 때문에 경 부장이 예민해져 있다는 걸 이해하지 못하는 건 아니었지만 이번에는 해도 너무한다고, 모두들 불퉁거렸다. 새벽 여섯 시부터 자정까지 3교대로 이어지던 근무가 365일 24시간 운영 체제로 바뀐 것이 불과 1년도 채 되지 않은 일이었다. 경 부장이 칭송해마지 않는 그 '윗선'의 지시에 의해서였다. 24시간 상담 대기, 2분 안에 상담 해결, 상담 결과 문자 전송, 등과 같은 캐치프레이즈를 내걸고 회사는 이제껏 해를 거듭해 S시의 콜센터 운영을 위탁받아왔다.

하지만 시민의 편의성을 높이고, 보다 탄력적인 민원서비스를 제공하겠다는 의도와는 달리 폐해도 적지 않았다. 상담 시간이 자정을 넘겨 계속될수록 내 더위 사가라든가 38962 곱하기 2784 나누기 5는 뭘까요, 라든가 오빠 저랑 폰팅하실래요, 등 장난전화의 빈도가 늘어났고, 2분 안에 모든 상담을 해결해준다고 선전할수록 주어진 시간 안에 해결되지 못했다며 홈페이지 게시판은 항의성 글들로 도배되었다. 시간이 흐를수록 스트레스성 구토를 호소하거나 과민성 복통으로 배를 움켜쥐는 사원들이 많아졌다.

그런데도 경 부장은 눈 하나 꿈쩍하지 않았다. 도리어 '프로'라는 말을 사탕같이 입에 달고 살았다. 그는 프로답게 움직여라, 프로의식을 길러라 등등의 구호를 부르짖으며 주로 시급제 아르바이트생이나 계약직 사원들의 단물을 쪽쪽 빨아먹는 걸 낙으로 삼는 것처럼 보였다. 그러므로 아마추어, 라는 건 당연히 경 부장이 이 세상에서 가장 혐오하는 말이었고, 누구든 업무 도중 실수를 한다면 그자야말로 바로 프로의식도 없는 너절한 쓰레기 아마추어 따위, 로 전락해 해고돼버렸던 것이다. 의연히 대처하려 애쓰면서도 나 역시 프로페셔널을 외치는 경 부장의 강박적인 강요로부터 벗어나지 못했다.

어떻게 된 거지?

눈을 떴을 때 쥐 떼는 사라지고 보이지 않았다. 한 마리도 남김없이 모조리 떨어져버린 걸까, 나는 허둥지둥 베란다로 달려갔다. 고개를 처박고 아래를 내려다보다가 나는 쓴웃음을 삼키고 말았다. 설령 진짜로 19층 베란다에서 쥐 떼가 낙하했다 하더라도, 납작해진 그 모습이 눈에 들어올 리 없었다.

쥐 떼라니.

헛웃음이 나왔다.

스트레스가 너무 심했던 거야. 정신 차리자.

나는 뒷목을 잡고 주무르며 다시 소파로 돌아와 앉았다. 시계의 바늘이 아홉 시를 가리키기 직전이었다. 예정대로라면 곧 이사 업체 직원들이 들이닥칠 거였다.

근데 이 사람은 왜 아직도 안 오는 거야.

아내에게서는 아무런 연락도 없었다. 괜스레 마음이 초조해졌다. 잠시 뒤 '딩동' 하고 벨소리가 울렸다. 계십니까, 라며 문을 세 번 두드리는 소리도 이어서 들려왔다. 나는 깜짝 놀라 허둥지둥 걸음을 옮겨 현관으로 향했다. 문 밖엔 청바지에 남색 점퍼, 와인색 모자를 똑같이 맞춰 입은 인부 넷이 서 있었다. 판판히 접힌 녹색 플라스틱 박스들을 옆구리에 단단히 낀 모습이었다. 생각지 못한 것도 아니었는데 들어오세요, 하고 말하는 내 목소리는 조금 떨렸다. 이삿날 오전 아홉 시 정각. 약속된 시간에서 단 1초도 어긋남이 없는 그들의 방문이 놀랍게만 여겨졌다. 인부 1에서 2와 3을 거쳐 인부 4까지, 그들은 얼핏 한 사람으로도 혹은 네 사람으로도 보였다.

왼발, 오른발, 왼발, 오른발……, 그들은 조금 전의 쥐 떼와도 같이 한 줄로 열을 맞춰 거실로 들어왔다. 똑같이 움직이는 그들의 다리에서 눈이 떼어지질 않았다.

이삿짐은 아무것도, 일절, 건드리지 않으셨죠?

맨 앞에 선 인부 1이 물었다. 그는 집 안을 둘러보는 데 몰두하느라 나를 쳐다보지 않았다. 뒤따르는 인부들은 적당히 미소 띤 얼굴로 그의 뒤에 30센티미터쯤의 간격을 두고 서 있었다. 팔을 흔들거나 짝다리를 짚거나 하다못해 숨을 좀 크게 쉬는 사람도 없이, 오로지 앞사람의 뒤통수만을 꼼짝없이 바라보고 있었던 것이다. 얼굴만 본다면 금방이라도 베란다로 달려가 19층 아래로 수직낙하할 것만 같은 결연한 표정들이었다.

아, 예. 말씀하신 대로 일단은 그냥 놔두긴 했습니다만.

나는 말꼬리를 흐렸다.

잘하셨습니다, 라며 인부 1이 냉큼 대꾸했다.

짐은 미리 싸두실 필요가 없습니다. 이사의 시작부터 끝까지, 저희가 모두 도맡아 처리해드리니까요. 괜히 어설피 이삿짐을 건드렸다가는 저희가 오히려 더 힘들어질 뿐이죠. 고객님은 손가락 하나 까딱하지 마시고, 그냥 지켜보기만 하시면 됩니다.

인부 1은 170센티미터가량 되는 키에, 호리호리했지만 강단깨나 있을 것 같은 체구를 지니고 있었다. 피부는 까무잡잡했고, 웃을 때 보이는 간잔지런한 치아가 희게 도드라져 한눈에도 건강하다는 인상을 주었다.

다이아몬드도, 바퀴벌레도, 저희에겐 다 똑같습니다. 의뢰받은 고객님의 짐이라면, 그것이 무엇이든 고스란히 옮겨드리죠. 다시 말씀드리지만 아무런 걱정도 하실 필요가 없습니다. 신용과 프로의식, 오로지 이 두 가지만이 저희 프로 이사의 운영 이념이자 정신이니까요.

말을 마친 뒤 인부 1은 씩 웃으며 손에 긴 마른 장갑을 탁탁 두 번 맞부딪혔다. 잘 짜인 각본에 의해 몸을 움직이는 배우처럼 아주 담백하게 느껴지는 동작이었다. 어쩐지 굉장한 신뢰감을 갖게 해주는 사람이라는 생각이 들었다. 그의 미소때문일까, 말투 때문일까, 목소리? 아니면 몸동작? 무엇이 상대로 하여금 이런 안도감과 편안함을 느끼게 하는 것인지 궁금했다.

다이아몬드는 없지만, 정말 바퀴벌레까지 옮겨준다면 그건 좀 곤란하겠는데요.

나는 멋쩍은 웃음을 지어 보이며 말했다.

그러시다면 바퀴벌레는 발견하는 족족 밟아버려야겠군요.

인부 1이 경쾌하게 대답했다.

시체는 더더욱 사양입니다.

나는 어깨를 으쓱해 보였다. 인부 1은 양 손바닥을 마주해 비비며 염려치 마십시오, 저희가 워낙 프로라서 말입니다, 하고 대꾸해왔다.

아내와 포장이사를 하는 것으로 결정지었지만, 막상 업체를 구하는 일은 쉽지 않았다. 전세로 구한 19평의 작은 빌라에서 시작했던 신혼 생활. 그러나 단출했던 살림살이는 결혼 5년차에 접어들며 양이 꽤 불어나 있어서, 견적을 문의해본 업체마다 턱없이 높은 가격을 제시했기 때문이다. 일주일쯤을 인터넷 포털사이트에서 포장이사 업체를 검색하고, 견적을 문의하고, 다시 검색을 하는 일을 반복해야 했다.

그냥 용달차 큰 거 하나 불러서, 내가 어떻게든 옮겨볼까? 인부 한 명은 부른다 생각하고. 이 가격이면 당신이 사고 싶어 하는 아일랜드 식탁 하나쯤 들여놓을 수 있는 가격인 거잖아.

퇴근하고 돌아온 매일 밤, 아내와 함께 모니터 앞에 바싹 붙어 앉은 채로 나는 구두덜거리곤 했다. 부쩍 오른 전세금을 도저히 맞춰줄 수 없어 도시 외곽으로 이사해야 하는 처지도 서러울 판인데, 돈 때문에 이삿짐을 옮기는 데만도 전전긍긍해야 한다는 게 맥이 빠졌다. 가지고 있는 전세금에 딱 맞는 집을 찾아다니느라 들인 발품만으로도 이미 더 이상의 기력은 남아 있지도 않았던 것이다.

아일랜드 식탁은 무슨.

아내는 눈을 가늘게 떠 보이며 빙그르 웃었다. 그러나 아내의 얼굴은 한눈에 봐도 기름기가 쏙 빠져 있었다. 결혼한 지 5년이 다돼 가는데 고작해야 밥그릇 올려놓는 깨끔스런 상다리 하나를 사주지 못한다는 사실에 나는 쓸쓸함을 느꼈다. 아내가 컴퓨터 앞으로 끌어와 앉은 낡은 의자는 다리 길이가 맞지 않는 듯 대각대각 그릇 부딪는 소리가 나며 들썩였다.

'프로24'는 개중 가장 저렴한 이사 비용을 제시한 업체였다. 프로,라는 업체명은 마음에 들지 않았지만 달리 선택의 여지도, 마다할 이유도 없었다. 24시간 내내 프로 정신을 유지하는 이사 업체라는 뜻인가, 그럼 어느 정도나 프로페셔널한지 어디 한번 맡겨나 볼까, 그런 짓궂은 생각도 내심 없지 않았다. 말하자면 이번 경우 나는 전화를 받는 입장이 아니라 거는 입장이 되는 셈이니까. 전화를 거는 사람은 언제고 당당히 요구하고, 평가하고, 단죄할 수 있는 자격을 획득한다. 그것이 바로 경 부장이 매순간 경배해 마지않는 '고객님'의 위치인 것이다.

그럼, 시작하겠습니다.

인부 1이 말을 끝내기가 무섭게, 일렬로 줄지어 섰던 인부들 셋이 빠르게 움직였다. 그들은 옆구리에 끼웠던 박스들을 바닥에 내려놓은 뒤 기계 같은 손놀림으로 접어나갔다. 그런 후 치즈 조각을 물고 각기 제 구멍 안으로 들어가듯 방 하나에 한 명씩 스르스륵 이동해갔다. 나는 잠시 망연히 그들의 모습을 바라보았다. 그들의 작업은 성실히 진행되었다. 박스를 펴고 짐을 포장해 담는 것. 그것만이 오로지 생의 목적인양 집중했다. 그리고 묵묵하고도 질서정연하게 몸을 움직여 노동했다. 잡담을 나누거나 콧노래를 흥얼거리거나 으차차, 하고 기합을 넣는 일도 없었다. 오로지 '포장이사'라는 명칭만큼이나 간단하고도 명쾌한 자세로 일을 진행시켜나갔던 것이다.

방이 끝나면 거실과 부엌의 차례로 이삿짐을 꾸리게 됩니

다. 지루하시면 한 시간쯤 외출했다 돌아오시죠. 그사이 저희
가 모든 짐을 포장한 뒤 컨테이너에 실어놓을 테니까요.

인부 1이 다른 인부들에게서 눈길을 떼지 않으며 말했다.

아, 예. 그럼 저는 잠깐 부동산엘 좀.

나는 아물대며 뒷걸음질하듯 현관문으로 향했다. 아내였다
면, 잘 좀 부탁드릴게요, 라며 히히히 호호호, 붙임성 있게 호
들갑을 떨어댔겠지 하고 생각하며 나는 집을 빠져나왔다.

이자는, 프로다.

오로지 그 생각만이 풀리지 않는 어떤 암호처럼 내게 각인
되었다.

경 부장의 젖빛 양복을 모조리 벗겨내면 너른 등짝에 '프
로'라고 씌어 있지 않을까 고민이 될 정도로, 그는 프로페셔
널 정신의 신봉자처럼 굴었다. 입만 열면 프로, 프로를 외쳐
댔다. 주 1회씩, 월요일 아침마다 소집하는 과장급 회의에서
그는 대략 세 가지 정도를 매번 강조해 이야기했다. 물론 그
것은 우리의 입을 통해 고스란히 대리 및 평사원들에게 전달
되었다. 그들은 그것을 다시 계약직 사원과 시급제 아르바이
트생들에게 주입시킬 거였다.

첫째, 품행이 단정할 것. 둘째, 언제 어디서고 자신이 관찰
가능한 시야의 범위 안에서 움직일 것. 셋째, 프로 독본을 잘
숙지할 것.

행실을 바르게 하라는 첫번째 항목은 딱히 어려울 것이 없

었다. 남 보기에 깔끔한 양복을 입고, 넥타이를 흐트러뜨리지
않고, 책상 정리를 깨끗이 하고, 업무에 충실하면 되는 기본
적인 내용이었다. 하지만 두번째와 세번째의 항목은 달랐다.
무릇 부하직원이란 상사가 관찰 가능한 시야의 범위 안에 존
재해야만 한다니, 그 말을 듣고 있는 것만으로도 언제나 숨이
턱턱 막힐 지경이었다. 그가 내 움직임을 주시하고 있다는 생
각이 들 때마다 나는 스스로 어떤 행동을 보여야 할 것만 같
은 강한 압박감에 시달렸던 것이다. 그래서 경 부장 앞에서의
나는 꼭, 덫 한가운데에 놓인 먹잇감을 탐내는 쥐와도 같이
비장해지곤 했다.

먹이를 먹어, 그러면 그 순간에 올가미가 턱 하고 내려와
네 목을 날려버릴 테니까! 뭐 그런 공포감마저 들 정도예요.

사직서가 수리된 날, 설렁탕 그릇을 앞에 두고 마주한 아내
는 국물만큼이나 희멀끔한 얼굴로 내게 그렇게 말했었다.

참 웃기지 뭐야. 1년 가까이 몸담고 열심히 일한 직장인데,
아쉽다는 말 한 마디 안 해주더라고요. 아무도, 아무도 말이
에요.

숟가락을 들어 올리며 허무하단 표정으로 웃던 아내의 모
습이 지금도 이따금씩 내 미간을 조여오곤 한다.

그래서 미안해요, 당신한테는. 아주 많이요.

아내가 고개를 턱 끝까지 끌어당기며 검은 뚝배기 속으로
눈물을 떨어뜨리던 장면도 잊히지 않는다. 그날 나는 말없이

접시에 담긴 수육 한 덩이를 수저로 퍼 올려 아내의 설렁탕 그릇 안으로 넣어주었다. 위로도, 격려도, 농담도, 뜨끈한 국물 한 숟갈에 비할 바가 못 될 거라는, 그런 생각이었다. 여자에, 비정규직이고, 아이를 가졌다는 이유만으로 아내는 해고와 다를 바 없이 제 손으로 사표를 제출해야 했다. 안타까웠고, 마음이 아팠다. 내 잘못이라는 생각 때문에 속이 아려왔다. 그러나 한편으로는, 고독한 마음이었다. 휑뎅그렁한 벌판 위에 서서 비를 몰아오는 구름만을 하염없이 기다리는 한 마리의 주린 쥐와도 같은 기분이 들었다. 돌이켜보면 아내될 사람의 실직이라는 현실 앞에서 나부터도 너무나 무기력해져 있던 것은 아니었는지 모르겠다. 견고한 일상사의 벽이 서너 뼘쯤은 더 높아진 기분에서 나는 한동안 헤어 나오지 못했다.

아내와는 결혼 전에 1년 정도, 몰래 사내연애를 했었다. 상담 보조원으로 일하는 계약직 사원으로 아내가 입사했을 당시, 나는 허울만 좋은 대리 직함을 달고 있던 비정규직 3년차였다. 그러다 신입사원들이 들어오며 나는 과장으로 진급하는 동시에 정규직으로 전환되었던 것이다. 4대 보험이 보장되고, 부당해고의 위험에서 벗어났다는 사실 하나만으로도 노동의 즐거움을 느끼던 때였다. 그때 나는 내 삶이 얼마쯤 윤택해지고, 여유로워질 거라는 기대감에 사로잡혀 매 순간이 너그러웠다. 그리고 그런 감정의 연장선상에서 나는 아내를 처음 본 순간부터 뜻 모를 호감에 사로잡혔던 것 같다. 정열적이랄 것까지는 아니었지만 울며불며 떼어놓고 돌아섰던 어린 여동생과 아주 오랜만에 조우한, 그런 아련한 기분이었다. 머리를 쓰다듬어주고 싶고, 밥은 먹었는지 이는 닦았는지 배는 차갑지 않은지 뭐 그런, 아주 소소한 것들이 궁금해지는 것이 사랑이라면 이 여자와 결혼해도 좋지 않을까 하는 마음이었다.

그래선지 만남은 천천히 이어졌다. 아내는 친절하고 이해심이 많았으며 새침해 보이는 얼굴 생김과는 달리 싹싹한 성격이었다. 함께 발맞춰 길을 걷는 것만으로도 휴식감을 주는 사람이었다. 홀어머니와 둘이 살고 있다는 그녀의 차디찬 손을 되도록이면 오래오래 잡아주고 싶었다. 그러나 막상 프러포즈를 할 겨를도 없이 아내는 아이를 가졌노라고 고백해왔다. 당황스러웠지만, 나는 비 오던 어느 쌀쌀한 밤 횟집에 마주 앉아 나답지 않게 술을 많이 마셨던 기억을 떠올리지 않을 수 없었다. 다음 날 아침에 좁지만 단정한 모텔 방에서 깨어났을 때 나는 혼자였었다. 탁자 위에 놓인 작은 종이엔 '저 먼저 출근할게요'라는 그녀의 짤막한 메모만이 남겨져 있었던 것이다. 그날이었나, 하고 나는 한숨을 내쉬었다.

회사엔 이상하다 싶을 정도로 금세 소문이 돌았다. 입을 삐죽여대는 여사원들도 보였고, 왼고개를 틀며 쑥덕이는 몇몇 사람들도 눈에 띄었다. 경 부장은 내가 아내와 비밀연애를 해왔고, 곧 결혼식을 올리게 될 거라는 소식을 듣고는, 축하한다는 말 한 마디 없이 드러내놓고 불편함을 표시했다.

프로답지 못하게. 쯧쯧.

나를 제외한 다른 과장급 부하들만 모아놓은 회식 자리에서 경 부장이 끝탕을 했다는 얘기는 곧 내 귀에도 흘러들었다. 아마 그것 역시 경 부장이 의도한 일이 틀림없었겠지만 당연하게도, 내 마음은 편치 않았다. 일반 계약직 사무원으로 입사한 아내를 이따금씩 제 비서처럼 부리며 서류 심부름에 이런저런 잡무로 외근까지 돌려댄 걸 빤히 알고 있는데, 상사라는 사람이 인정이라곤 쥐 눈물만큼도 없다는 생각이 들어 화도 났다.

우 과장님, 프로답지 못하셨어요. 정말이지 그것만은, 확실해요.

술자리에서 어느 어린 부하 직원에게는, 그런 말도 들었다. 술기운이 바짝 오른 불그레한 뺨의 그를 바라보며 양주잔을 손에 그러쥔 경 부장이 샐샐샐샐, 이가 빠지는 소리를 냈던가 아니었던가.

여자 문제라면 더더욱, 프로답게 행동할 필요가 있지!

그럼요, 부장님. 정말 대단하십니다.

모두들 입가에 경련이 일 정도로 낄낄댔다. 그날 나는 아무 대거리도 하지 못하고 쓴 소주를 독처럼 삼켰다. 요즘 같은 세상에 혼전임신이 이렇게나 질타 받을 일이었나, 우리 사회

는 아직도 너무나 보수적이군, 하는 생각만으로 한껏 울적해
져서는 소주잔을 홀로 비우고 채우기를 반복했던 것이다.

그 후 나는 목에서 쉿소리가 나도록 일했고, 다달이 월급을
받았고, 서둘러 결혼식을 올렸다. 그러나 급히 올린 예식으로
아내는 녹초가 되었던 탓인지 뱃속의 아이는 유산되고 말았
다. 허탈했지만, 어쩔 수 없는 일이었다고 나는 아내의 등을
감싸 안아주었다. 얼마나 스트레스를 받았으면…… 마음 한
구석이 저려왔다. 하지만 그로부터 5년. 빠듯한 살림살이에
아이를 가질 엄두도 내지 못하고 있는 걸 보면, 첫애가 유산
된 것이 어쩌면 조금쯤은 다행한 일이 아니었을까 하고 나는
가끔 생각했다.

경 부장이 입을 벌릴 때마다 말예요, 사실은 나, 참을 수가
없었어.

어두운 밤, 내가 회사에서 있었던 일을 쏟아내며 투덜거릴
때마다 아내는 내 팔을 베고 누운 채로 자근자근한 수다를 부
려놓곤 했다.

왜냐면 있지, 자꾸 아빠를 생각나게 했거든.

아버님?

나는 졸음이 쏟아져 가물거리는 눈으로 아내의 말에 귀 기
울였다.

응.

언제, 돌아가셨다고 했더라?

282

나 중학교 3학년 때.

열여섯.

응. 열여섯이었지.

열여섯이라.

아빠는 말예요. 몸집이 되게 컸어. 남이 보면 영락없는 씨름이나 역도 선수 같아 보였을걸.

그렇게나?

응. 아주 거구셨지. 실제로는 씨름 실력이 아주 형편없고, 운동 신경도 젬병이었지만.

그랬군.

근데 이 얘기 좀 슬픈데.

하기 싫으면 안 해도 돼.

아니에요. 이제는 그냥, 다 지난 일이야.

그래.

어렸을 때부터 아빠는 늘 몸에 꼭 맞는 검은 양복과 목둘레에 딱 맞춘 새하얀 와이셔츠를 입었어요. 그리고 다양한 색깔과 무늬의 넥타이를 매일 바꿔가며 매고 다녔는데, 그건 늘 목이 조여 보일 정도로 타이트했지. 거인 같은 아빠의 목에 매달린 넥타이는 꼭 어린애의 것 같았다니까.

혹시, 아빠를 무서워했어?

무서워했다기보다는……, 아냐, 무서워한 게 맞을지도. 아빠는 다정다감한 사람도 못 되었으니까 친밀함을 느낄 여지가 많이 없기도 했고.

샐러리맨?

아니. 아빠는 사무원이라고 했지만, 난 알고 있었어.

뭘?

아빠가 사무원이 아니라는 걸.

그럼?

학교에서 집으로 돌아오는 길에 봐버렸거든. 새로 개업한
오락실 앞에서, 아빠가 자신과 똑같은 거구의 사내들과 함께
고개를 치켜들고 허리에 뒷짐을 진 채 심벌처럼 서 있는 걸
말이에요. 조악하게 세워진 풍선인형들 사이에서 자못 엄숙
한 표정으로 서 있던 아빠는 어린 내 눈에도 아주 우스워 보
였어. 짧은 시간이나마 내가 회사생활을 하며 깨달은 걸, 어
쩌면 그때부터 이미 알고 있어야 했는지도 몰라. 인생은 전화
기 같은 거란 걸. 아무리 숫자 버튼을 꾹꾹 눌러대도, 막상
상대가 수화기를 들지 않으면 통화는 연결되지 않아. 소통이
되지 않는 거지. 서로의 음성을 교환한다 해도 온기는 나눌
수 없고, 시각은 철저히 배제돼.

아버님은.

아빠는, 사실 이건 당신한테 별로 하고 싶은 얘긴 아니지
만…… 아빠는 녹내장으로 시력을 잃었어요. 안압이 너무 높
았어. 1,000이 넘게 치솟았던 걸로 기억해. 그래도 말이야.
단지 보이지 않을 뿐이었는데, 그런데 여보, 아빠는 왜 차도

로 뛰어들어버린 걸까.

차도로……?

뛰어든 게 맞아요. 엄마는 단순한 교통사고일 뿐이라고 얼버무렸지만, 난 알아. 그냥, 알 것 같아. 아빠는 뛰어든 거야, 차도로.

음.

그런 얼굴 할 것 없어요. 어차피 다 지난 일이야.

아니, 난, 그냥.

궁금해. 아빠는 어떤 마음이었을까. 고작해야 1년이었지만 경 부장 밑에서 일하면서 나는 자주, 그런 생각을 하게 됐어. 넥타이를 꽉 조여 맨 탓에 얼굴이 한껏 새빨개져서는 오락실 앞에 부동자세로 서 있던 거구의 아빠도, 결국엔 누군가 관찰 가능한 시야의 범위 안에서 열심히 일을 하고 있었던 거겠지, 하고 말이야.

그렇게, 되는 건가.

그렇죠. 그런 거예요, 결국엔. 전화를 받는 나는 상대의 아무것도 보이지 않지만, 전화를 받는 나란 인간은, 일하고 있는 이상 누군가의 통제 아래, 감시하에, 나를 드러낼 수밖에 없어. 노동자니까.

무거운 말이네.

나 무거워요?

품 안을 파고들며 아내는 웃었다. 그리고 작게 하품을 하며 말했다.

뚜뚜, 하고 통화대기음이 울릴 때마다, 그래서 실은 좀 무서웠어. 온종일 전화기 앞에 앉아 있는 내가, 눈이 보이지 않게 된 아빠랑 전혀 다를 바가 없다는 생각이 들어서. 가능하다면 나 역시 퇴근길에, 주홍빛 헤드라이트를 켜고 쌩쌩 달려가는 차들 사이로 뛰어들어볼까 그런 마음을 먹어본 적도 있었죠. 얼토당토않았지만. 내 말, 듣고 있어, 여보?

응, 듣고 있지.

키 작은 아내의 여린 어깨를 안고 나는 가만 토닥여주었다. 굳이 말하지 않아도, 나 역시 아내와 다를 게 없었다. 정규직인 덕분에 콜센터에서의 내 근무 시간은 아침 여덟 시부터 오후 여섯 시까지로 일반 직장인들과 크게 다르지 않았지만 사무실 안에서 열 시간을 일하고 집으로 돌아온 후에도 나는 경 부장의 감시망에서 온전히 벗어나지 못했던 것이다. 언제 어디서든 경 부장이 나를 지켜보고 있는 것만 같아서 나는 매일같이 온몸이 짜부라지는 기분이었다. 꿈에서도, 현실에서도 나는 24시간 내내 경 부장과 함께 있는 듯했다. 그가 내미는 독본의 웃기지도 않는 문구들을 구구단처럼 달달 외워대며, 그래서 나는 가능한 제대로 된 사고나 생각 따위를 하지 않기 위해 애써야 했다.

경 부장은 늘 사무실 현관 입구에, 일명 〈사원용 프로 독본〉을 비치해 두기를 즐겼다. '누구나 프로가 될 수 있다'라는 부제 아래 그는 규칙적으로 이를 닦을 것, 매일 아침 비타민을 복용할 것, 적당량의 햇볕을 쬘 것, 하루 3번 웃을 것, 매달 5회 이상 자전거를 탈 것 등의 내용을 독본의 맨 첫 장에서부터 명시해두고 있었다. 경 부장은 복사용 종이를 실로 제본해 만든 이 얄브스름한 노트를, 장장 10여 년에 걸쳐 완성했노라고 술만 마시면 반복적으로 떠들어대곤 했다. 경 부장이 독본에서 이야기하고 있는 주요 골자를 뽑아보자면 대강 다음과 같은 것들이다.

① '쌍시옷'을 멀리 하라.

욕설과 외설, 잡설은 교양인의 3대 금지 요소이다. 쌍시옷이 주는 지나치게 흥분된 어감은, 감정을 통제하기 어렵게 만든다. 정, 욕이 하고 싶은 순간이 있다면, "이런 휘발!" 등의 창조적인 독립어를 사용해라. 다소나마 자신을 제어하는 데 도움이 될 것이다.

② 스커트를 입어라.

바지와 달리, 스커트는 내부를 철저히 숨기고 있다. 스커트 속에 무엇이 있을지, 그것을 들추기 전에는 결코 알 수 없다. 절대로 타인에게 자신의 속내를 드러내지 말 것. (분명히 말하건대 이것은 수준 높은 비유적 표현이다. 남직원들은 절대 회사에 치마를 입고 출근해선 안 된다. 그것은, 프로답지 못하다.)

③ 상사에게 절대 복종하라.

여기서 상사는 ②에서 말한 '타인'의 범주에 속하지 않는

다. 상사에겐 오직 진실만을 말할 것이며 절대 거짓을 고하지 말라. 상사의 쓴소리를 무조건 달게 듣는 것만이 프로의 길로 나아가는 첫걸음이라는 점을 명심 또 명심할 것.

인부들을 집 안에 남겨둔 뒤 나는 천천히 걸어 부동산에 들렀다. 집주인, 중개업자와 만나 미처 납입하지 못한 수도세와 도시가스 요금을 정산했고, 인터넷뱅킹으로 전세금도 이체받았다. 혹시라도 바닥에 널브러진 핏빛의 쥐 떼가 있는 건 아닐까, 조심스레 살폈지만 예상대로 그런 장면은 눈에 띄지 않았다. 집으로 되돌아오며 잠시 슈퍼에 들른 나는 아내에게 전화라도 한 통 걸어볼까 하다 그만두었다.

출발하기 전에만 돌아온다면 상관없겠지, 어차피 같이 있었다 해도 딱히 할 일이 없었을 테니까.

그런 생각을 하며 나는 물과 음료수를 사서 집으로 돌아왔다. 인부들은 여전히 이삿짐을 포장하는 데 여념이 없어 보였다. 시간이 얼마 지나지 않았는데도 상당한 양의 짐이 제법 꾸려져 있었다.

좀 드시며 하시죠, 힘드실 텐데.

나는 인부 1에게 다가가 물과 음료수를 건넸다.

고맙습니다.

인부 1은 깍듯한 자세로 내가 내민 비닐봉지를 받아들었다. 그러나 그는 시종일관 인부 2, 3, 4의 움직임으로부터 눈을 떼지 않고 있었다. 좀 쉬면서 하세요, 하고 나는 다시 말했지만 인부 1은 자자, 이제 거의 막바지야,라며 인부들의 작업을 독려하느라 내게 주의를 기울이지 않았다.

내가 아는 누군가와 인부 1이 아주 많이 닮아 있다는 생각을, 나는 했다. 그러다 그가 두 손을 맞부딪혀 짝짝, 박수를 치는 순간에 나는 갑작스레 턱밑까지 숨이 차올랐다. 경 부장의 쥣빛 양복이 인부 1의 작업복과 오버랩됐다. 나는 다릿심이 풀린 채로 천천히 주저앉았다.

괜찮으십니까, 고객님?

인부 1이 허리를 굽혀 나를 내려다보았다. 아니라는 생각이 들면서도, 한편으론 그가 내게 시선을 주는 순간 나는 즉시 어떤 행동을 취해야 할 것만 같은 강박에 사로잡혔다. 그리고 불행히도 어디선가 쉬지 않고 전화벨 소리가 울려대기 시작했다. 뚜뚜, 하는 통화대기음도 칼바람처럼 불어와 내 귓불을 잡아 흔들었다.

참, 이것. 받으세요.

인부 1이 내 얼굴 가까이 고개를 들이밀며 푸른색 편지 봉투를 내게 건넸다. 나는 몸의 중심을 잡으려 애쓰며 다리를 펴고 일어섰다.

잡지들을 묶어 복도에 내놓으셨다면서요. 경비원이 그걸 추슬러 정리하다가 발견했다고 조금 아까 가져온 겁니다. 봉투 겉면에 아내 되시는 분 성함이 적혀 있다는데, 중요한 편지는 아닌지 확인 한번 해주시죠.

인부 1은 내 손바닥에 그것을 쥐여주고는 다시 인부들을
향해 짝짝, 박수를 치며 돌아섰다. 나는 조심스레 그것을 열
어보았다. 스카치테이프로 사방이 단단히 봉해져 뜯기에 수
월치 않았다. 그러나 테이프를 모두 뜯어냈을 때 나는 봉투가
밀봉되기 전에 누군가 이미 한번 열어 보았던 것임을 알게 되
었다. 봉투의 입구에 풀이 발라지고, 다시 떼진 흔적이 고스
란히 남아 있었다.

나는 봉투 안의 얇실한 종이를 꺼내 읽었다.

*똑똑하게 굴어줄 거라 믿는다. 아이를 가졌다고 말해. 우
과장은 그런 점에선 꽤 순진한 편인 것 같으니까. 예식이 끝나
면 피로 운운하며 자연히 유산됐다고 얼버무리면 될 테고. 긴
말 필요 없이, 입금 확인증을 동봉하지. 그간의 우리 사이가
그다지 질이 나쁜 편도 아니었고, 난 이만하면 사표 값으로 적
당하다고 보는데. 축의금으로 생각해도 좋을 거야. 나는 또 이
런 면에서는 아마추어도 아니니까 말이지.*

너무도 분명히, 그것은 경 부장의 필체였다. 색 바랜 입금
확인증에는 이천만 원,이라는 글자가 여전히 선명하게 찍혀
있었다. 애석하게도 나는 그 순간에야, 프로답지 못했다고 힐
난하던 동료들과 부하직원들의 수군거림이 얼마나 우회적이

고도 직접적인 조롱과 비아냥거림이었는지를 깨달았다. 순식간에 머릿속이 캄캄해져서, 나는 아무런 사고의 조각도 더듬거릴 수 없었다.

잠시 뒤 봉투를 구겨 쥐고 간신히 시간을 버티던 때에 아내는 명랑한 표정으로 돌아왔다.

여보, 나 왔어.

아내는 장난스런 몸짓을 보이며 구불구불한 머리칼을 손으로 말아 쥐고 흔들었다.

파마했어요.

아내의 머리칼이 바퀴벌레의 다리처럼 눈에 어릿거렸을 때 나는 생각했다. 인부들은 곧 내 아내마저 흠집 하나 없이 포장해 새집으로 옮겨다 놓을 것이다. 그러자 가늠할 수 없는 슬픔과 화가 배꼽 밑에서부터 한꺼번에 북받쳐 올랐다. 나는 콧등이 한없이 차가워진 채로 아무 목소리도 내지 못하고 부들부들 어깨를 떨었다. 그러나 그때에 다시 **뚜뚜**, **뚜뚜**, 하는 통화대기음이 자꾸만 들려와서 나는 나도 모르게 귀를 쫑긋거렸다. 당장이라도 수화기를 들어야 하는데, 손가락 하나조차 내 의지대로 까딱일 수가 없었다. 프로처럼 행동해야 한다. 독본대로라면, 지금 이 순간에는 스커트를 입어야 할 것이다. 속내를 보이는 순간에 나는 아마추어로 전락해 풍덩, 소리가 그치지 않는 검은 바닷속으로 달려가게 될 테니까. 그런 생각만이 전구가 켜지듯 머릿속의 회로를 밝혀대고 있었다.

뚜뚜, 뚜뚜, 통화대기음은 멈추지 않고 텅 빈 집 안에서 부유했다. 하지만 그럴수록 내가 프로가 아니라는 생각만이 거센 완력으로 내 목을 그러쥐는 것만 같았다. 이 사회는 나에게 24시간 내내 프로일 것을 요구하는데, 나는 살면서 단 한 순간도 프로인 적이 없었다. 성 부장이 건넨 봉투를 찢어버리지 않고 보관해둔 아내 역시 전혀 프로답지 못했다. 네? 할 수만 있다면, 대체 지금 무슨 일이 일어난 것인지 몇 번이고 되묻고 싶었다. 이대로 시간이 정지할 때까지, 통화대기음이 들려오지 않는 순간까지 나는 열과 성을 다해 네? 하고 대답하고픈 마음이 간절했다. 네? 네라니. 우 과장 이 사람, 순진한 건 여전하군. 네? 네? 뭐라고요? 나는 간신히 아랫입술을 깨물었다.

여보, 괜찮아?

아내는 걱정스러운 얼굴로 내 쪽으로 가까이 다가섰다. 왼발, 오른발, 왼발, 오른발……, 진군하듯 걸어오는 아내의 머리에서 진한 파마약 냄새가 풍겨왔다. 나는 마른 손을 휘휘 내저었다. 코가 매워서, 끝내 나는 뚜뚜, 하고 울어버리고 말았다.

어디에도 없는 사람들을 위해

이수형

> He's a real nowhere man
> sitting in his nowhere land
> making all his nowhere plans for nobody
> ......
> nowhere man, don't worry
> take your time, don't hurry
> leave it all till somebody else lends you a hand
> — The Beatles, 「Nowhere Man」

현실과 환상, 진짜와 가짜

이전에 비하면 염승숙의 이번 소설집에 수록된 작품들은 현실 쪽으로 좀더 가까이 다가간 것처럼 보이기도 한다. 현실 검증이라는 기준 너머 저편을 환상이라고 명명할 때, 첫 소설집 『채플린, 채플린』에 등장했던 뱀꼬리왕쥐나 고양이, 숫자 귀신들, 달력 화보 속의 핀업걸, 달로 간 채플린 등의 인물들이 '현실:환상'의 대립쌍에서 현저하게 환상 쪽에 근접해 있었던 것에 비해, 『노웨어맨』에 수록된 작품들의 경우 「노웨어맨」 연작을 비롯한 몇몇 단편에서는 개인 파산이나 청년 실업과 같은 현실 세태를 반영하는 시사적 사건들이 주요하게 다루어지고 있음을 볼 수 있다.

개인 파산을 신청한 뒤 행방이 묘연해진 아버지를 찾기 위해 브로커와 변호사 사무실을 전전하던 「노웨어맨」의 주인공 장공수는 파산 직전의 빚쟁이들이 애걸하고 울부짖는 목소리가 골목 곳곳에서 들려오고 있음을 깨닫는다. 그것이 현실인지 장공수의 환청인지는 확실하지 않으나, 한 신문기사에 의하면 서울시내 버스 노선의 80퍼센트 가까이에서 "빚 갚지 마세요. 개인파산 도와 드립니다" 유의 광고물이 발견되었고, 지난 5년간 개인 파산 신청자가 60만 명에 육박했다고 하니 이곳저곳 알게 모르게 파산자들이 넘쳐나는 것은 사실일 것이다. 또 다른 신문에서는 개인 회생이나 파산을 신청하기 위해 찾아온 사람들을 등쳐먹었다는 고발 기사도, 지난 몇 년간 신용 회복을 통해 새 삶을 찾은 사람이 1만 명을 넘어섰다는 미담 기사도 눈에 띈다. 하기야 고발보다는 미담이 낫겠지만, 1만 명이 회생했다면 나머지 수십만 명은 그렇지 못했다는 말일 테니 미담 역시 감동을 주기만 하는 것은 아니다.

어디에도 없는 사람, 노웨어맨이란 작가가 개인 파산자들에게 붙여준 이름이다. 멀쩡히 존재하는데 어디에도 없다니 말이 되는가? 그러나 많은 파산자들이 일정한 거처를 갖지 못하고 그래서 주민등록이 말소되는 것이 현실이고 보면 우리가 현실로 지각하는 세계에서 그들의 존재 근거가 희박하다 못해 부재한다고 말하지 못할 것도 없다. 그리하여 그들은 "눈에 보이지도 손에 만져지지도 않"는, "도무지 얼굴조차 상상되지 않"는 어디에도 없는 사람, 곧 노웨어맨으로 재탄생한다, 아니 사라진다.

노웨어맨Nowhere man.

누가, 언제 처음으로 이 말을 썼는지는 알 수 없지만 어쨌거나 사람들은 어느 순간부터 파산자들을 이렇게 불렀다. 노웨어맨이라는 단어는 유행어처럼 온 사회를 휩쓸었다. 신문과 텔레비전 뉴스는 증후군처럼 번져나가는 노웨어맨 현상에 대한 기삿거리들로 넘쳐났다. 노웨어맨이라는 것이, 어디에도 없는 사람이라는 것인지 혹은 아무것도 아닌 사람이라는 것인지, 그 뜻은 명확하지 않았다. 다만, 여기에 없는 사람이라는 사실만은 분명하지 않은가 하고, 장공수는 '노웨어맨'이라는 말을 접할 때마다 생각했다. 그리고 불쑥불쑥 머리꼭지까지 치받는 화를 참기가 어려웠다. 모두가 가짜인데, 진짜를 흉내 내기에 급급할 뿐인 세상에 살고 있을 뿐인데, 그런데 노웨어맨이라니, 아무것도, 아니라니. (pp. 68~69)

우리 사회에 넘쳐나는 파산자들의 문제를 소설적으로 형상

화하는 방식에는 여럿이 있을 수 있다. 사실적으로 접근할 수도 있고, 또 풍자적으로나 혹은 유머러스하고 코믹하게 접근할 수도 있다. 그러나 작가는 이에 앞서 우선 개인 파산자들, 노웨어맨들의 존재적 위상에 대한 검토를 통해 어딘가에 있는 사람이 어디에도 없는 사람이 되는 현실의 모순을, 혹은 모순된 현실을 문제 삼고 있다. 가령, 데카르트라면 눈에 보이거나 손에 만져지는 것이라 해도 착각이나 상상, 환영일지도 모른다는 식으로 의문을 제기하겠지만, 작가는 반대로 어떻게 버젓이 존재하는 사람이 "눈에 보이지도 손에 만져지지도 않"는 노웨어맨이 될 수 있는가에 대해 의혹을 던진다. 그런 일이 현실에서 일어난다면, 그 현실 역시 착각이나 환상과 그리 다를 바 없지 않은가? 여기서 '현실:환상'의 대립쌍은 '진짜:가짜'로 전환된다.

물론, 현실은 진짜고 환상은 가짜라는 식으로 간단히 일대일 대응하는 것은 아니므로, 그렇기 때문에 작가가 근본적인 문제를 제기할 수밖에 없었겠지만, 그래서 '현실:환상'과 '진짜:가짜'는 서로 복잡하게 얽힌다. 동대문에서 모조품을 만들며 생계를 유지하는 장공수는 생각한다. 모두가 가짜를 찾는 것이 현실인데 어째서 나의 아버지는 그런 현실에서조차 가짜 인간으로 낙인찍혔단 말인가? 그의 아버지는 구멍가게만 한 슈퍼마켓을 유일한 위안으로 삼고 살아가다 진짜 슈퍼한 슈퍼슈퍼마켓(SSM)에 밀려 파산했던 것인데, 그렇다면 아버지는 가짜 슈퍼한 슈퍼마켓의 주인이었기 때문에 노웨어맨이 된 것인가? 하지만 장공수가 만드는 모조품에도 B급이 있고 그 위에 A급, S급, SA급, SSA급 들이 끝 모르게 포개져 있듯, SSM 역시 대형 마트 앞에선 또 가짜가 아닌가? 만약 그렇다면 더욱더 슈퍼한 대형 마트에 밀려 SSM 또한 사라지게 될 운명인 것은 자명하다.

가짜는 가짜다워야 했는데, 가짜는 가짜로써 진짜와 구별되었어야 했는데, 그는 가짜를 당당히 가짜로 만들지 못했다. 적당히 유치하고, 적당히 진짜를 베낀 티를 흘리고, 적당히 아류다운 것. 그것만이 미투 제품의 본질이자 전부였는데 어째서 진짜보다 더 진짜 같은 미투 제품에 목을 맸던 것일까. 이진성은 생각하고 또 생각했다. 그리고 의심했다. 이런 생각들마저 진실로 내 생각인 것일까. 누군가 했던 말을 어디선가 듣고 엇비슷이 변조해낸 것은 아닐까. 그렇다면 나는 본래, 내 것이란 걸 갖고 있는 사람인 걸까, 아닐까. 진짜는 무엇이며, 가짜는 무엇이지? 나의 진짜와 또 나의 가짜를, 나는 어떻게 분별해낼 수 있을까. (p. 105)

「무대적인 것—노웨어맨 2」에서 미투(me too) 상품을 기획해 승승장구하던 이진성 역시 회사에서 밀려나 파산자가 되었거니와 그 과정이 자못 아이러니컬하다. 진짜가 될 생각이 눈곱만큼도 없었던 이진성은 "적당히 유치하고, 적당히 진짜를 베낀 티를 흘리고, 적당히 아류다운", 다시 말하면 가짜다운 가짜를 만들어 원조 상품에 묻어가는 편한 길을 선택했던 것인데, 일이 꼬이려다 보니 적당히 비슷한 미투 상품이 원조를 넘어선 판매고를 올리게 되고 결국 손해배상소송에 책임을 지는 차원에서 퇴사를 선택한다.

말하자면, 이진성의 첫번째 불행은 '가짜 같은 가짜'를 좇으려다 의도치 않게 '진짜 같은 가짜'에 이르렀다는 데 있다. 그리고 곧바로 두번째 불행이 시작된다. 해고된 그는 새로운 직장에서 열심히 일하려고 노력하지만 실패를 거듭한다. "가짜인 '척'만 하며 살아왔다고 생각했는데 그저 뼛속까지 오롯이 가짜"였기 때문이다. 그는 이제야말로 자신의 진짜를 보여주려고 하지만 남들에게 그것은 가짜로 비칠 뿐이다. 그 가짜는 '진짜 같은 가짜'일까 아니면 '가짜 같은 진짜'일까? 이런 말장난 같은 질문은 그만두고라도, 그렇다면 어딘가에 '진짜 같은 진짜'의 상태가 있을까? 그러나 '진짜 같은 진짜'라는 말은 그 조어법 자체에서 이미 진짜의 원본성originality을 근본적으로 훼손하고 있다. 진짜 같은 진짜가 있다면, 어딘가에 더 진짜 같은 진짜가 있을 것이고, 또 다른 어딘가에는 그보다 더 진짜 같은 진짜가 있을 것이기 때문이다.

언제 어디서도 변함없을 진짜의 견고한 가치가 종식되고 단지 상대적으로만 평가될 수 있는 교환가치가 주도권을 획득한 세계의 도래 이후, 진짜에 대한 혹은 인간의 자율성이나 주체성에 대한 추구는 고작해야 '낭만적 거짓'일 수밖에 없으며, 소설의 주인공들은(물론, 우리 모두 역시) 중개자를 모방하며 살 뿐이라는 사실은 이미 반세기 전 르네 지라르의 『낭만적 거짓과 소설적 진실 *Mensonge romantigue et vérité romanesgue*』(1961)에 의해 잘 알려져 있다. 중개자를 모방한 것이 가짜라 해도, 중개자 역시 다른 누군가를 모방하고 있으므로 그 또한 진짜가 아니다. 끝이 보이지 않는 모방의 악무한을 끊을 수 있는 유일한 방법으로 제시되었던 종교(혹은 이념?)로의 귀의conversion의 가능성이 점점 희박해지고 있는 오늘날에는 우리가 스스로를 진짜로 입증할 길 역시 점점 봉쇄되는 중일 것이다. 「노웨어맨」 연작에 등장하는 우리의 두 주인공은 진짜 자기에 대한 낭만적인 꿈조차 한 번 꾼 적도 없이 가짜가 악무한한 세태에 치여 살다 아버지의 혹은 자기 자신의 존재가 사라지고 난 뒤에야 비로소 뒤늦게 스스로에 대해 돌아보게 되었던 것은 아닐는지.

물론, 반세기 전의 낭만적 거짓이 살짝 모습을 바꿔 다른 식으로 등장할 가능성이 전혀 없는 것은 아니다. 모방으로 점철된 삶을 살고 있는 자신을 가짜가 아닌 진짜라고 믿는 것이 예전의 방식이었다면, 「라이게이션을 장착하라」의 주인공 윤대리는 오히려 가짜를 좇음으로써 진짜를 찾아보겠다는 계획을 갖고 있는 셈이다.

이 기기를 설치하면 고객은 거짓된 안내를 제공받게 될 겁니다. 길을 찾아주는 기계가 아니라, 길 찾기를 방해하는 내비게이션을 핸들 옆에 장착하게 되는 거죠. 당연히 내비게이션이므로, 그것은 끊임없이 방향을 가리키고 경로를 지시해줄 거예요. 하지만 그것이 진실인지 아닌지, 사실인지 아닌지는 결코 믿을 수 없어요. 고로 그 말을 따를 것이냐 아니냐는 본인만이 결정할 수 있습니다. 직진해야 할지, 우회해야 할지 결정권은 내가 쥐고 있으니 운전 또한 전적으로 자기 자신의 판단에 따라야 하죠. 물론 그 과정에서 길을 잘못 들어설 수도, 방향을 잃어버릴 수도 있겠죠. 길 찾기에 실패할 수도 있을 테고요. 그래도 뭐 어떻습니까? 지구상의 모든 오차와 오류를 인정하는 것, 그것만이 길 찾기의 두려움을 없애는 가장 좋은 방법이라고 저는 생각합니다. (pp. 167~68)

화자 '나'의 선배인 윤 대리가 신제품 기획에 열의를 보인다. "딱 보기에도 있는 듯 없는 듯 회사에 붙박인, 존재감이라곤 눈곱만치도 없는 사람"이었던 윤 대리는 "내가 어디에 있는가"라는 질문에 답함으로써 "내가 여기 있다는 사실"을 증명하려는 "인생 최대의 과제"에 도전한 것이다. 이 말은 곧 그전까지 윤 대리는 어디에도 없는 사람이었단 뜻이리라. 그런데 진짜 자기를 찾기 위해 윤 대리가 고안한 것은 뜻밖에도 라이게이션(liegation), 곧 거짓말 내비게이션이다. 라이게이션이 제공하는 길 찾기 안내는 당연히 거짓이며 가짜 정보이다. 가짜를 통해 진짜에 이르겠다는 계획은 단연코 모순이지만, 진짜라고 믿어진 어떤 것이 궁극적으로는 또 다른 가짜로 귀결된다는 현대의 운명 자체가 이미 모순이라면, 모순된 조건 하에서 또 다른 모순을 감행하는 것은 해볼 만한 시도일지도 모르겠다.

정확하고 안전한 길 안내를 해준다는 사탕발림으로 꾀지만 결국 자기가 어디 있는지도 모르는 상태로 우리를 유도할 내비게이션 대신 라이게이션을 장착하고 진짜 자기를 찾는 여행을 떠나자고 말하는 윤 대리에게 라이게이션의 거짓말은 그 자체로 이미 낭만적인 거짓이다. 라이게이션이 들려주는 낭만적 거짓말은 "젊음, 청춘, 도전, 미완, 불안, 실험, 탈선……" 같은 매혹적인 단어들로 번역되어 우리 귀를 자극할 것이다, 라고 윤 대리는 생각했을 것이다. 그러나 결말은 그리 행복하지 않다. 라이게이션을 달고 길을 떠난 몇몇 사람들이 실종되자 프로젝트는 서둘러 종료된다. 어딘가로 사라진 윤 대리를 가끔 떠올리며 몇 년째 같은 길로 출퇴근을 반복하고 있는 '나'의 삶 역시 물론 진짜보다 가짜에 가까운, 노웨어맨의 삶에 불과하다. 그러나 그렇다고 해서 자기를 찾는 여행을 권하지만 끝내 현실에서의 실종을 초래할지도 모를 '낭만적 거짓'에 쉽게 귀 기울일 수 있겠는가? 아무래도 작가는 그

'소설적 진실'을 존중할 수밖에 없다고 생각하는 것이다.

다른, 소박한 진실을 찾아

소설적 진실이라는 말을 좀 남발한 듯도 하지만, 아무튼 소설적 진실이라는 이름의 현실 원칙 안에서 진짜 자기를 찾기란 요원할 것이며 그리하여 우리들은 대체로 어디에도 없는 노웨어맨의 처지를 벗어날 수 없을 것이다. 그 현실 원칙이 얼마나 완고하게 작동하느냐 하면, 빗소리를 내며 몸을 15도쯤 기울인 채로 마비되는 레인스틱이라는 전염병이 확산되고 있다고 상상되는 「레인스틱」의 세계 안에서도 그 이외의 것은 지금 우리의 현실과 똑같을 정도이다.

곰팡이가 의심스럽긴 하나 정확한 발병 원인은 파악되지 않은 레인스틱이 창궐하는 그곳에서도 여전히 '나'는 독서실을 전전하는 취업준비생이며, 지하철 커트맨으로 하루에 8,220원을 버는 아르바이트생이며, 무엇보다 "88올림픽에 설렜던 아이가 자라 88만원 세대가 되는", 다시 말해 "우리의 세계에서는, 모두가 주인공이 될 수는 없다는 것"을 수긍할 수밖에 없는 인물, 노웨어맨이다. '나'는 생각한다. "쓸쓸함은 그래서, 자고 일어나면 번식해 천장을 적셔나가는 곰팡이와도 같이 지우고 또 지워내도, 소멸되지 않"(p. 151)을 것이다.

레인스틱이라는 병명이나 빗소리를 내면서 15도쯤 기운다는 증상이 다소 독특하다. 어쩌면 전염병이 돌고 그래서 빗소리가 그치지 않는 「레인스틱」의 세계는 "이렇게 비 내리는 날이면 원구의 마음은 감당할 수 없도록 무거워지는 것이었다"로 시작하는 손창섭의 「비 오는 날」의 세계를 방불케 할지도 모르겠다. 그렇다면 레인스틱은 비에 젖은, 그래서 우울하고 음산한 삶의 상징으로 읽힐 것이다.

그런데 레인스틱이란 원래 남미 인디언들이 기우제를 지낼 때 사용하는 악기의 일종이다. 대부분의 주술이 그러하듯, 그것은 빗소리와 비슷한 소리를 냄으로써 실제로 비가 내리기를 바라는 기원을 담고 있다. 말하자면, 「레인스틱」의 세계에서는 빗소리만 들릴 뿐 비가 내리지는 않는다. 그래서 '나'는 생각한다. "빗소리는 더 이상 빗소리가 아니다. 사방에 비 들이치는 소리만이 천지여도, 나는 흠뻑 젖지도 않고 말짱하니까. 소리는 들려오지만 그 존재는 어디에도 없는 것. 그건 이 세계와 닮아 있다"(p. 120).

비루하지도, 해맑끔하지도 않은, 평범하지만 동시에 생경한 누군가가 거기에 있어, 말할 수 없이 우울해진다 해도, 나는 천천히 그에게로 다가간다. 그리고 딱딱해진 그의 몸을 내 어깨로 슬며시 당겨와 약 15도쯤 기울여준다. 그러면 곧, 비오는 소리만이 내 귓불을 두드린다. 어쩔 수 없이, 나는 조금 시

무룩해져서는, 그 소리를 듣는다. 평소엔 언제나 멀리서 누군
가 상대의 몸을 제 어깨로 기울여 들려주는 그것을, 그리고 이
따금씩은 나 자신이 직접 타인의 몸을 내 어깨에 기대어 기울
이고는 들려오는 그것을, 가만가만 숨죽여 들었던 것이다.
[……] 무수한 조약돌들을 한꺼번에 맞부딪치는 듯 '쏴' 하고
지나가는 소리, 굵은 소금 같은 소낙비가 오롯이 지상으로 낙
하하는 소리, 뾰족한 가시들이 장미꽃으로부터 줄지어 제 몸
을 떼어내는 소리, 어느 외로운 이의 서러운 울음과 웃음이 뒤
엉켜 스러지는 소리. (p. 121)

그런 점에서 레인스틱이 되어 기울어지는 사람들은 이중의
노웨어맨인 셈이다. 그들은 자기 삶의 주인공으로 살지 못하
고 고작 마비된 채 사라질 뿐이라는 점에서 노웨어맨이며, 그
렇게 레인스틱이 되어 빗소리를 내며 기울어지고서도 그 역
시 어디에도 빗방울 하나 떨어뜨리지 못한다는 점에서 노웨
어맨이다. 그런데 그들이 자신의 의지에 의해 레인스틱이 된
것은 아니지만, 아무튼 어떤 이유에서든 레인스틱이 되었다
면 빗줄기가 쏟아지기를 기원할 만도 하지 않은가? 무슨 소
리냐, 애초에 레인스틱이 되지 말아야지, 되고 난 뒤에 비를
바라든 말든 그게 뭐가 중요하냐고 되물을 수 있을 것이다.
그러나 레인스틱이 된 사람을 위해 자신의 어깨를 빌려주고
그들에게서 들려오는 빗소리에 귀 기울이는 장면에서 어떤

희원을 발견할 수는 없을까?

"비루하지도, 해말끔하지도 않은, 평범하지만 동시에 생경한 누군가"가 레인스틱이 된다. 그러면 '나'든 주위에 있는 누구든 레인스틱을 제 어깨로 기울여 거기서 들려오는 소리를 듣는다. 그것은 빗소리나 그 비슷한 소리 같기도 하고 "어느 외로운 이의 서러운 울음과 웃음이 뒤엉켜" 있는 소리 같기도 하다. 외롭고 서러운 울음과 웃음이 없었으면 좋았을 테지만, 그것이 있고 나서야 거기 귀 기울여주는 것이 마땅하지 않을까? 그 귀 기울임이 레인스틱이 되어 어디에도 없는 사람으로 사라지는 것 자체를 막을 수는 없겠지만, 적어도 누군가가 그렇게 사라져 갔다는 사실을 기억하게 할 수는 있을 테니까 말이다.

우리가 본질적으로 노웨어맨이며 언젠가는 그렇게 사라질 것이라는 거대한 진실 앞에서 누군가에게 어깨를 빌려주고 그 소리에 귀를 기울인다는 것은 비교할 수 없을 만큼 소박한 덕목이지만, 어디 한 곳 귀의할 곳 없는 노웨어맨이니까 소중할 수밖에 없다. 그런 소박한 덕목은 「바디펌 기기의 생활화」의 금련에게도 필요한 것처럼 보인다. 본명 대신 지니라는 명찰을 달고 있으니 이름도 없고 또 "이렇다 할 별다른 특징도 존재감도 없이 살아"왔으니 개성도 없는 주인공 금련은 체형관리회사에서 비정규직으로 일하던 어느 날 하루에 한 시간씩 가로등이 되어달라는 편지를 받는다.

금련은 지하철역으로 가기 위해 발걸음을 서둘러 집 앞 골목을 빠져나갑니다. 그러다 잠시 잠깐 머뭇거린다 싶던 차에 그만, 왼쪽 구두굽이 '뚝' 소리를 내며 부러지고 말죠. 〔……〕 험난한 하루가 될 것만 같은 불길한 예감이라고나 할까요? 나지막한 한숨이 새어 나옵니다. 금련은 달랑거리는 굽을 힘주어 떼어낸 뒤 손에 그러쥡니다. 그러곤 급히 고개를 치켜들어요. 분명히, 아주 잠깐이긴 하지만 분명, 뭔가 쏨뼉—불이 켜졌다 꺼졌거든요. 낡고 오래된, 지저분한 낙서로 가득한 데다 쓰레기봉투를 모아 버려두는 곳인 탓에 아침이면 온갖 악취를 풍겨대는 이 가로등 말입니다. 이상하죠, 매일같이 지나치던 골목 어귀의 가로등인데 오늘까지 안쓰러울 만치 가슴이 먹먹해져오니 말이에요. (p. 194)

그제야 금련은 출근을 재촉하다 구두굽이 부러진 오늘 아침 골목 어귀에 서 있던 가로등에 생각이 미친다. 험난한 하루를 예상하며 한숨을 쉬던 그 순간 왜 가로등이 깜빡 켜졌다 꺼졌을까? 금련은 생각한다. "그 광경은 정말이지 사람의 눈꺼풀이 열렸다 닫히는 그 찰나의 순간이었을지도 모른다는 거죠." 가로등이 깜빡한 것이 과연 누군가의 눈이 깜빡한 것인지는 분명치 않으나, 실은 단순한 착각이겠으나 뭐 어떤가? "가로등이 된다면, 그렇담 어쩌면 내일은, 오늘보단 조금 다른 하루가 시작될지도 몰라요."

　애초부터 누군가에게 빗소리를 들려주는 레인스틱이 되거나 누군가에게 윙크하는 가로등이 되기를 꿈꿨던 이는 없을지 모른다. 아니, 레인스틱이나 가로등이 되기보다는 주인공이 되고 싶었을 것이다. 그러나 누구나 주인공이 될 수 없는 것이 소설적 진실이고, 또 주인공이 될 수 없는 사람들이 어느새 노웨어맨으로 사라지리라는 것이 소설적 진실 아래 놓인 현실적 추세이다. 염승숙의 소설은 그러한 진실을 부정하지 않으며, 어쩌면 현실적 추세마저 어쩔 수 없이 수긍하는 것처럼 보이기도 한다. 그래도 그게 전부는 아니지 않겠는가? 염승숙의 소설은 그 반문에 대한 소박한, 그러나 절실한 응답이다.

누군가 손 내밀 때

　「당신과 악수하는 오늘」의 세계에서는 손이 떨어져나가는 병이 돌고 있다. 말하자면, 어디에도 없는 손이며 노핸즈맨(no hands man)이다. 취업 준비생으로 조만간 2차 면접을 앞두고 있는 '나'는 대학 졸업 후 방에 틀어박혀 인터넷으로 취업 정보를 검색하고 이력서와 자기소개를 작성하는 일에만 몰두해왔다. 그렇게 키보드와 마우스를 사용하던 손이 내일

당장 떨어진다는 진단을 받은 '나'는 길거리를 헤매지만 뾰족한 수가 생길 리 없다.

아이처럼 괜스레 나는 찰방찰방 손으로 물을 움켜쥐었다. 물은 머물지 못하고 자꾸만 손 안에서 빠져나갔다. 내일이면 이 손도, 나를 빠져나갈 것이다. 생각의 끝에 목이 메어 나는 누가 볼세라 고개를 떨어뜨렸다. '안녕'이라고, 나는 말해줄 수 있을까. 손은 떠나며 내게 어떤 말을 들려줄까. 알 수 없었다. 아버지 말대로라면 인생이란 어느 구름에서 비가 올지 모르는 것이니, 지금의 시간을 흘려보내는 것 외에 나는 아무것도 그 어떤 것도 미리 예감할 수는 없는 것이다. 그러나 알 수 없고 예감할 수 없으니 이 맑고 뜨거운 물이 심장을 데우는 시간까지만, 나는 내 두 손을 따끈히 맞잡아주어야겠다고 생각했다. 나의 소중하고 아름다운, 손을. [……] 내게서 떠나갈 손과 생애 처음으로 뜨겁게 악수하며, 나는 한없이 낮게 가라앉았다. (pp. 38~39)

결말에 이르러 '나'는 목욕탕 안에서 이제 곧 떨어져나갈 두 손을 맞잡는다. '나'를 떠나가는 손은 사라지면서 무슨 말을 남길까? 아무튼 '나'는 사라질 손에게 악수를 청한다. 어떻게 손과 악수한단 말인가? 그럼 손은 손을 흔들며 안녕 하고 인사하는 것인가? 달리 어쩔 수 없이 사라지는 것과 마지막 인사를 나누는 장면은 다소 코믹하기도 하고 비감이 느껴지기도 한다. 그리고 또, 어디에도 없이 사라질 존재에게 악수를 건네는 것은 어떤 경우라도 마땅한 예의라는 생각이 들기도 한다. 그것이 나의 손이든, 남의 손이든. 또 그것이 악수든, 어깨든, 윙크든.

　존 레논이 부른 「노웨어맨」은 "그는 진짜 어디에도 없는 사람"이라는 가사로 시작된다. 너와 나를 닮은 그 사람은 자기 자신을 위한 것도, 다른 누굴 위한 것도 아닌 계획을 세우는 데 골몰하다 사라져갈 것이다. 노래는 흘러흘러 걱정하지도 말고 서두르지도 말고 누군가가 손 내밀 때까지 기다리라고 한다. 누군가 손을 내밀면 노웨어맨이 세계의 주인공이라도 되는 걸까? 아마도 그렇지는 않을 것이다. 하지만 그렇다고 손을 내밀지 않을 이유도 없다. 그렇지 않은가? 염승숙의 소설은 그렇게 노웨어맨을 위해 건넨 손이고 어깨이며 윙크이다.

작가의 말

나는 언제나 보이지 않는 것들에 매혹돼왔다. 잡을 수 없는 것, 닿을 수 없는 것. 아득하고 멀기에 또한 동시에 안온하고도 평화로운 것. 역설적이게도 보이지 않아서 가질 수 없는 그 모든 것들이 내겐 아름답고 특별하게만 보였다. 그러나 보이지 않는 것들에 대해 이야기해 나갈수록 나는 깨달았다. 결국 그리운 것은, 눈에 보이는 모든 것들이라는 사실을.

그래서 나는 자주 아팠고, 쓸쓸했고, 부끄러웠다. 어쩌면 이렇게 아무것도 아닐 수가 있는지 좀처럼 견딜 수가 없었다. 어둡고 긴 밤, 시간의 촉수를 베고 누운 채로 그러니 나는 곰곰 떠올리지 않을 수 없었던 것이다. 아련하고 사소하며 불안한 그 모든, 나의 보이는 것들을.

　나는 아무것도 아니지만, 아무것도 아닌 채로 가만 보고, 듣고, 걸으며 썼다. 매일 그리울지라도, 매 순간 아무것도 아닐지라도.

　그러니 그저 고맙다는 말밖에는, 할 수 없다. 내 곁에서 나를 어루만지는, 나의 보이는 사람들이 고맙고, 이 한 권의 책을 집어 들고는 책장을 넘겨 가만 보고, 들어줄 당신이 고맙다. 어디서든 함께 걷고 있다는 생각을 하고만 싶다. 어디서든 내가 쓰고 있다는 생각을, 당신도 해주었으면 좋겠다.

2011년을 내디디며
염승숙

수록 작품 발표 지면

「당신과 악수하는 오늘」 2009년 문학과사회 여름호
「노웨어맨」 2010년 불교문예 봄호
「무대적인 것―노웨어맨 2」 2010년 한국문학 가을호
「레인스틱」 2010년 작가세계 가을호
「라이게이션을 장착하라」 2009년 현대문학 10월호
「바디펌 기기의 생활화」 2009년 문학수첩 가을호
「곡선을 걷는 시간」 2009년 문장웹진 9월호
「프로24」 2010년 12월 문학웹진 〈뿔〉